The Sleepless Princess

The Sleepless Princess

苏婧 著

广东省出版集团

花城出版社

The Sleepless Princess

The Sleepless Princess

The slee

公主夜未眠：：：：：

less Princess

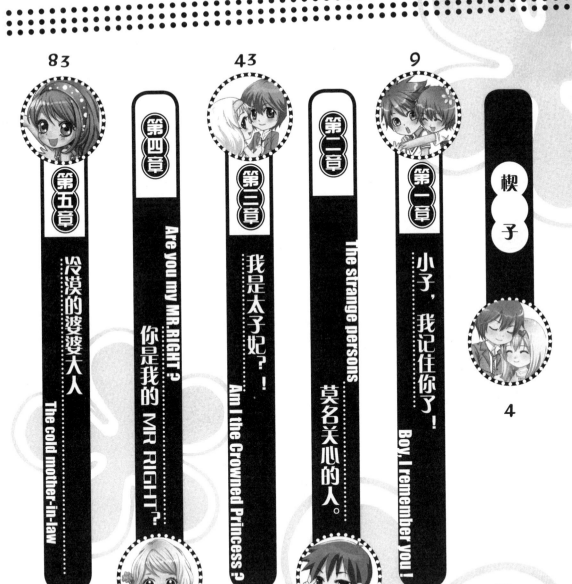

Contents 目录

假如爱情可以解释，

誓言可以修改。

假如你我的相遇，

可以重新安排。

那么，

生活就会比较容易。

假如有一天，

我终于能将你忘记，

然而这不是

随便传说的故事。

也不是明天才要

上演的戏剧。

我无法找出原稿，

然后将你

将你一笔抹去。

——席慕容《错误》

　　上帝在云端只眨了一眨眼，世界就开始地转天旋。原来这夜，公主错过的不仅仅是一场舞会……

　　透明的阳光从窗外流泻进来，微风吹拂进房间，夹杂着清淡的花香。

　　"什么彻底遗忘了你？我认识你吗？一点印象都没有。"顾曦辰看着满脸不甘、长声哀号的俊俏小帅哥，疑惑地眨了下眼睛，眉头习惯性地皱起，心里想着什么叫唯一彻底遗忘的就是他？！印象中好像没有见过他吧？！为什么现在一副好像她负了他

的怨妇脸。她一头雾水用询问的目光看向林小猫，现场所有人中，她唯一的熟人："我有忘了什么吗？猫猫？！"

刹那，林乐岚成为现场所有目光的焦点。

"呃？嗯，我……"林乐岚望着顾曦辰清澈信赖的目光，脑中一片空白，酸、涩、苦的滋味在心头不断地汇聚纠结，最后汇聚成的罪恶感和愧疚感从她的目光中流淌出来，她不敢看向小曦的眼睛，低头看着地板，牙齿死死地咬着唇，手指颤抖地揉搓着衣角。

房间里，

光线明亮，

给人暖暖的感觉，

空气里流淌着的却是静默，

仿佛一种说不清的哀伤在他们之间蔓延。

顾曦辰无法忽略心里异样的感受，她环视了一圈房间内的摆设，目光落在床边的支架上，上面倒吊着一瓶已经空掉的葡萄糖瓶，长长的透明输液管内残留着水痕，最后她凝视着输液管的针头，粗粗长长的针孔，眼光照射下，明晃晃的冰寒，蓦然间心悸，她感觉胸口痛得厉害，身子不住颤抖，面色也极为苍白，她指着胸腹间，望着林乐岚轻轻地开口："我是在医院吗？小猫，告诉我，发生了什么事？我为什么在这里？全身都痛，特别是这里，就好像里面的骨头断裂了，快要疼死了。我怎么想不起来怎么受伤的了？"

"小曦——"听到顾曦辰喊痛，林乐岚抬头，脸色雪一般苍白，全身的血液凝固冰冻，只有睫毛微微地颤动，剧烈的悲怆使她哽咽着，唤了小曦的名字之后再难出声。

……

我为什么在这里？

全身都痛，特别是这里，就好像里面的骨头断裂了，快要疼死了。

我怎么想不起来怎么受伤的了？

……

那迷茫的声音，连漪一般一波波在他们的耳边回荡着。

　　"小曦、小曦、小曦……"宗政煌无声地呼喊着她的名字，身体触电般不停颤抖着，嘴唇抿得死紧，苍白泛紫，面色忧郁，眼睛内溢满哀伤痛苦，满心的绝望快要把他吞没。听着她说胸口痛、全身痛的时候，他感觉自己的身体也跟着一寸一寸冰冷刺骨、刀剜锥剔，心底的黑洞越撕越大。

　　小曦不记得他了！

　　小曦忘了所有有关宗政家的事了吗？！

　　这些人或事，

　　是她觉得痛苦难以承受，

　　所以潜意识里在心底抹掉了吗？！

　　那一刻，宗政华耶却又是心痛又是愤怒。

　　听着顾曦辰说胸骨断了一般疼的时候，他的心啊肝的也跟着痛起来，但是想到顾曦辰完完全全忘了他的时候，他又恨不得劈开她的脑袋，把她脑子里所有记忆重新筛选，除了有关他的记忆，其他一切无关紧要的全部格式化。

　　他忍受不了此刻的压抑气氛，涨红了脸对着顾曦辰大吼："笨蛋，什么都不记得你还不知道这代表你失忆了吗？！你忘了认识我之后大半年的时间！从去年9月到今年2月，你知道吗？离过年还有几天！整整大半年的时间，你忘了，忘了我、忘了我们……"

　　"你才是笨蛋！你以为你谁啊！我又没问你，你凶什么凶！？"自诩为聪慧漂亮的大美女，当然在世人眼中的确也是如此，顾曦辰最痛恨别人讽刺她为笨蛋，所以一听到一个"小毛孩"冲她吼着笨蛋的时候，她毫不客气地抬头挺胸瞪回去，"神经……哎哟——"

　　一不小心扯动胸口的伤口，她疼得缩眉捧心，眼泪在眼眶里旋转着快要落下来。

　　"小曦，小心！"宗政煌惊慌地颤抖。

　　"小曦，怎么了？"林乐岚惊呼。

　　"小曦，轻点，别再扯动伤口！"温涵漱苦笑叹息。

　　宗政华耶怔怔地僵住，因为心里的痛楚，下面的话无法说出来。

　　你忘了，

　　真的忘了，

　　忘了我们已经……

顾曦辰忍住了一波波的疼痛，在众人关注的目光下抬头，眼睛内是迷茫困惑："我忘了大半年的时间？现在快要过年了吗？为什么我一点印象都没有？我、我真的忘了吗？！为什么会这样？为什么？"

一连串的问话泄露了她的心慌焦急，过于苍白的面庞也因此染上胭脂般的绯红，睫毛颤动中她扫过在场所有人的脸，想要在他们的目光里找到答案。

温涵湫默然地站在一角，目光澄澈如水，凝视着她脸上的迷惘迫切，在心里如是说着：

因为，那些对你来说，是最痛苦的记忆。

那些痛苦，忘了也好。

相濡以沫，不如相忘于江湖。

可是，这些最真实的原因他却不能说。他只能微微地对着她绽开清浅的微笑，自然中流露着让人平静的温柔祥和："小曦！不要急。"

说话中，他的声音也是那么温煦轻柔、从容淡定："因为车祸，你受了比较严重的伤，胸骨有些断裂，头部也受到撞伤，还有身体其他部分也有灼伤、擦伤，不过现在你醒了也就代表没有大的问题。"

"这样吗？车祸？哇！我会不会也撞得毁容变丑了？"不知道为什么，顾曦辰听着他的解释脑中虽然还有其他疑问，心里却也接受了他的说法。但转念一想到自己出了车祸她又惊吓得哇哇大叫，害怕自己被撞得毁容了。

"我那倾国倾城漂亮的脸蛋啊！"

这种时候竟然想的是有没有变丑，的确是自恋臭屁的顾曦辰！

以前那个没心没肺，恣意骄傲的顾曦辰回来了！！

林乐岚扑哧一笑，随即眼睛里流下喜悦的泪水，她望着惊叫连连四处找镜子要看自己的脸有没有被毁掉的顾曦辰，激动地连声音也哽咽："小曦，都是我害了你，我一直怕你醒不来，还好现在……"

"镜子，镜子呢，快点把镜子拿给我看看！？天哪，如果撞得彻底，脸毁的比钟楼怪人卡西莫多还恐怖，那我还不如死了算了！"顾曦辰惊恐地臆想着自己可能毁容的模样，尖叫着到处找镜子，压根没有听到林乐岚的呢喃。

"小曦，不要动！我去找镜子给你！"宗政煌焦急地按着她挣扎乱动的身体，生怕她动作过于激动导致伤口迸裂。

"不会的！我保证你的脸一点没伤到，等你身体好起来，会跟以前一样漂亮！"温涵湫赶紧安抚，轻柔的声音更加低沉温暖，走近她诚挚地微笑着保证。

"真的吗？！没骗我？！不是White lies*？！"顾曦辰听了将信将疑。

"我发誓！以我教师的职业道德保证！"温涵湫面对着她疑惑的面庞，目光坦然清澈，一字一顿认真地说，"我保证顾曦辰还是跟以前一样漂亮，是我见过最美丽的女孩！"

"谢谢！"顾曦辰望着他澄清透明、毫无隐藏的眼神，不由自主地相信他的保证，朝他灿烂一笑，"只要没有毁容就好，我也不计较是不是最漂亮的人了！"

宗政煌望着她笑靥如花，情不自禁在她耳边痴痴低语："是，小曦！在我眼里你永远是最漂亮的。"

怦！

怦怦！

听到他的呢喃，顾曦辰心脏不受控制地扑通扑通跳得飞快，她微微侧过身体，睫毛颤抖着，望着宗政煌英俊非凡的面孔，忧郁深情，深邃如海的眼睛，她的脸蛋不争气的慢慢变红。

她好像真的心动了，

这一瞬间她觉得自己开始爱上他了。

* White lies：善意的谎言。

第一章

■小子，我记住你了！

公主夜未眠
The Sleepless Princess

那辜负了的，
岂仅是迟迟的春日？
那忘记了的，
又岂仅是你我的过去？
幸福的，
伤心的，
年华与记忆！

"顾曦辰！你个猪头——我受不了了！我走了！你怎么老是这么让人讨厌！"宗政华耶看到她这般花痴目光，如此地盯着他的哥哥、她的大伯宗政煌看，就差流口水了，心中酸涩的醋味翻江倒海地翻滚着咆哮着，嗓子里好像吃了火药，气呼呼地对着顾曦辰大吼了几句，旋风一般甩了门出去！

……

顾曦辰！你个猪头！

我受不了了！

你怎么老是这么让人讨厌！

……

顾曦辰的脑子里回荡着刚才那几句话，气得鼻孔差点冒烟，胸口起伏着，眼睛瞪着门口宗政华耶消失的方向，恨不得化无形的愤怒火焰为有形的厉箭冰刀砍了他。

奶奶的熊，竟然骂我是猪头？

你看过有我这么漂亮有气质的猪头吗？！

还说我让人讨厌？！

哼，拜倒在姑奶奶的石榴裙下的人不知有多少。

竟然敢说我让人讨厌，还没听到有男生这样说我！！！

小子，我记住你了！咱们走着瞧好了！

……

宗政煌惊愕地听着小耶的怒吼，看着他离开，心里一阵黯然，然后转头对上同样震惊的顾曦辰，刹那间目光暗淡起来……

看到小曦清醒时什么都不记得迷茫的表情；

看到小曦澄清透明、没有任何忧伤的眼神；

看到小曦灿烂明艳、花朵一般幸福的笑容;

他控制不住心中的愧疚忍不住又想逃开。他就是这么一个瞻前顾后、懦弱退缩的人。他怕,怕她有一天想起那些让她伤心的事,他怕他带给她的总是悲伤。

或许,像这样就好。

忘记他。

忘记小耶。

……

忘记过去所有让她伤心的人事物,然后重新开始。

他的理智告诉他这样的结果最好,可是他的心、他的感情却顽固地不想放手。望着顾曦辰瞪着门口皱眉,他喉头哽咽了一下,嗓音低哑地道歉:"对不起,小曦!"

啊?

气质高贵忧郁的帅哥连声音也是如此的忧郁,忧郁得连她的心脏也随之颤动。她脑子里突然冒出很久以前哪个文艺片里看过的一句台词"哪怕只是听到他的声音,自己的心弦也会跟着颤动。"那时候大批特批台词恶俗,没想到现在自己也会这般,于是"扑哧"一声笑开了。

笑声中,她发现宗政煌眼睛里清晰流淌的悲伤,心里一紧,笑容随即敛起,赶紧解释:"我不是在笑你啦,刚才只是突然想起以前看过的一个笑话。哦,对了,你为什么要跟我道歉呢?难道车祸是因为你……"

是你开车撞了我吗?!

大胆假设,小心求证。顾曦辰疑惑地望着他,很难想像她是被他的车撞了。

不过,如果上天为了让她这般美丽与智慧并存的美女认识这么一个白马王子般高贵忧郁的帅哥,出个车祸也值了!

只要没死没残,有命谈恋爱就好了。

嘻嘻,不是都说美丽的邂逅缘自于美丽的错误嘛!

某个美丽与智慧并存的美女正在"花痴"中……

难道车祸是因为你?

宗政煌听到她的疑问,身体蓦地又冰冷僵直起来,小曦目光疑惑地望着他,林乐岚、温涵湫的目光也逼迫一般紧紧盯着他。

惨然苦笑,他痛苦地在心里一声声地鞭挞着自己。

是,都是他的错,都是他害的,都是因为他小曦才出的车祸。

可是，要他怎样才能在小曦如此澄清透明得没有丝毫阴霾忧伤的目光下开口，开口告诉她那些可能会让她想起一切过往，让她无尽悲伤难过的片言只语。

"你……怎么不说话？！我又没怪你。"顾曦辰浮想联翩，眼前桃花朵朵开，眼波迷梦中，她以为宗政煌不好意思。

"我，我……"宗政煌一直低着头，掩饰眼睛内潮水一般疯狂倾泻而出的压抑痛苦。

"不是他撞的，你是因为坐的车被撞翻了才受的伤。"温涵漱接口，云淡风轻地解释着，"他之所以道歉，是因为刚才那个朝你吼的人。"

"啊？因为那个人？可是——你为什么要替他道歉啊？"不解释还好，一解释顾曦辰更加的糊涂，疑惑间不小心把刚才见到宗政华耶一头金色染发在心里取的绰号说了出来，"噢，难道是那个'金毛狮王'撞的？！"

顾曦辰好似恍然大悟地哦了一声，那个家伙看起来就毛毛躁躁，肯定是他撞了我，哼，撞了人，还那么凶，真是个讨厌的家伙。

"不是的！"宗政煌在他们一问一答中快速平复自己激动的心绪，一手藏在身后，收拢成拳紧紧地握着，然后抬起头来望向小曦，"我道歉，是因为小耶刚才说话很没礼貌，他是我弟弟，宗政华耶，华夏的华，是耶非耶的耶！希望你不要介意，小耶其实没有恶意的，只是他小时候家里娇惯了些，有时候说话冲了点。"

"啊？这样啊，你弟弟？怪不得你要替他道歉呢，没关系啦！"顾曦辰又恍然大悟地啊了一声，了然地点头，然后对着他吐吐舌头可爱地一笑，"他叫宗政华耶，你是他哥哥，那你叫什么名字呢？宗政什么？"

宗政煌喉头一紧，酸涩的滋味从胸口蔓延到嗓子里到口中。从没想过有一天，小曦连他的名字都会忘记。

他努力地露出微笑望着她的脸，声音轻柔温和："是，我是他的哥哥，宗政煌！辉煌的煌！"

宗政煌！

宗政煌！宗政煌！

听着就很好听，的确是个好名字！

顾曦辰小声的重复念叨，然后抬头朝着他灿烂一笑："名字很好哦！灿烂辉煌，名如其人。不过，感觉你和你弟弟一点都不像啊。嗯，你比他帅——咳，不是，你们

都很帅啦，你比他多了点忧郁高贵的气质，好像王子哦！"

情人眼中出潘安！

林乐岚一直站在旁边静静地看着，看着顾曦辰恣意灿烂的微笑，听着她如同以前一般任性张扬的言语，心里满满洋溢着某种让她想哭又想笑的快乐。

小曦，小曦，小曦！

我真的很高兴你能醒过来。

宗政煌却在她的笑语声里脸上一点点染出了红晕。

"……哦，对了，感觉好像你们都认识我一样，你们是在我忘了的那一段时间认识的吗？"兴奋过头的顾曦辰终于想到这个很关键的问题——怎么她一"觉"醒来，身边尽是她感觉陌生的"熟人"。

"呃，这——"在她专注的目光下，宗政煌迟疑着，不知道说是还是不是，他怕小曦再问到其他问题，于是求救般地看向林乐岚、温涵湫。

温涵湫无声叹息，心中微痛，脸上却依然淡然地微笑："宗政院长，既然小曦已经醒来了，我们先去找医生过来帮她检查一下吧！其他的，以后再说吧。"

"嗯，我现在就跟你去！"宗政煌立即站了起来，然后对着顾曦辰温柔一笑，"小曦，我们很快就回来。"

"林同学，就麻烦你先陪着小曦说说话。"温涵湫细心关照了林乐岚一句，然后才随着宗政煌走了出去。

不是吧？

就这样走了？！

顾曦辰盯着他们的背影消失在门然后，然后双手撑着床就要起身，身上的伤口又一次受到撕扯，刀戳般剧烈的疼痛闪电一样传遍了身体的每一个角落。她抑制不住呻吟出声，痛得眼泪大滴大滴地从脸颊滚落："嘶，疼死我了！呜呜……"

"小曦！不要乱动，伤口有没有裂开？"林乐岚被她的莽撞行为吓得花容失色，惊慌失措地扑到她的身边搂抱住她的身子，一边念叨着一边小心翼翼地扶她躺下，"是不是疼得厉害，你先躺着，我去找医生过来看看。"

"不要！"顾曦辰紧紧咬住嘴唇，一手拽着被角，一手牢牢地抓着她的手腕，不让她离开，她忍着身体里叫嚣的疼痛开口，泪眼迷蒙地仰视着她，"猫猫，不要走！我有话问你。"

"好，好，我不走。"林乐岚连连点头安抚着她躺下，"你快躺好，不要急，有

什么问题慢慢说。只要我知道的，肯定告诉你！"

"好。"顾曦辰身体松懈下来，虚软地躺下，她咬牙忍耐着一波波袭来的疼痛，过于苍白的面庞上因此微微汗湿。好一会儿她才吁了一口气舒缓过来，目光逼视着林乐岚，"猫猫，我现在有种很奇怪的感觉。醒来的那一刻我明明记得，我最后的记忆就停在昨天星期六，你说你朋友要过生日所以昨天一天都不在学校，傍晚我出去骑车出去吃东西。然后，我只记得在校园里骑着车子的场景。其他的，再想，全是一片空白。猫猫，到底发生了什么事？为什么……"

"小曦——"林乐岚在她的视线逼迫和哀求下，心脏不断地收缩纠结。

"我怎么就那么倒霉出了车祸，又那么恰巧忘了好几个月的时间呢？为什么？巧得就好像电剧里、小说里的情节，失去部分关键的记忆！"顾曦辰的语气越来越哀伤，说话间不受控制地牵动全身的伤痛，她剧烈地喘了几口气平复情绪。

窗外的阳光洒在林乐岚的身上，逆光之下看不清她的神色。

她甩了甩头，想要甩去此刻的空洞、茫然，然后望向那一片刺目光晕下的身影，满是祈求地哀求："小猫，我现在不知道怎么告诉你我现在的感觉，真的是很难过，整个人就好像被掏空了一样，我不知道什么是真的，什么是假的，如果非要用什么具体的语言文字来形容的话，就是茫然若失，恍然如梦，我总有一种感觉，感觉我忘了对我来说很重要非常重要的事，而且，可能那些也是让我难过到死的事。"

"不要问了，不要问我！我——"林乐岚摇头，欲言又止，窗外的阳光照在身上她依然感觉身体冷得不断颤抖。就连胸口也是堵得慌，眼睛酸涩难受，她勉强地扯出掩饰太平的微笑，努力维持镇定地说道，"我……真的不是很清楚，小曦，我知道这几个月你心里不痛快，可是到底是哪些事？以前我问过你你也没有告诉我。"

索性推得一干二净，林乐岚越扯越溜，最后干脆还装作愤怒地样子白了她一眼，抱怨着："还说我们是好姐妹呢，那么些事你都藏在肚子里当作秘密，也不告诉我一声。也不知道是不是你在哪惹到了烂桃花，脚踏几只船才没好意思告诉我！"

"喂，林小猫！我天生丽质被别人喜欢那也是没办法的事情好不好？！"顾曦辰被她一激，嘴唇上扬，习惯性地挑高了眉毛自恋、臭屁地反驳。

林乐岚凑近了望着她，很久没有看到顾曦辰式的张扬自恋，怀念地露出了真心的微笑。

"喂，你笑什么？林小猫，再笑我就……我就开扁了！"那笑容在顾曦辰的眼里却化做刻意的嘲笑，她恐吓地提出警告。

　　"好，我不笑。"林乐岚难得配合地收敛了笑容，坐在她的床边，声音放得很是柔软，语调要多和顺有多和顺，"小曦，你昏睡了好多天，真是吓死我了。看到你那个样子我一直在心里对自己说，只要你能醒来，我一定都听你的，陪你玩，陪你闹，陪你疯。"

　　"岚子，对不起。让你担心了！"顾曦辰听到她哽咽的声音，看到她的眼里满是水光，心里胀满了感动，暖暖的，连身上的伤口也似乎没有那么疼了，她从被子里伸出右手，轻轻地握住林乐岚垂放在床边的右手上，温暖柔软的触感霎时传遍手心，顾曦辰望着她的面容，诚挚地一笑，"还有，谢谢你！"

　　"笨小曦。跟我还说谢。"林乐岚也回给她一个微笑，轻轻地反握住她的汗湿微凉的手掌，"还有，我们朋友这么多年听惯了你猫啊小猫的叫唤，偶尔听你叫我岚子都让我感到别扭死了。"

　　的确好多年了，还记得我爸那年再婚搬了家，我们就认识了。

　　"对了，岚——小猫，我爸——他人呢？"顾曦辰想到什么欲言又止，但是最后还是忍不住地问出口，"他怎么不在？！有没来看过我？还是没来过……"

　　"他？"林乐岚听了一怔，眉头不自觉地蹙了一下，随即又刻意松开眉头，对着她微笑着解释，"不是的，小曦，虽然顾叔叔他工作很忙，但他也常来看你，不过你一直没醒所以不知道。对了，现在你醒了，等下我就打电话告诉他，他一定很高兴地赶过来看你。"

　　"嗯。"顾曦辰静静地听着她的解释，没有再开口询问，只是心里微微黯然，猫猫，过多的解释便是掩饰。真是难为你了。她望着林乐岚给予的温暖笑容，虚软地回以一笑。

　　其他的，不再需要言语。

　　她们的手依然交叠地握着，微凉的手指吸收着对方掌心的温暖。

　　小曦，对不起，哪怕有一天你想起忘记的一切，怪我不能告诉你我所知道的一切，现在我也不会说出真相。

　　小曦，真的对不起！我只是不想你再经历比死还痛苦的绝望。如果真的忘记了就永远忘了吧。

　　林乐岚望着她苍白虚弱得仿佛随时都会消失的身影，手里下意识地握紧。

　　猫猫，虽然你什么都没说，但是能感受到你的心痛，我忘记的那些记忆该是如何的痛彻心肺，刻骨绝望。

猫猫，现在我感觉很混乱，我急切的想知道我到底忘记了什么，忘记了什么人什么事情，可心里又很害怕，我怕我真的知道了一切我又会后悔。

顾曦辰感觉着手指被她越握越紧。恍惚中，她看着光温暖地照耀在彼此的身上，那千丝万缕的光芒好似跳动的火花，模糊了光晕、色彩，整个人仿佛陷落在斑斓迷惘的梦境。

·♛·

阳光透过冰冷的玻璃照在走廊中，映照在雪白的墙壁上、光洁的大理石地板上，泛出清冷的光辉。

宗政煌和温涵湫出了特护病房后，两个人默默地走向前方。走廊的尽头，拐过拐角，右侧一排的办公室就是各科专家级别的医室。

小曦从昏睡中清醒对他们来说是天大的喜事，但是她忘记了他们，忘记了大半年的记忆却让他们措手不及。

上天似乎给他们开了一个巨大的玩笑。

所以未来是好、是坏，任何人都不可能预料了。

但是，未来的情势再坏，也不会比过去、比现在更让人痛苦。

再好，他们也生怕会对小曦造成任何不好的可能。

拐过拐角，两个人愣了一下，然后停下脚步，目光顺着眼前三五米远处赫然挺立的超级"障碍物"——宗政华耶望了过去。

他依靠在楼梯扶手边，双手插在口袋里，一脚支撑着身体的重量，一脚无意识地踢打着旁边的盆栽。因此他虽然低头看着脚下，路过的人依然可以感受到他的愤怒懊恼。

宗政煌的眉头微微蹙了一下随即又松开，他无声地叹了一口，重新抬脚，迈步向他走去："小耶，怎么一个人守在这？刚还以为你走了。"

"啊？你们怎么也出来了？"宗政华耶发泄地踢打着脚下的文竹，听到大哥的声音还以为是自己出现幻听，微一抬头不但看到宗政煌的身影，旁边还附带赠送了"假想情敌"一名，一想到不能被敌人看低了，他赶紧挺直了身体站好，咳嗽了几声，眼巴巴地瞅着宗政煌说道："大、大哥，小曦怎么会、怎么会失忆呢？！大哥，是小曦的恶作剧对不对？！她在开玩笑对不对？！是不是就我一个人被骗到，我走了之后，

小曦肯定跟你们嘲笑我是个傻瓜，那么不经骗对不对？我一直在想，人怎么可能被撞一下就会失忆。"

"我也希望只是小曦开的玩笑。"宗政煌看着他，眼底流淌着哀伤无奈，他走近了宗政华耶，手安抚地在他背上轻轻地拍了下，"小耶，只要小曦能醒来，其他的一切都会好的。说不定过不了几天小曦就想起来了。"

"子非鱼，焉知鱼之乐？"温涵湫喃喃自语，眼前浮现小曦虽迷惘无知却无忧又无愁的神色，他叹息地抬头望着窗外投射进来的阳光，光线纯净透明，却隐隐流泻着五彩光华。

"喂，你这家伙在念叨什么？"宗政华耶耳尖听到他说什么"愚不愚"的，以为那姓温的在嘲笑他，于是黑了脸地朝他吼过去。

宗政煌拍在他肩上的手僵住，看了自己弟弟吹胡子瞪眼的凶恶状，实在是家教不严，想说点什么又忍了下去。

温涵湫只是一笑，没有计较他的失礼，转回头静静地望着他们，然后淡淡说道："无知者无畏。有些事情或许忘记了才不会痛苦。你们希望小曦想起所有的事情而痛苦，还是希望她像现在这样虽然什么都不知道而像以前一样无忧无虑呢？"

"不好不好，我不要小曦忘了我，对我就像一个陌生人一样，这样下去我会疯掉！"宗政华耶涨红了脸拼命摇头否决，他宁愿小曦像以前一样跟他吵吵闹闹，也好过现在彼此冷冷清清、形同陌路。

宗政煌长长一声叹息，面色越发黯然，眉头深深地纠结在一起，此刻即使是笑，也是惨淡凄楚，拂不去的失落忧郁。他迎着温涵湫的目光道："想起或是忘记，现在说这些还有什么意义呢？对我来说，小曦能从昏睡中醒来已经是苍天的垂怜，其他的无论怎样我都能承受。"

说完，他又安抚地拍着宗政华耶的肩，然后对他说道："小耶，你先不要这么慌好吗？我现在就过去找医院最好的脑科医生帮小曦诊断，看具体是什么原因导致了失忆。"

"嗯，好啊，好啊。哥，不要浪费时间了，我们现在就去找韩院长！"宗政华耶一迭声的点头答应着，一秒钟也不想多浪费的拖着宗政煌向最右边的脑科，也是医院内部人尽皆知的院长办公室冲去。

"韩叔叔，小曦刚刚清醒了。"宗政煌宣布着这个天大的喜讯。

"啊！是嘛？！真的清醒了？"韩院长激动的连连搓手，笑容满面，心头的一块

大石头终于放了下来，"好，总算是否极泰来……真是太好了。"

如果顾曦辰还不醒来，他都要找个地缝钻进去算了，哪还有脸面继续担任宗政医院的院长。

"好什么好啊，韩叔叔……人是清醒过来了……"宗政华耶苦着脸对着韩院长哭诉着，"可是，小曦她也失忆了，她竟然不认识我了，也不认识我哥。小曦她好像从今年9月份开学后的事情都忘光了。不过，之前的她都记得，她记得她好友。"

"失忆？"韩院长愕然，伸手扶了扶快要滑落的眼镜，脸色开始凝重起来。求证般地望向宗政煌。

宗政煌神色同样沉重："现在除了知道小曦失去记忆以外，不知道她身体其他方面有没有情况我们一直没有发现的。"

韩院长听了略微沉吟，转身几步走到他的公办桌，按了电话沉静地开口吩咐着："小何，少夫人刚清醒，但也失去了一些记忆，你现在就组织院里各科专家，准备系统检查。"

"韩叔叔，我都急死了。反正你就是脑科权威，先告诉我医学上有关失忆的情况。"宗政华耶如热锅上的蚂蚁一般焦躁不停，他眼巴巴地瞅着韩院长，一看他放下电话，立刻缠了上去问他。

韩院长转身便看到这里齐刷刷三双盯着他的热切期盼视线，失笑地咳嗽了几声，缓缓开始解释："我们平常所说的失忆就是医学上所称的失忆症。失忆症可分为心因性失忆症，这是由于脑部受创，和解离性失忆症，这主要是意识、记忆、身份、或对环境的正常整合功能遭到破坏，因而对生活造成困扰，而这些症状却又无法以生理的因素来说明。"

宗政煌、温涵湫和小耶他们三个人几乎是屏住呼吸，眼睛眨也不眨一下静悄悄地听着韩院长医学上失忆的专业解说。

"人的大脑中的暂时失忆现象，可能由多种原因引起。最常见的是脑部损伤造成的失忆现象……"韩院长详细地解说着心因性失忆症，为了使他们明白，他举了个例子道，"比如说老年痴呆症，它其实也是一种记忆丧失症。其根本原因也是因为脑部血管堵塞使脑细胞的功能受到损伤有关。"

"知道了，知道了，这个老年痴呆症就跳过吧！反正小曦的失忆也不可能是老年痴呆。"宗政华耶咋呼呼地抢白说道，他抓了抓头发，歪头想了一下又问，"韩叔

叔，那小曦的失去记忆是跟脑部受损有关吗？"

"呃，很难确切地说。"韩院长被他问得愣了一下，微微沉思后继续解释，"少夫人被送过来检查的时候，我们拍片子时并没有发现她的脑部有淤血，这个可能跟车祸撞翻时，她潜意识用双手护住头部有关。当然，也不能排除她的头脑内部有受损的可能性。"

说了等于没说，还是不能判断嘛。宗政华耶泄气地叹了一口，有气无力地问道："那……那个什么解离的失忆又是怎么回事？"

"解离性失忆症！"韩院长谈起自己的专业是滔滔不绝，"所谓解离性失忆症，这在医学上叫做选择性失忆……虽然致病机转未有定论，心理因素普遍被认为是诱发此病的导火线……在治疗方面通常是以心理治疗为主，包括找出并适当处理压力源、适度的倾听、催眠治疗或以药物辅助式的会谈、鼓励病人去克服症状，如回忆……"

天哪，真的是太深奥了，听得人头都快疼了。

宗政华耶一张脸犹如苦瓜，望着说得神采飞扬、唾液横飞的韩院长问道："韩叔叔，说完了吗？"

"啊？ 呃，说完了。"韩院长不好意思地咳嗽了一声，每次一说起自己的专业来就忘乎所以，"抱歉。"

"没关系，听君一席话，胜读十年书。"宗政煌矜持一笑，客气有礼地微微弯下身子对着他鞠了躬，"韩叔叔，关于小曦的一切拜托您了。"

"宗政少主，你这不是折杀我这糟老头子嘛。"韩院长受宠若惊，避过身体慌忙伸手扶他，"你放心，这本来就是我的职责所在，我保证一定还你们一个跟原来分毫不差的宗政少夫人！"

"韩叔叔，只要小曦身体康复我就感激不尽，如果……"宗政煌迟疑了几秒，满目涩然，依然坚决地说道，"如果小曦的失忆对她的身体没有影响，如果记起一切只会让她受伤的话，就不要通过医疗手段让她想起一切了。"

"哥！"宗政华耶不敢置信地瞪大了眼睛，他质疑地怒视着他，"怎么可以这样？！我不同意。"

"我赞成理事长的话！"温涵湫出声支援，"宗政同学，你心中应该想过，比较过小曦失忆还是想起一切，哪一种状态下，小曦会更开心。"

"可，可是，我也不想，不希望她忘了我啊。" 理智上虽然知道小曦这样无忧无虑的样子更好，但是情感上无法接受她已经不认识他的事实。宗政华耶心有不甘而又无法理直气壮地点头说好，依然"垂死挣扎"地小声分辩着。

韩院长虽然不清楚宗政家到底出了什么事，但心中也隐隐感觉他们之间的异样。本来，豪门世家的是非就多，何况像顾曦辰这般门不当户不对的嫁了过去。但是他再好奇，也不会真的去探听事实真相。

"韩叔叔，刚你也讲了失忆在医学上也是病，只要是病，都要医治对不对？"宗政华耶可怜兮兮地去寻找他最后的"盟军"。

"这——"怎么矛头指向他了？韩院长在他们三个人的注目下压力倍增，伸手小心地推了推眼镜的镜架，然后不急不徐地说道，"现在我还不能给你们确定的答复，一切都要等正式检查过后，反复研究了才能给你们一个答案。"

"那就赶快查嘛！韩叔叔——"宗政华耶也不嫌难看，厚着脸皮拉扯着韩院长的衣袖，然后又套着他的耳朵小小声的拜托，"好叔叔，即使不能让小曦想起一切，起码让她记起我一个人嘛……"

然后他在心中小小的腹诽：最好小曦能把其他人统统忘了更好，只记得他一个人！！！嘿嘿……

· ♛ ·

他们再次回到顾曦辰的病房时，里面寂静无声。

最先进门的是宗政煌，他望着金灿灿的阳光流泻一室，照在床上，照在小曦的身上、脸上、长发上，微微翕合颤动的睫毛，恍如童话里似醒非醒的美丽公主一般。

看在眼里，暖在心中。

宗政煌的眼角潮湿，他喉头哽咽了一下，然后深深地吸了一口气向她走去。

咚咚！

咚咚咚！

心跳得好快啊！

顾曦辰注意到宗政煌越走越近，她的心脏扑通扑通跳得越厉害，于是她在心里给自己打气。

顾曦辰，镇静点，不要这么没出息好不好，不就是一个帅哥向你走来嘛！

可是，心底的另外一道声音更大——

能不紧张嘛，这个人可是自己难得一见就心动，喜欢得不得了的男子啊。

"小曦，现在感觉怎样，身体有没有哪边特别难受的？"他走过来后，在她的床边坐下，专注望着她的脸，对着她很是温柔地微微而笑，连声音也是那么的低沉温柔。一笑之后，忧郁散尽，取而代之的是在他眉宇间淡淡萦绕着的王子般高贵优雅的独特韵味。

真的是太太太让人心动了！！！

顾曦辰的心跳陡然停滞，回望着他，露出有些蠢兮兮般的可爱笑容："你，你，好啊！"

好丢人啊！

不用照镜子她也知道自己此刻肯定是蠢毙了，心底一阵哀号，他会不会就此认定我太"花痴"了啊！她的哀号犹如疼痛的呻吟："呃呜……"

"怎么了，小曦，是不是突然感到疼得厉害？"宗政煌听到她压抑的呜声，如临大敌，紧张地伸手触碰她的身体。

"没、没有。我不怕疼的。"顾曦辰连连摇头否认。

"小曦，我已经联系了院长，等一下就给你做个全身检查，好不好？"宗政煌的手触碰到她的肩，生怕碰疼了她又轻轻地收回了手。

啊？全身检查？！

"不要——了啊！"顾曦辰一想到要被冷冰冰的奇奇怪怪的机械从头扫到脚，一阵恶寒，连连摇头否认，"我很好，一点事都没有，不要再检查来检查去的了，我才不要被医院变着法子'黑钱'呢！"

"顾曦辰你个笨蛋！全身裹得跟蚕蛹似的，还说你很好，谁会相信啊！"宗政华耶进了门一直忍耐着看着他们两个卿卿我我，再听到顾曦辰说她自己很好不想检查的时候，肺都快气炸了。先不说失忆，就是提她身上各处缠着的绷带也是明摆着她自己全身是伤嘛，竟然想着掩饰太平，"再说，你住这医院谁敢收你一分钱啊？！还说你只是记不得一些事，我看你是连人也撞笨了、傻了！"

噗地一声！

怒火燃烧着小宇宙！

这个白痴竟然又骂她笨蛋！

顾曦辰气得柳眉倒竖，漂亮的大眼睛里怒火化作一支支利箭射向宗政华耶："笨

蛋你不是走了吗？怎么又过来了？！"

"你、你……我为什么要走？！"失忆了还是那么凶，性子一点没变，还是记忆里初见时那个嚣张得令人既喜欢又生气的顾曦辰。宗政华耶又喜又怒，又是伤感又是尴尬，他涨红了脸："笨蛋小曦，你不知道这医院是我们宗政家的吗？我高兴来就来，高兴走就走！你管我怎么样？！"

啊？医院是他们宗政家的？

这个家伙又是宗政煌的弟弟？

那我刚才不是骂到宗政煌了啊……

"对不起啊，我不是你说你黑心，我只是，我只是……"顾曦辰漂亮的脸蛋一下子挤成了一张苦瓜脸，她偷眼斜睨了宗政煌，发现他的脸上依然是那温柔沉醉死人的神色。

"没关系，小曦。"宗政煌看着她像以前一般偷偷瞧着他又怕被他发现的眼神，心头涨满酸涩，分不清是满足还是失落，他情不自禁地又摸了摸她披落在肩头的发梢，微笑着轻声慢语地对她说着，"是不是不喜欢对着那些冰冷的仪器？不要怕，小曦，我们会一直陪着你。"

天哪，他不但人长得帅，连脾气也是这般的温柔。

"真是太谢谢了，宗政先生。"顾曦辰绽开了灿烂如花的笑靥，眼睛也因笑意弯成了两弯新月，"那一切都拜托了。"

第二章

■ 莫名关心的人

公主夜未眠
The Sleepless Princess

咫尺天涯。
原来咫尺便是天涯。
心离得远了，
距离再近也是海角天涯。

咫尺，

天涯。

温涵湫目光一直落在顾曦辰的身上。他望着她和宗政煌的神色言语交流，身体内的温暖一点点慢慢流失。

小曦，无论何时何地，你看他时，近在眼前。

而我，即使再近在前；到底很远，远隔云端。

"美人如花隔云端……到底是我奢求了。"哀伤心痛，温涵湫呢喃自语，面色依然淡然如常，只是垂首敛眉掩下略嫌空寂清远的眸光水色。

小曦，不管如何，只要你开心无忧觉得幸福，我便尽力帮你守住。无论是谁，即使是我，也不能破坏。

美人如花隔云端……

温涵湫呢喃的声音很低，林乐岚还是听到了。

只要真的很喜欢很爱一个人，那个人说话的声音再低，哪怕他即使没有开口说话，也能听见他心底的声音。

她怔怔地注视着他，眉眼中尽是失落黯然，心克制不住地无声呐喊：温涵湫，你感慨小曦离你太过遥远，她的眼中没有你时候，我对你，何尝不也是如此，"美人如花隔云端。"为什么，你不能回头看我一眼，只要一眼……

顾曦辰一想到等一下要去做全身检查，立刻联想到自己现在头发没梳、脸色苍白，很臭美的想要梳洗一下，连声叫唤着林乐岚："猫猫，猫猫，镜子、梳子拿给我，还有你包包里所有化妆用的东东都借我一下。林小猫，你在想什么？回魂啊，小林子！！"

"啊？"林乐岚在小曦最后那一声高亢的'小林子'中回过神来，她迷茫地对上小曦的眼神，"你叫我吗？小曦，什么事儿？"

晕！一迭声叫了这么多遍的"猫猫、林小猫"不是叫她叫谁？难道这里还有第二个人的绰号为"猫"不成？！非要她喊出小林子那个超级无敌贬低的封号才有反应，人啊，有时还真的是满"贝戈戈"（贱）的……

顾曦辰扬起唇角如是想着，当然也只能想想，要是被小猫知道，非杀了她不可："猫啊，拜托，把你的化妆包借我用一下。"

"哦，好的。"林乐岚魂不守舍的答应了一声，走到沙发边，拿自己搁在沙发上的小包包。

"梳子、镜子、粉饼……"她一一掏出里面的东西递过去。

顾曦辰接过了她递过的梳子刚想抬手梳头，林乐岚转手又把唇蜜递了过来，她下意识地接了过来后，莫名其妙地看着林乐岚继续准备把从包里掏出的镜子粉饼递过来："喂、喂，林小猫，你在干吗呢？！镜子给我就好了！"

"我来吧！"宗政煌接过林乐岚手里的镜子，望着小曦笑容很是温暖。

"嗯，好的。"顾曦辰眨眼绽开如花般妩媚的笑容，把手中的唇蜜放进他的手心，手指触碰中感受到他掌心的温度，心中一漾苍白面色染出如烟绯红，于是她咳了一下，对着他手中的镜子一下下慢慢梳理长发。

明亮的日光照进床上，落在她的脸上、发间，流转着钻石一般绚丽灿烂的光华。

宗政煌目不转睛地看着。

此刻，名为温馨的气息静静流淌在他们之间。

自然，温馨之余，便是有人欢喜有人愁。

宗政华耶就是把他心头气愤显摆在脸上的那一个，他气鼓鼓地盯着他们，眼睛里快喷出火来。

温涵漱依然静默地看着小曦，淡墨般的眉宇间依稀含笑，只是此刻的笑更淡更远，如浮云出岫般飘散不定。

随后他想起什么，转身向房间内附设的洗浴间走去。

顾曦辰花了几分钟梳好了头发，随手放下梳子，对着镜子又仔细照了照，长发随意地垂在两肩，看着还行，就是脸色太过苍白，还有双唇也干了点，没血色。

"呃……"她下意识地舔了舔唇，突然想起她还没洗手洗脸，吐舌一笑，她直起

身子扫视哪里有水。

"先擦一擦手吧。"温涵湫笑容清浅地出现在她的视线之中，手里拿着刚拧好依然散发着热气的雪白毛巾，递到她的面前。

"嗯，谢谢！"顾曦辰回给他一个感激笑容，接了过来，仔细地擦着双手。

温涵湫转身，双手探进刚才端来的水盆，专注清洗另一条白色毛巾，一下，两下，三下，然后提起，拧干。

顾曦辰已经擦干了手，等着他，一手递过用完的毛巾，一手接过他刚清洗过的新毛巾，她探身凑近了林乐岚，对着镜子仔细地擦着脸蛋。

额头、眉眼、两颊、下巴……她慢慢擦着，一边擦一边照着镜子，恍惚中她突然觉得哪里不对劲，可是一时候又不知道哪里出了问题，于是她又想前探了探，脸都快贴着镜子了。

"怎么了？"林乐岚看着她不断地靠过来，身体下意识地向外退，都快被她挤到了床下。

"呃、总觉得什么好像不对……"顾曦辰放下手里的毛巾，迷惑地对着镜子，呜，虽然脸色白了点，可还是跟以前一样漂亮嘛，眼是眼，唇是唇（汗，自恋的人啊真是没办法）。她伸手摸了摸下巴，依然美得冒泡，自我陶醉中。

"呃，脖子好痒哦。"顾曦辰一直感觉身上不是隐隐的疼就是麻麻的痒，照着镜子，更是觉得脖子和锁骨之间酥麻痒痒的感觉放大了十倍，她扭了扭脖子，还是觉得痒得不行，即使有违观感她还是忍不住伸手进衣领下抓着。

"小曦，不能抓，小心抓破了流血。"

"小曦，忍着点，痒是因为伤口正在愈合。"

温涵湫和宗政煌两个几乎同时惊叫，连声阻止她的莽撞行为。

"嘶——哦。"顾曦辰手下一紧抓痛了伤口，拧着眉微微扯下领子，看脖子上的伤口是不是真的裂开了，镜子里她光洁的颈上细密的布满伤痕。

光洁？

她的脸色蓦地剧变，眼睛内的光亮陡然暗淡，她惊慌失措地伸手又向下摸去，一直探到锁骨那，里面依旧空无一物。于是顷刻间，她整个灵魂从身体里抽离了一般，脸色跟着从苍白到死白，身体也不受控制地颤抖起来。

"怎么了，小曦？"

"你在找什么？"

“小曦，你怎么了？！”

众人被她吓得也惊慌起来，连宗政华耶也顾不得怄气围了过来。

“项链、项链、我的项链不见了。”顾曦辰又惊又慌地尖叫，越想脑子里越是一片空白，怎么想都想不起来丢什么地方了，她急得伸手拼命地捶着头，逼迫着自己回想，“我妈留给我的项链，最重要的遗物，我一直戴着的。我记得妈妈说过，她说过……”

林乐岚听到小曦提到她的妈妈，以为她想起了什么，想到前些日子温涵湫说过她的妈妈刚过世，惊骇地脸色煞白，身体战栗。

宗政煌、温涵湫和宗政华耶听到她惊恐地说自己项链不见了，脸色也俱是突变，他们都知道她的项链没有丢失，也知道她的项链现在放在什么地方，可是他们现在不敢提不能提。

“哪怕她不在了，只要我戴着项链就好像她永远陪在我身边一样。”顾曦辰整个人无力地瘫软在靠垫上，绝望地眼泪滚滚而落，情绪陷落在巨大的悲恸中，“可是现在找不到了，我不知道是不是弄丢了，还是被我放哪了，我怎么想都想不出来。”

“小曦，先不要自责，说不定没丢，只是你不记得放哪里了。”三人视线交换后，温涵湫先开口，用轻缓宁静的嗓音努力安抚着她过度紧张的神经。

“是啊，小曦！冷静下来，慢慢想，我相信这么重要的东西，你一定不会弄丢的。”宗政煌紧靠在她的身边，双手略微使力抚在她的肩上，支撑着她的身体。

“是这样吗？！我没有弄丢，只是记不得放哪了……”顾曦辰努力地说服自己，让自己相信他们的话，可是她依然感觉整个人空空落落，身体内的温度好似濒死般地流逝，很冷很冷，冷得她快要窒息，她凄然地望向林乐岚，“猫猫，万一真的是被我丢了，我是不是死了也没脸见她？”

“小曦！不许说什么死不死的。明明是你自己忘了。”林乐岚听了眼泪再也克制不住的涌了出来，她崩溃地失声痛哭伸手拍打着她的身体，“猪头，我恨死你了，总是气我，刚清醒过来，又来吓我，信不信我现在就扁死你……”

林乐岚看似狠狠地拍打，其实并没有真的用了多大的力量。顾曦辰在她的痛哭拍打中情绪反而开始平复，滚烫的眼泪从眶中涌出一路流淌而下：“猫猫，对不起。害你担心了。”

“笨小曦，不但忘了我，连自己最重要的东西放哪了都忘了，还说自己不是笨蛋小曦！现在知道失忆是多大的麻烦、痛苦了？！”宗政华耶又气又怜，在顾曦辰的眼

泪中感觉自己的心都碎了，他从口袋里掏出一包面纸，拿了一张，动作略嫌粗鲁地擦着她脸上的泪痕，"不准再哭了，眼泪、鼻涕一起流，恶心死了。"

"我高兴，我哭关你什么事啊？！"顾曦辰反驳着，被他一闹，难过要死的悲痛化成了大半的怒火，泪眼朦胧地瞪着他，抢过他手里剩下的面纸，抽了其中一半给林乐岚，另一半自己留着，一边抽噎着一边一张张抽出来擦眼泪。

"罢。罢。惟小人与女子难养也。惟小人与女子难养也。"宗政华耶脸色红了又青，青了又白，看着小曦一副"拽"的不行横样，努力发扬阿Q精神小声地自我安慰。

温涵湫和宗政煌两人苦笑着彼此对视一眼，英雄所见略同，俱是哀伤无奈、叹息不已。

咚咚！

门外礼节性地响了两声敲门声，以韩院长为首的一行人走了进来。

宗政煌几步走到了韩院长的身边，有意无意中遮挡了小曦和他之间的视线："韩院长，您来啦。"

"宗政少主好，曦辰少夫人准备好了吗？！"韩院长一时间摸不着头脑，不知道他的用意，所以只是尽职地询问。

"检查啊？"顾曦辰望了一眼宗政煌，他对她鼓励地微笑点头，头脑一热，冲口而出，"准备好了。"

· 👑 ·

雪白的墙壁。

璀璨明亮的无影灯。

光滑如同玉石的白色地板。

寒光闪烁看起来就给人冷冰冰感觉的医疗仪器。

无数交错复杂的线路，闪烁不停的提示灯，各个屏幕上复杂难懂的曲线图。

无一不显示此处为高科技水平下医院装备最先进的医疗室。

咚！

咚咚！

顾曦辰躺在洁白如新的医疗床上，顶上巨大的无影灯正对着她，那光线虽然很明

亮给她的感觉却很冷，冷得她开始紧张，可以清晰地听到自己心脏异于平常的快速跳动声！

"来，伸出手腕。"韩院长看到小曦不像刚才那般紧张的模样满意地微笑，随后他轻声吩咐小曦伸出两手手腕，分别把两根线连接着夹子模样的东西紧贴着她的手腕系着。床那边，另一个医生也把连接另一台仪器的两根线贴着她的脚踝系上。

"来，再戴上这个。"韩院长又拿过一个好像头盔的东西递给她，只是头盔前面是透明的，这个戴上估计前面什么都看不到。

"哦，好的。"顾曦辰点头，她看了看猫猫、温涵湫、宗政华耶，又多看了几眼宗政煌，最后深深地吸了一口气，戴上头盔，透气，暖暖的，很舒服，没有想像中的窒息气闷。

"好。曦辰小姐。现在闭上眼睛，身体放松……"韩院长低沉温柔的声音好像催眠曲。

顾曦辰闭上眼睛，躯体放松地躺着，精神一松懈下来，就感觉到身体的疲惫，很想很想再美美的睡一觉。

……

所有的仪器悄无声息地运作起来。

韩院长专注地看了所有仪器屏幕上的显示图像，然后转身朝他们作了个手势，他们现在可以出去等检查结果了。

出了房间，他摘下了口罩，面色冷静朝在场的人点了下头，开始说起里面的检查情况："刚才我们已经给曦辰少小姐做了详细检查，所受的内外创伤开始愈合，表层的伤口愈合后不会留下任何的痕迹，只是断裂的胸骨大概还要一两个月的时间才能完全长好。"

宗政煌点头，即使心里有所准备，脸色上依然掩不住黯然神伤，他深呼吸了一下，问出了在场所有人最关心的一个问题："小曦的失忆原因查出来了吗？是生理原因还是心理原因？"

在几双热切的目光下，韩院长的脸色凝重起来，他沉吟了几秒，双手交叉放在胸前，措辞也谨慎起来："准确一点说，应该是两者兼而有之。"

"什么意思？"宗政华耶一愣。

"很抱歉，首先我要道歉的是——"韩院沉重地开口道歉，"因为以前各次检查

中，我们以为曦辰小姐脑部没有受到严重撞击，也没发现颅腔中有淤血迹象，于是断定她脑部只是受到轻微震荡，并无大碍。"

"然后呢？"温涵湫安静地听完他的解释虽嗓音清淡如常，但眼底的清冽水光又冷了几分。

"但是，就刚才检查发现。即使轻微的震荡还是对曦辰小姐的身体有所影响。"韩院长面对着众人恼怒的神色，心底叹息后目光坦然地面对他们，继续解释着，"其实，如此轻微的脑部震荡一般情况下不会对人提产生多少不利的影响。但是会对曦辰小姐的失忆产生的影响，再准确一点来说就是契机，让她'选择忘记某段记忆'的媒介。"

"你的意思是说，小曦失去记忆的主要原因是心理原因？"宗政煌眼睛微闭长声叹息后，他的声音好似苍老了十岁。

"是，在医学上，有专门的病理解释——选择性失忆。"韩院长点头，接着说道，"大家还记得先前我解释过触发选择性失忆的两种情况吧？"

他们默然点头，回想起当时他提到的两种原因。

"韩叔叔，小曦的选择性失忆是永远的还是暂时的，有没有恢复的可能？"宗政华耶想到小曦那些日子如何的哀伤消沉感同身受，心揪成一团，即使如此，他还是不甘心小曦忘了他。

韩院长在小耶可怜兮兮的哀求目光中，想了想，最后还是给他一点光明的希望："说是选择性失忆，并不是不记得，而是病人潜意识地把最黑暗痛苦的记忆封存起来。"

宗政华耶听着眼睛一亮："那小曦还是可能会想起我的？！"

"很难说，可能一辈子也想不起来，也可能在某个契机下，随时想起忘记的一切。"韩院长补充的说明残忍地浇灭了他的希望。

"韩院长，我只想知道失忆对小曦是否产生伤害？"温涵湫冷静地询问，"是让她想起一切比较好，还是忘记比较好？"

"这——"韩院长长地叹息了下，双手交叉地放在胸前，目光熠熠地望着围在他身边的人，"说句实在话，以我医生的身份和职业道德来说，失忆毕竟是一种病，既然是病那就必须治疗，有些病人就通过催眠、心理暗示再辅助药物治疗恢复记忆；但是以我私人的身份来说，忘记最痛苦不能承受的事情，然后再重新开始未尝不是一件好事。"

有些时候，忘记也是一种幸福。

"谢谢！"宗政煌特意望了一眼小耶的眼色，看到他虽然不甘却又无奈闭口的神色，他朝着韩院长深深地鞠了个躬，"韩叔叔，感谢您这段时候对小曦的照顾。如果可能的话，就不要特意恢复小曦的记忆了。"

"好，我记下了。"韩院长点头。

"可是，如果有一天，小曦自己想起了一切，到时候怎么办？"一直当壁花的林乐岚迟疑地提出心中的疑问。

"将来的事情，将来再说。"坚信'人无远虑，必有近忧'的温涵湫难得也说出如此消极的话，他遥望了一眼窗外灿烂的眼光，"未来不管怎样，我希望小曦能把握住当下的幸福，或许某天她想起一切，不再对过去的事情耿耿于怀。"

"嗯。"林乐岚听着重重点头，表示支持，然后突然想起什么啊的一声惊叫，"对了，小曦清醒了，现在要不要我去通知顾叔叔？"

宗政煌神色一凝，默默点头，然后他开口问："韩叔叔，小曦现在——"

"曦辰小姐现在正处于正常睡眠状态。等她自然睡醒，最起码三四个小时之后。"韩院长心领神会，赶紧把她现在的状况告诉他。

"那就好。"宗政煌眉宇间忧色掩去，他对着宗政华耶吩咐道，"小耶，等一下我赶回去告诉母亲，顺便让厨房弄点清淡的食物送过来。你也亲自去一趟，告诉小曦父亲那里通知他小曦已经清醒的消息。"

"嗯，好的。"宗政华耶忍不住朝医疗室里看了一眼，犹豫几秒说道，"我们都走了，小曦她一个人——"

"放心吧，我会一直守着她，等你们回来。"温涵湫微微一笑，开口应承了照顾小曦的任务。

就是有你在，我才不放心。

宗政华耶脸瞬间黑了下来，在心里嘀咕着。

"那，就麻烦你了。"宗政煌也不好说什么，对着他客气而矜持地微笑表示感谢。

海滨小城。

四处弥漫着春节即将来临的喜庆欢乐气氛，家家户户忙得热火朝天，街道上几乎处处人潮涌动，做生意的商家更是忙的天昏地暗，数钱数到手软，笑得嘴都快歪了。

街道某家影碟店里。

帅气的"小帅哥"依靠在柜台边，一脚踩在凳子上，不时地拨着都快熟烂了的号码。159XXXXXXXX！

长长的等待后，手机听筒里传来熟悉的系统提示声。"您拨打的号码已关机，sorry, the subscriber you dialed is power off。"

唉，怎么还是关机呢？小曦到现在还没清醒吗？！从车祸到现在都这么多天没消息了，难道真的像电视报纸上说的那样，小曦会步戴妃后尘！？

呸呸！童言无忌！童言无忌！千万不要灵验！！

"小帅哥"连忙抽自己嘴巴。

可是小曦，你什么时候能清醒啊？！真是担心死了！ "小帅哥"叹了一口气半趴在柜台上发呆！

店主大叔手忙脚乱了一大上午，累的整个人都快散掉。店里某个人却不时抱着手机发呆中！

"任瑜！没眼睛看到你老爸我都快忙死了吗？！"夏大叔干吼着嗓子朝某人发飙，"臭丫头，还不倒杯茶过来伺候！！"

"来咯！客官你稍等——" "小帅哥"，不，其实是帅气的少女吆喝着应声而起，谄媚地抄起杯子向厨房跑去。

小曦，希望你早点清醒啊……

希望下次电话能打通……

宗政本家

高墙深宅，外人无法窥视丝毫。

即使是新年将至，充满异域风情的前院依然如往昔般寂静，入目典雅圣洁的白色，奢华的欧式建筑群，让人仿佛置身几百年前的法国贵族庄园。

每年的春节前后，按照宗政家的传统，宗政嫡系的后人无论身在何方都必须搬回本家祭祖、守岁。

所以年关之前，后院就修葺翻修如新，明黄色的琉璃瓦，朱红色宫墙、梁柱，廊

檐下四处悬挂的奢华宫灯，玉砌雕栏、龙腾凤翔，装饰得如古代皇宫般的金碧辉煌、庄严肃穆。

今年更是因为宗政煌无心理会，装修事宜由宗政夫人接手，处处亲自过问，因此翻修得比往年更加的精心华丽。

宗政煌驾车迫不及待地赶回了家，即使看到焕然一新的景致，也没正眼瞧上几眼，问了李嫂得知母亲正在祠堂后，马不停蹄地赶过去。

祠堂沉寂，整个房间里云烟缭绕，弥漫着浓浓的檀香。

宗政华英素颜素服，神色肃穆，点了一炷香，虔诚地祷告、跪拜完后，把香插在祖宗牌位前的香炉内。

"进来！"行礼完毕后，宗政华英这才转身，沉声吩咐好一会儿前就在禅堂外不住徘徊的人进来。

"妈——"宗政煌整了整衣冠后快步进来，眼中隐隐含着忧虑。

"煌！？你怎么回来了？"宗政华英本以为家中突发急事李嫂过来禀告，哪知道进来的却是她的整日不归把医院当家的大儿子，想到此她面色一声音不稳流露出她心里的愕然，"小曦怎么了？"

虽然她心里一直不承认自己对顾曦辰有任何关心的理由，但是一想到小曦可能真的会怎样不幸，她还是发觉自己于心不忍，心肠没有自己想像中的硬冷。

"妈，小曦刚才清醒了。"宗政煌看到母亲脸上隐含的惊慌，急忙出声告诉她这个天大的好消息，他想要微笑眼睛里却泪光盈眶。

陡然悬在半空的心又落地。

"她——醒来就好。"宗政华英不想任何人觉察她心中的复杂情感，掩饰性的咳嗽几声，清了清嗓子，声音沉稳后复道，"幸有祖宗保佑。大难不死，必有后福。小曦、她也算是有福之人。"

"不过，妈——"宗政煌迟疑着正要继续告诉他母亲另一个消息的时候，宗政华英沉静在自我的思绪里，没有理会地边说边站了起来打断他的话。

"煌，还有什么话等等再说，你先过来给祖宗上炷香。"宗政华英一边吩咐着一边熟练地拿了香点上递给他。

"好。"宗政煌接了香，神色肃然，对着祖宗牌位虔诚地拜了几拜。

随后，宗政煌随着宗政华英出了祠堂，移驾花厅。宗政华英吩咐李嫂沏了茶送

来，不急不缓地喝了一口茶挥手让李嫂退下去后，又抬眼瞧了一直心神不宁的大儿子，又好气又无奈，都这么大的人了还同个孩子般坐立不安欲言又止，不过也多少年都没看到煌儿如此了。

暗暗叹息了阵，宗政华英一杯茶也喝光了，她这才开口对着宗政煌不咸不淡地问："刚你还有什么话要对我说的？！"

小曦人都醒了，还有什么大不了的事还能让他们牵肠挂肚的？！

"妈。"宗政煌神色黯淡无光，叹了一口气，说话的声音里也满是疲惫无措，"小曦虽然人清醒过来了，但是，但是她也失忆了。"

"失忆？"宗政华英面色一怔，脑中却快速地闪过许多东西，她敛眉垂颈，手中翻转着杯子，声音中敛去情绪复道，"她忘记了哪些事？"

"小曦、她——"宗政煌喉头颤动，艰难地开口道出让他无法接受的事，"她忘了我们。从今年9月开学后所有发生的事、小曦都不记得了。"

"是嘛？！"宗政华英手下一抖，青瓷的杯子磕碰在碟子上，发出清脆的声响，她索性随手搁下杯子，身体依靠进沙发中，眼睛微微闭上，脑子中空白一片，"有没有让韩国焘确诊？他怎么说？"

"有，韩叔叔检查后说是选择性失忆症。病人精神无法承受痛苦、打击，潜意识里选择忘记。"宗政煌眼神复杂地望向自己的母亲，控制心底翻腾的悲痛、哀怒，语气平静地陈述着，"妈，我跟小耶商量过了，既然小曦选择忘记过去的痛苦，我们也不强求她记起一切。除非日后她自己想起一切，其他的能瞒多少就瞒多少，能瞒多久是多久。"

"知道了。"宗政华英依然闭着眼睛，身体绵软地依靠着沙发靠垫，良久长叹了一口气，"都随你们吧，我已经说过不再管了。"

物是人非，人死的死，散的散，忘的忘，到了这个地步，她还有什么争头？连个怨怼的人都没有了。

"妈——"宗政煌看着自己母亲如此颓然的神色，心头一窒，声音放软，诚挚地说，"对不起。还有，谢谢您。"

"你先出去吧。"宗政华英开口，幽幽的声音却像从天外传来，"既然人已经醒了，你去吩咐厨房弄点清淡营养的流质食物给她。"

"嗯，我知道。"宗政煌点头，轻手轻脚站了起来，"妈，那我先走了。您、您也保重身体，这段时间儿子们不孝，让您辛苦了。"

宗政华英听完他的话脸上露出似笑非笑的表情，漠然地挥手让他离开。

· 👑 ·

小曦。

小曦、小曦。

温涵湫守在沉睡的顾曦辰的床边，凝望地她苍白宁静的睡颜，心里一遍遍地呼唤着她的名字。

记忆里，

她一颦一笑，巧笑嫣然。

举手投足之间，流露出何等的恣意飞扬。

于是，

不知不觉中，

从她灿烂的笑容开始爱上她的眼泪，

从她逞强的眼神中爱上她眼底那一抹脆弱！

他眼前浮现过往每一次见到小曦的情景：

……

第一次，公车上她跌倒在他的脚下，尴尬却又逞强地怒吼；

……

第二次，课堂上她睡眠被打扰站起来恣意而又嚣张地愤怒抱怨；

……

第三次，校园后山她前一刻活力四射与人争斗后一秒随即展露恬淡的睡颜；

……

什么时候，她恣意灿烂的笑容开始消失的？是从她喜欢上宗政煌理事长吗？他永远忘不了那个下午，她醉酒之后羞涩的微笑、错误的告白，以及从此让他的一颗心完全陷入的——吻。

……

小曦、小曦……

我不知道你爱宗政煌到何种程度，但是我知道自己从喜欢到爱你的程度不会比任何人爱你的少一分一毫。

温涵漱唇边绽露的笑意好似早春寒风中淡色小花，傲然独立。他凝神注视中，心动怦然，下意识地伸手，如同清风一般，轻轻抚过她的眉、她的眼、她的唇，最后怅然地握住她滑落在被外了右手。

静寂中，温暖的阳光笼罩在他们交缠在一起的双手上。

执子之手，与子偕老。

温涵漱微微动容，想到这一句此刻虽死而无憾。就让他放纵一次，刹那的幸福感觉暖暖地流进身体，停伫进灵魂最深处。

小曦……

恍惚中，透明的液体缓缓滴落，不断地落进他们交缠的双手之中，滚烫的感觉熨帖了冰冷的冰冷的手指。

小曦……

从此之后，他会放手默默地守护一边，倾其一生，远远地看着她选择所爱，走向幸福。

· 👑 ·

宗政华耶让林乐岚带领着去了顾曦辰爸爸顾仲宪的公司，告诉他小曦刚才从昏迷中清醒但是却失去了一段记忆的消息，但是却看到他一门心思裁在公司生意，心中不由怒气冲天，勉强压制住怒火后他不咸不淡地通知顾仲宪他们已经决定暂时先不要告诉小曦已经嫁人的事。也因为了解她爸爸漠不关心的态度，也没问他什么时候会去看小曦，只想以最快速度赶回医院。

离开的这么长时间，不知道那个讨厌的温涵漱还在不在，有没有对小曦说三道四，趁着她什么都不清楚的情形下花言巧语哄骗她。

还有，希望能比大哥先到医院，嗯，最好大哥被妈妈缠住不能来最好。

希望是美好的，现实却是残酷的。

宗政煌咐厨房以最快速度准备了清粥小菜，已经先他一步从家里赶到医院。

可惜，一山更比一山高，还有比他更早到的，一大帮闻风而动的媒体从他们安排在医院的眼线那里得知顾曦辰清醒的消息后，疯狂出击，早早挤在医院门口守株待兔，不，守门待人，等着宗政家的人出现。

所以，当象征着宗政家"御驾亲临"的布加迪·威龙一路飞驶过来，减速进入医院大门的时候，期待已久的人群沸腾了。

无数的闪光灯不停地闪烁着追随车辆的踪影。

当车在医院停车区停下，宗政煌从车内出来的那一刻，一大群记者就冲了过去，堵塞了他前行的路。

有钱没钱，多跑新闻好过年。

没有奇闻，也要爆出独家新闻，再不济，妙笔生花也得炮制出火辣绯闻。

总之一句话，为了丰厚的年终奖金，记者们豁出去了，高举着话筒，你踩我一脚我推你一下拼命挤到宗政煌的面前，七嘴八舌地提出五花八门的问题：

"宗政先生，听说顾曦辰少夫人今天从昏迷中清醒过来了是吗？"

"宗政先生，传闻您自曦辰少夫人车祸后不分昼夜深情守候在她的病房，这件事是真的吗？"

"宗政先生，最新传闻，据说曦辰小姐人虽然清醒但是也有后遗症，请问您能否对此做出解释？"

……

面对着这些善于捕风捉影的记者媒体，宗政煌一向采取默然的态度，视而不见，听而不闻。

被他们围挡着，宗政煌一行人寸步难行。因此他面上虽无表情，但内心却焦躁愤怒不已。

他缓缓扫视了随行六名贴身护卫默契合作技巧地驱散周围记者，奋力拓展通道的身影。紧随在他身侧的高级秘书严特助感觉他情绪上的变化，会意地在他面前低语提议："董事长，是不是……"

宗政煌颔首，接着淡声对着他吩咐道："嗯，你看着办。"

"是。"严特助受命恭敬点头，随即疾步走到记者群的最前沿，面上带着礼貌的三分笑意，落落大方地宣布消息，"各位记者朋友，曦辰少夫人的确刚清醒过来，暂请诸位'高抬贵脚'放行让宗政先生过去。其他的，有任何问题我会给大家解答。"

善意的微笑，加上他的保证，记者们哄笑着三三两两地退开，散出一条狭窄的通道，目送着宗政煌他们疾步离去，顺手也拍下宗政他们一行人向医院主楼前行的背影。

此时顾曦辰依然沉睡着，病房内静静地丝毫没有受到外界吵闹喧哗的影响。

温涵湫守候着她，任时间流逝，一直一直痴痴地注视着她。

洁白如瓷的面庞，似烟淡扫的眉，微微弯曲的睫毛，浅粉的唇，纤细的颈项……比天下所有女子还要好看，就好像童话里等待王子到来而沉睡的公主一般美丽。

如果说，

一眼万年，

他愿意倾尽所有，

换取一刻她只为他的展颜欢笑。

温涵湫微微而笑，唇角的笑意如同洒落在他身上的阳光形成的光晕一般朦胧。遐想过后，他伸手轻轻掖了掖盖在顾曦辰肩膀处的被角。

几声簌簌微响，

房门轻轻从外被人打开。

温涵湫凝神敛眉，转头站了起来，宗政煌放轻脚步缓慢走了进来。

走近了，他放下手里的食盒，轻轻搁在桌子上，随后看了眼沉睡中的小曦，恍惚中感觉她的清醒只是他的梦，忍不住开口问温涵湫："小曦一直睡着，中间都没醒来吗？她——"

不知道是外界的说话还是梦到了不开心的事，熟睡中的顾曦辰皱眉嘤咛了起来。

"嘘————"温涵湫赶紧举指嘘了一声打住。

"呜……呜……妈……"睡梦中，顾曦辰几声微声呓语。

声音含混听不清，不知道她是不是想到她母亲。宗政煌心头一紧，屏息凝神，同温涵湫一起紧张地注视小曦的动向。

良久，那几声呓语之后小曦一直沉沉地睡着。他们这才放下心来，彼此对视一眼，默契地一番视线交流后，两个人轻手轻脚地走出病房，轻轻掩上门后才开始交谈。

"刚才我上来的时候，遇到很多记者，他们已经得知小曦清醒的消息？"宗政煌眉头不自觉地拧了起来，脸上流露出担忧的神色。

温涵湫愣了一下，随后呢喃："这么快？"

"你以为呢？"宗政煌微微苦笑，叹声道，"那帮记者鼻子灵通得很，哪边有风哪边钻。"

"那——他们知道小曦？"温涵湫陡然想到另一个问题，面色一震赶忙询问。

"应该还不知道。"宗政煌摇头，面色沉郁，"不过，也有记者追问小曦是不是

人清醒过来但还有后遗症，不过，我想这应该只是他们的捕风捉影，胡乱猜测。"

"世上没有不透风的墙。"温涵湫低语，望向宗政煌的目光却意外的犀利，"何况是你口中说的那些鼻子灵通的记者，无风还要起浪，如果有事，他们还不是要搅翻天？"

宗政煌心有戚戚焉地黯然长叹。

虽然小曦已经从昏迷中清醒过来，但是他依然无法不怨不恨那些记者。如果不是他们穷凶恶急地追赶，小曦怎么可能出车祸！？

"我也考虑到了。"宗政煌揉了揉眉心，缓缓道出他的决定，"现在最紧要的是不能让他们知道小曦失忆的消息，不然不知道他们会编出怎样的事端。等一下我会跟韩院长交代一下，必要的话下'封口令'也在所不惜。"

温涵湫默然点头，向来淡泊清冷的眼神中含着忧虑："除此之外，我更担心的是小曦她本身，虽说很多事她都没来得及问。但等她缓过神来，肯定会追问她失忆那段时间的经历……"

"走一步算一步，到时候再说吧。"宗政煌苦笑，这也是他极力不愿去想的问题，"起码，这几天先搪塞一下，什么都不要说，让小曦安心休息。"

安心休息？

害小曦到了今天这地步，不能不说他的逃避退缩性格占了很大因素。

"安心？怎么可能安心？！小曦的倔强执拗个性你又不是不了解！"温涵湫深吸了一口气，声音刻意放软，却掩不住嗓音里寒似深夜幽泉的清冷，"就似蝴蝶效应，一只南美洲亚马逊河流域热带雨林中的蝴蝶，偶尔扇动几下翅膀，可能两周后在美国德克萨斯引起一场龙卷风。我们现在还赌得起吗？任何一个意外，都有可能导致不可挽回的后果。"

"事情在发生以前，的确有无数的变数。"宗政煌目光熠熠，注视着他沉声反驳，"在没有预先解决所有可能会出现的意外状况下，所做的任何决定都可能让事情向不可控制的方向发展。所以没有万无一失的解决方案，宁可先保持沉默。"

"所以，你的提议是兵来将挡，水来土掩？"温涵湫微笑。

"是。先瞒着再观察两三天。"宗政煌点头，掩不住眉宇中的疲惫沉郁，"利用这几天我们多思量着，给小曦一个可以接受并且不会引起太多疑问的记忆吧。"

第三章

■ 我是太子妃？！

公主夜未眠

The Sleepless Princess

世人都说，
生活就像洋葱，
一片一片的剥开，
总有一片会让我们流泪。

The sleepless Princess

无聊啊无聊，不是在无聊中变态，就是在无聊中崩溃。

顾曦辰觉得自己就是处于崩溃和变态的边缘。

天天不是吃了睡就是睡了吃，虽然说睡觉是天下最幸福的事情，但是也不能一天二十四个小时都在睡吧？醒了的时候连个熟悉的、想说话的人也没有，还要天天跟这个陌生的'金毛狮王'——别扭的小屁孩相看两生厌。

就算要跟陌生人在一起，她也宁愿跟心目中的白马王子——他的大哥在一起啊。

可惜这几天宗政煌都是"朝三暮四"，不定时的每天过来晃几下，连凳子都没捂热，话没说两句，便有好多通电话追命似的打给他，随后又歉意笑笑急匆匆地走掉！

唉，看那架势，国务院总理估计都没他忙，真不知道他是做什么工作的。

还有，她那个成天"忙"得没影、一门心思挂在那女人和儿子身上没来看她的老头也就算了，连林乐岚——林小猫——林猪头也不来。

真郁闷！

是哪个混蛋说一有空就过来陪她的？都三天了连个人影都没看到，本来还想问她自己失去的记忆呢。

食言而肥、食言而肥的家伙，最好胖死你算了！以后跟个猪哥配成一对刚刚好。

顾曦辰憋闷着怒气在心里诅咒那个说话不算话的家伙，有眼无心地看着市场上的畅销流行类小说，宁静的病房内只听见书页哗哗地翻动声。

……

星子沉落，

夜空渐渐泛白，天边横过一抹淡红。

终于。

少年开口："是的，我也想你。"

他的脸上晕染绯红，声音清淡柔和的好像三月的风，醉人温暖："影，我喜欢你。一直喜欢的是你。"

阳光洒落在他们的身上，两个人的身体不断地靠近，仿佛可以听见对方急促的心跳，温暖的唇轻轻地印在了对方微凉的额上，渐渐地向下拂过，吻在少女同样沁凉的唇上。

天涯终至咫尺。

HAPPY ENDING!

……

就这样结束了？！

别扭到最后才承认感情，真讨厌这样的男主角，一点也不干脆，爱得窝窝囊囊。

最后甚至连个缠绵点的吻都没有……

顾曦辰撇撇嘴，很不"纯洁"地摒弃着，不知道为什么现在她看到这种瞻前顾后温吞男主角心里特别来气。

爱就爱了，干吗老是用各种理由退缩？！

"拜托，什么结局啊！？如果我是作者，肯定安排女主角甩甩袖子走人！才不要这样窝囊的男主角！"顾曦辰啪嗒一声摔下书，义愤填膺地怒斥。

这时，宗政华耶一直坐在离她不近不远的沙发上。

顾曦辰总不愿跟他说话。

为啥？两个人跟犯冲似的，话不投机半句多呗！

顾曦辰也不愿他时时看着她。

为啥？她已经够自恋——不需要多少男生盯着我增加曝光率，做人要低调！——她的原话。

所以，没有法子的法子，宗政华耶只好走曲线救国的道路，一天二十四小时守候着随传随到，即使没有功劳也有苦劳吧，以此来拯救他已经岌岌可危的爱情。

所以，他在看似专心地玩着储存在手提电脑里的单机小游戏，其实却是身在曹营心在汉，关了游戏背景音乐，两手心不在焉地点击鼠标，眼睛、耳朵却时时关注在顾曦辰那边的风吹草动。

所以，他一看到顾曦辰扔下书怒吼，赶紧放下电脑，巴巴地跑过去："怎么了怎

么了？"

"没什么。"顾曦辰深呼吸了下，平复着激动的心情，即使对着他殷勤的笑脸也是兴趣缺乏，迁怒道，"只是看了一本不喜欢的书而已，最讨厌小说里举棋不定、反反复复、窝囊温吞的男主角了。你怎么尽挑让人看了郁闷的书啊！"

"不是你说影视大片都不好看，让我帮你挑市场上最流行的小说嘛？！"宗政华耶的笑容垮了下来，心里愤愤嘀咕着，还嫌弃小说里的人物呢，大哥那样举棋不定、反反复复、窝囊温吞你还不是喜欢着？！

"拜托，那你就不能挑些搞笑点的书来看吗？"顾曦辰听到他的辩解夸张地翻了个白眼。

"你不说我怎么知道你喜欢看哪类书？自己不说清楚还怪我……"宗政华耶头疼地揉揉他那金光熠熠的染发。

他，宗政华耶什么时候如此委屈过？巴巴地天天从家跑过来守候着，随传随到，鞍前马后地服侍着，还被她嫌弃这样，挑剔那般。

"STOP！这个话题可以到此结束。"顾曦辰比了个停止的手势，再不制止空气里弥漫的硝烟估计又会爆炸。她叹了口气，"我都快闷死了！你打个电话让林小猫过来陪我说说话吧。"

忍无可忍，直接"下旨"宣召那猪头过来见驾。

"这……不好吧。"宗政华耶结巴地回答，眼珠转动着拼命地想着理由，"你看、还有两天就过年了，她肯定忙得没时间过来看你啊！"

"啊，那就算了吧！"顾曦辰失望地叹了口气，抬头看到窗外灿烂的阳光，纯净透明般湛蓝的天空，再也坐不住了，很想出去走走，哪怕是呼吸一下外面清新的冷空气也行，她口气稍微放软，有求于人嘛，不得不放低姿态，"喂，宗政——华耶，那我出去晃悠一圈总行吧？！"

"呃，外面太冷，你身体还没痊愈，还是卧床休息比较好。"宗政华耶很为难地继续泼她的冷水。

"什么玩意嘛，这也不行，那也不行。都快闷死了，一点自由都没有，就是坐牢也有放风的时间啊！"顾曦辰火起来，愤怒地朝他大吼，"早知道这样，还不如死了算了，一了百了，省得现在受罪！"

"不准死！小曦！"宗政华耶听到她说不如死了算了的时候胸口猛然翻腾起那种熟悉的撕裂般地剧痛，他的面孔陡然苍白，瞳孔紧缩，死力地抓紧她的肩膀逼视着她

的眼睛低吼，"哪怕是说说而已我也不准，顾曦辰，你听到没有！"

他很怕，真的很怕回忆起那些日子，眼睁睁看着她昏迷不醒却束手无策，担心她那微弱的呼吸，心跳哪一刻会陡然停止，那样的恐惧整个人被火吞噬般窒息，全部的灵魂也像被撕裂成碎片。

"好痛啊！"顾曦辰哎哟地叫痛，他的手劲太大捏得她的肩膀都快断了一般，拼命挣扎中她突然看到他眼中不断涌起的雾气凝聚成泪水无声地流淌。

顾曦辰怔忡间停止了挣扎，望着他迟疑地问："你——怎么哭了？喂，你……勒得我肩膀很疼，我也没怪你。"

宗政华耶听着她陌生无措的语调，眼中闪过黯然的神色。

窗户上的玻璃被阳光照得有些反光，明亮而又清冷得令人心悸。一如顾曦辰望着他的目光，清亮而又陌生得令人绝望。

铺天盖地的沉痛瞬间把他压垮，宗政华耶松开了她的肩膀，伸手遮住了自己的眼睛，下一秒眼泪从他的指缝间不断地涌出滑落，他死死地咬住嘴唇，只发出微弱的呜咽声音。

顾曦辰呆住了，实在不明白上一刻还在狂怒折磨她的人下一秒却痛苦地落泪，不是说男儿膝下有黄金，男子汉流血不流泪的吗？！

要她面对挑衅的人她有的是经验，以牙还牙打回去就是了。但是要她面对一个哭得很伤心的男生，她还真是束手无策，不知道怎么办好。可是人家小男生就在你面前哭，你一点反应也没有好像也不好。

顾曦辰左右为难，眨了眨眼睛，硬着头皮坐起来，靠近他的身旁，轻轻扯了扯他的袖子，很小声地探问："喂，你……你哭什么？"

透明的泪水不断从他的指缝间流淌下来，无声地滴落在淡粉花纹的羊毛毯子上，迅速地渗透进毛绒里。

他的哽咽，他的泪水，尽情宣泄着他的委屈、悲伤、甚至于绝望。

顾曦辰不知道一个人，特别是一个骄傲的男人，究竟遭受了何等的悲伤才会在一个女人面前尽情地痛哭。

她静默地看着，从窗外投射进来的透明光线笼罩在他的周身，刺眼得令人眩晕。迷惘中，她伸手靠近他的胸膛，掌心朝上，阳光照在苍白的肌肤上，半透明的肌肤下隐隐可见青紫的细小血管。

一滴、两滴……

泪水滴落在她的掌心，溅起一朵朵透明晶莹的浪花。

瞬间绽放。

刹那破碎。

唯有泪水接触肌肤时的余温残留掌心。

恍恍惚惚，空气中也似乎开始流淌着忧伤的淡淡白光。

顾曦辰突然觉得心里堵得慌，长长叹了一口气，她收回了手，转头看到床头柜子上放着面纸盒，从里面抽出了一张，轻轻地按在他遮住双眼的手上，明显地看到宗政华耶一直微微颤抖的身体僵住了，她移动着纸巾一一擦去他双手指缝间的泪痕："宗政华耶，虽然我不知道你为什么哭，不过，我保证不会把你今天哭的事泄露给任何人。"

耳边是顾曦辰难得温柔的声音，宗政华耶心中好似有一股暖流注入，他放开双手，眼圈周围通红，眼睛里依然水汽氤氲，他哀求地望着她："小曦！不要讨厌我好不好？"

"啊？"顾曦辰看到他哭得伤心模样觉得又是可怜又是好笑，听到他说不要讨厌他的时候更觉得莫名其妙，于是在他可怜兮兮的眼神下无奈点头，"好，我保证，不讨厌你。"

"也不能不理我！"宗政华耶想想又追加了一句，用着期待而又害怕拒绝的目光巴巴瞅着她。

"好。"顾曦辰想也不想地点头，望着他那水光氤氲的眼睛，不知为何想起动画里小动物圆滚滚可爱的眼睛。

"也不能不准我跟你说话。还有不能假装没看见我。"宗政华耶吸了吸鼻子，自己也抽了张面纸粗鲁地擦着眼睛周边的哭过的痕迹。

"我知道啦！"顾曦辰拖长了声音无奈地点头，这家伙很会得寸进尺啊！

"还有，我不喜欢听你连名带姓好像陌生人一样的叫我。"宗政华耶努力争取他的"合法"权益，"小曦，直接叫我的名字好不好？"

"啊？呃？"顾曦辰迟疑了几秒说，"华耶？这样叫感觉好奇怪啊，要不就叫你小耶吧？！"

宗政华耶点头："好。"

"OK！你叫我小曦，我叫你小耶！我们半斤对八两，谁也不吃亏。"顾曦辰呢喃

自语。

"还有，小曦，你能不能、能不能——"宗政华耶望着她吞吞吐吐、欲说还休。

"啊？还有？！"顾曦辰叹息地垮下身体，依靠在床头的靠垫上，一脸无奈地看向他，"宗政少爷，还有什么要求拜托你一下子说完，OK？"

宗政华耶心脏跳得厉害，激烈的思想斗争后，最终他还是下定决心说出了他的请求："小曦，你能不能跟我大哥保持距离，不要跟他太接近好不好？"

不准她接近宗政煌？！

是含蓄警告她不要攀龙附凤，妄想麻雀变凤凰吗？！

"喂！你……你不要太过分好不好？"顾曦辰气愤地低吼，苍白的面庞也因为激动而染上红晕，胸口不断起伏着，甚至连漂亮妩媚的眼睛里也燃烧着愤怒的火焰，"不要以为你家有钱，其他人都打你们主意！我顾曦辰还不至于为了两个钱出卖自己的感情！出卖自己的尊严！不就是开医院的吗？有什么了不起的？！你宗政华耶要是还不相信，就给我走，我从来就没有要求你呆在这里！"

"我不是这个意思！小曦，不要生气！"宗政华耶没有料到她发这么大的火，也没想到小曦竟然想歪了，他脸色通红，慌乱地解释着，"不要生气好不好？小曦，是我混蛋，是我小心眼，是我不对！但是我发誓我从来没有看轻你！我只是嫉妒、嫉妒你只对哥哥笑，你的眼里只看到大哥的影子！你却不知道我是那么喜欢你！"

我只是嫉妒你只对哥哥笑。

你却不知道我是那么喜欢你。肯定是她听错了吧？！

这个家伙是在说他喜欢我？！

顾曦辰"啊"的一声睁大眼睛，纤细的睫毛因此微微颤动，满脸迷糊混乱、不敢置信的表情："你……刚才……说什么？我没听清楚，能不能再说一遍？"

怒！

有些话绝不说二遍！

宗政华耶又羞又怒，剑眉倒竖，脸色潮红，刚才他是气疯了才说些有的没的，现在冷静下来，他才不会吐露出来被她嘲笑！在顾曦辰明眸秋水般的目光注视下，他愤愤地咳嗽了几声，然后双手插在口袋里，若无其事的甩甩头发扮酷："没什么！只是觉得你对我和我大哥的态度一冷一热，分明是两极分化，太不公平了！"

看来真的是听错了，就说他怎么可能在对她表白嘛！

咳嗽好似会传染一般，顾曦辰也咳了三两声，眼睛眨了一下，笑得一脸纯真宛如天使，要多无辜有多无辜："我——有吗？"

她有表现得那么明显吗？！

"没有吗？！"在那如花笑靥注视下，宗政华耶脸不争气地又悄悄红了几分。

果然是顾大美女的无敌杀手锏——传说中的"美人一笑，英雄倾倒。"何况咱宗政二少还没有英雄的铁石心肠。

"真的吗？我怎么没发现啊？"顾曦辰左顾右盼，眼波流转中，突然按着肚子哎哟地叫了一声，"哎哟，饿死了，好想吃东西啊！"

雷！

顾曦辰太过跳跃的思维让宗政华耶慢了好几拍才从他那个人的不公平待遇申述转移到顾曦辰肚子饿的问题上。

饿了吗？小曦现在吃什么对她的康复有益？

他想了想，走向房间角落里摆放着的小冰箱，那里面放着满满的食物："有鱼汤，还有水果和点心，你要吃什么？"

"呜——"顾曦辰眼珠转了一圈，对着他笑靥如花，不客气地要求着，"我要吃馄饨，谭记的海鲜蟹黄馄饨，好久没吃了！小耶，拜托你帮我买些回来好不好？"

"啊？！"宗政华耶为难地皱着眉头，快速地回想着，离这里最近的一个谭记分店也有近半小时的车程，但是看到小曦因为喜欢而光彩斐然的眼睛，想要推辞的话到了嘴边无意识地变成了赞同，"好吧，谭记的馄饨的确很好吃，我也喜欢呢。我现在就去买！"

"耶！那真是太谢谢了！小耶，没想到你为人还不错嘛！"顾曦辰如愿地听到他的回答，连谢带赞后催促着他快点去，"快点去吧，我等你！好想早点吃到啊！"

英雄难过美人关！

宗政不是英雄，被喜欢的人夸赞了几句，更是被糊弄得头脑发热，乐颠颠地拿了车钥匙，急旋风般地离开，去买馄饨去了。

望着被关上的房门，顾曦辰笑得如同一只得逞的狐狸，没人在旁边"监视"的感觉真好！Y(^_^)Y

此时不溜，更待何时？

关了好几天，再不出去晃悠的话，整个人都要废了！

　　她慢条斯理地爬下床，走到巨大的落地玻璃窗边，抬头向上看，灿烂的阳光，澄清如海水一般透明的天空，仰视中连心情也变得开阔起来。

　　再向下看，顾曦辰看着高楼下好似变得渺小的人影来来往往，心里注满暖意，能活着，看到这个世界的蓝天、阳光、人群，已经是一种幸福。

　　吁了一口气，她转头望着房间的镜子，里面映照出同自己一个模子刻出来的人影，唇角上扬，给里面的人一个灿烂的笑容！

　　她笑的刹那，里面的人影也同样给她灿烂的笑容！

　　开心是一天，伤心也是一天！

　　加油，顾曦辰！

　　即使妈妈不在了，爸爸不在乎你，

　　也要努力开心地度过每一天！

　　顾曦辰伸出食指触在沁凉的镜面上，缓缓写着"HAPPY"的英文字母，虽然镜子上没留下任何痕迹，但是经过如此的自我'催眠'后，心情果然变得更轻松了。

　　随后她打开衣橱，一下子惊呆了，里面挂着的都是崭新而又奢华的衣服。虽然宗政煌说过那里面挂着的都是为她准备的衣服，但是她没想到他帮她买的都是名牌衣服。特别是几件皮草装饰的大衣、羽绒服，简直奢华到了极点！

　　极大满足了女人奢华的梦想，打扮得如同美丽高贵的公主一般，身边再有一位英俊潇洒的王子守护着，肯定成为万人瞩目的焦点！

　　不知道为什么，顾曦辰觉得自己的脸热烫得吓人，心脏也跳动得厉害，甩掉脑子里不切实际的遐想，胡乱地取了一件设计简洁的白色羽绒服、牛仔裤、平底靴子出来穿上，最后顺手拿了一顶雾金色的帽子戴上。

　　照了镜子，马马虎虎，出去见人还行。顾曦辰给了及格的评价后，扫视了一眼墙壁上的时钟，趁着医生还没来巡视，还有半个小时够自己出去晃悠一圈再回来！

· ♔ ·

　　这里。

　　躲一下！

　　那里。

　　藏一会儿！

　　顾曦辰有惊无险地闪躲过往的护士，乘了电梯一路向下溜去。一路晃了十七八层。走廊上医生、护士、病人来来往往，间或各科室传来小孩子的哭闹声，一派忙乱的景象。

　　她顺利地从病房溜出来之后，一时间想去的地方太多反而拿不定主意到底去哪里好。犹豫中她看到前面大厅里一个洋娃娃一般可爱的小女孩，眼泪汩汩一手抱着独脚椅的椅腿死活不松手，另一只手拽着一个同样俊秀可爱的小男孩的衣服不放，旁边看来很年轻的母亲半蹲着温柔地哄着哭闹不休的小女孩。

　　虽然听到的是隐隐的哭闹声，顾曦辰看着这样的画面心中却是暖暖的，很温馨的感觉，这就是平常人的幸福吧！

　　瞧完了热闹，人群都散了后，她心中依然感觉意犹未尽，咋了咋嘴抬头，无意中看到大厅里墙壁上悬挂着的电子屏幕上面显示的时间，顿时惊叫了起来："天啊，感觉才一会儿竟然过去一刻钟了？！"

　　哪还有多少时间够她出去晃了？！

　　郁闷地想着，她垮下脸，身后传来小孩子欢笑的声音，转头看向游戏厅，透过透明的玻璃墙壁，可以看到许多小孩子们在滑滑梯、充气的卡通城堡、卡通音乐摇椅欢乐地玩闹着。当然，也有一些文静的小朋友端正地坐在椅子上看电视。

　　电视？！

　　顾曦辰眼睛一亮，想到自己住了那么多天的病房看来虽高级却没有电视看的小小遗憾，也不去在意自己去小孩子游戏的地方会不会尴尬的问题，快步走了进去。

　　一推开玻璃门进去，顾曦辰就听见音响里播放着欢快的《多拉A梦》的片尾曲，熟悉地她也忍不住跟着轻轻哼唱起来。

　　"护士姐姐，今天的《多拉A梦》只有一集吗？"

　　"是的啊，今天已经播完了，明天这个时间还会播下一集的。"

　　一群小朋友唧唧喳喳地问着护士有关动画片的问题，得到没有的答复后转身又开心地玩起了砸球游戏。

　　顾曦辰慢慢地蹭过去，站在隔离游戏区的大半人高的气垫墙壁边看着电视屏幕，几个无聊的广告后，是每天的《娱乐大事件》。

　　"开个玩笑，有钱没钱，娶过老婆好过年！说到现在最高兴的当然是宗政集团的员工了，为了庆贺宗政家少夫人从昏迷中清醒，宗政集团给旗下的所有员工双倍的奖金和红包，双倍耶，真是羡慕死宗政集团的员工了！说到羡慕，其实我最羡慕的是宗

政家的那位太子妃了！上个月她出了车祸后一直昏迷，外界的人纷纷猜测她会不会步戴妃的后尘……"

……

宗政家的太子妃？！

车祸？！

难道我就是被那个女人撞伤的？

所以我才会住豪华的病房？

所以宗政煌他们对我殷切关照却又言辞闪烁？！

瞬间顾曦辰头脑中闪过数个念头，心情也随着心中所想陡然低落，听着节目里的主持人介绍，心中对那位可能就是撞伤她的"凶手"起了强烈的好奇心，目不转睛凝神注视着电视听着节目里的主持人介绍："我们一起跟观众朋友回顾宗政家太子妃的有关新闻……"

……

电视屏幕画面换成了婚礼现场，众星拱月之势下，身穿婚纱的女子从车中缓慢走下，展现出倾国倾城的美丽！疯狂的媒体记者正涌向盛装的新娘，无数的话筒、摄像机的镜头对准了她：黛眉弯弯，明眸秋水，挺直的俏鼻，樱唇红艳，冰肌玉肤，如花粉嫩的容颜。她穿着洁白的婚纱，行走间衣袂翩然飘逸，乌黑亮丽的长发挽成典雅的宫廷发髻，身上佩带着的华丽凤凰造型首饰所发出的光芒似乎比太阳的光辉还要璀璨耀眼！

……

顾曦辰的脑袋轰然作响，眼睛里是令人心悸的震惊。

怎么会……

电视屏幕里的那个新娘，有着跟她一模一样的身体面孔！

是巧合吗？

可是，

为什么一种无法言明的悲伤和愤怒贯穿全身……

这就是小猫他们推脱不愿告诉我的原因吗？

我竟然……真的结婚了？！

顾曦辰的身体微微战栗着，迟疑中她缓缓取下半掩着脸的围巾，看向身侧墙壁上镶嵌着的浅蓝玻璃镜面，那里面赫然映照出跟电视里一般无二的女子容颜。

"从她嫁入宗政家的那天起，她也成为娱乐界的话题女王，从她学校的同学到老师都成了她桃色绯闻中的对象，真真假假，令人不慨叹也不行啊！"随着主持人的解说屏幕里的镜头迅速切换着，画面唯美得如同偶像剧里俊男靓女约会的场景：

背影俊挺的男子脱下身上的外套，动作轻柔地帮她披在肩上。镜头下他们亲密地依靠在一起；

灯火辉煌的街头，她和温涵湫彼此对视着站得很近，柳絮一般的雪花，静静地在他们周围飘落，她突然上前轻轻地抱住了他，踮着脚在他的唇边印下一吻，然后转身离开……

"当然，另外还有一个版本，我们的太子妃其实陷入不伦之恋，爱上的人正是宗政华耶的兄长宗政煌先生。"主持人继续补充道。

顾曦辰茫然地看着，脑子里一片空白，耳际嗡然轰鸣，身体飘忽地好似踩在半空，摇晃着快要塌圮。

她嫁给了宗政华耶！

她红杏出墙同温涵湫约会！

她陷入不伦之恋真正爱的是宗政煌！

她不但嫁了人还跟其他的男子纠缠不清？

如此荒谬却又真实存在的"旧闻"真的是她失去的记忆吗？！

主持人的脸上显露着遗憾的表情总结："我们的太子妃也正是因为这些绯闻缠身，在一个多月前与友人的聚会场所，因被众多闻风赶来的记者追逐采访，驾车仓皇逃脱中不幸汽车撞翻，重伤昏迷至今。"

在他的总结中，电视屏幕上快速闪过跑车撞翻燃烧的画面。

大悲无声，大痛无言。

顾曦辰茫然惶惑地注视着屏幕里不断变换的镜头时，脸色灰败，死一般的惨白，她的心空落落地难受，随着镜头然后慢慢地凉了下去，越来越冷，最后冰封冻结。

明明记忆如同废墟一般苍白，可是在看到的刹那，心却刀割一般疼，就好像在心底掏了个窟窿，一刀一刀，空洞越来越大。

当她看到屏幕里的电视屏幕上闪过撞车的刹那，感觉全身似乎又一次被火蛇吞

噬，身体的每一寸肌肤在烈焰中灼烧疼痛，毁肌焦骨般痛彻心肺。

我到底忘了多少事？

除了那些，还忘记了什么？

为什么他们都要瞒着，让我像一个白痴一样傻傻地被欺被骗！

顾曦辰反反复复的低喃着，越想脑子里越是一团乱麻，想到头脑爆炸一般疼痛，记忆中的画面最后还是停留在那一个傍晚：她骑着车在校园林荫道上晃悠的场景，再往下拼命地想都是一片空白。

就好像梦做到一半却被人摇晃着强迫清醒过来，梦的另一半里是什么内容连自己都不知道。

"为什么？！为什么想不起来呢……赶快想……"顾曦辰抬手拼命地敲打着自己隐隐作痛的脑袋，满心的焦急、懊恼和无力搅和得眼泪簌簌地从眼里滚落，素不知她这样疯狂地行径在旁人眼里是多么的怪异，"赶快想起来啊……为什么看到它们我还是想不起来……"

泪水狰狞地从她眼睛里流泻出来，强烈的刺激下她再也站不稳，身体战栗着瘫坐下地上，她宁愿伤口再痛得剧烈一点，痛到她身体麻木、脑袋空白无法去想任何东西才好。

生既无欢，死又何惧？

如果，这一刻，她直接死去或者从来没有从车祸中醒来该有多好？

"球球！我的球球！"粉红的皮球扑扑地弹跳着滚到了她的脚下。

可爱的洋娃娃一路追着球过来，追到了球咯咯笑着扑在了皮球上，抬头望到顾曦辰，欣喜地呼喊："漂漂姐姐！签名，给我签名！"

"什么签名？！"顾曦辰吸了下鼻子，赶紧擦去眼泪，莫名其妙地望着眼前这个兴奋莫名的洋娃娃，"你……认识我吗，小妹妹？！"

洋娃娃双手抱着球，拼命地点着头，口中一个劲地嚷嚷着："认识认识，漂漂姐姐，电视里说你是太子妃，大美女姐姐，你说给我签名的！"

"太子妃……"顾曦辰自嘲地一笑，躯体被沉重负荷得喘不过气来，心头却是空荡荡地悬在半空，她深深地呼吸了一口气，然后朝着满眼兴奋的洋娃娃摇了摇头，"小朋友，你认错人了！姐姐不是名人，不签名，姐姐只是一个，一个生了病、连自

己也忘了自己的病人，对不起！"

她的声音微弱而又颤抖着，生怕突然落泪吓坏小孩子所以即使红着眼也努力地微笑着解释完，然后站起来转身快步走开！

"认错人了吗？"洋娃娃困惑地眨眼，拾起了地上的球球抱在怀里然后转头看向电视里依旧在八卦的节目，屏幕上巧笑倩兮的"太子妃"分明就是刚才的漂亮姐姐嘛，她怎么不承认呢？！

妈妈说撒谎的人会变丑的，可是漂亮姐姐还是大美女耶！

是美女姐姐骗我还是妈妈骗我呢？

洋娃娃歪着头，苦恼地皱着眉头努力思考这个矛盾的问题……

顾曦辰转身后眼泪终于不受控制地涌了出来，仓皇中她跑出了医院大楼，疾步走在楼前宽阔的广场上。虽然晴空日暖阳光明媚，她却依然感觉身体里冰寒刺骨的冷。

她茫然地看着四周，心脏跳动也开始平静。偌大的广场，一眼望不到尽头的人来车往，万千繁华入目俱化做陌生的面孔和背影，喧嚣而又清冷。

天阔地广，她不知道何去何从，何处是家。

熙来攘往，全世界她孤身一人，独自寂寞。

顾曦辰停下脚步，依靠着角落里的一根栏杆，全身的重量全部压在上面。

或许是刚才跑得太急，也许是先前电视里画面过于刺激，此时她感觉四肢百骸刀割斧凿般的疼痛难忍，五脏六腑万针攒刺般地难受，就连肌肤也似火辣辣地疼痛如同灼烧。

相临不远花坛边站着一位慈祥的老妇人，和她极是年幼的孙子，小男孩五六岁，正是好奇的年纪，一手牵着妇人一手偷偷地指着顾曦辰问："奶奶，那个大姐姐做错事了吗？为什么一边打自己一边哭呢？好奇怪哦！"

"乖，宝宝不要乱说！"妇人摇摇小孙子的手，低声地解释给他听，"大姐姐肯定是因为太伤心才会哭的。"

妇人又看了她一眼，顾曦辰悲恸欲绝地大哭着滑坐到地上，妇人的眼内明显流露出怜悯神色，于是牵了小男孩的手走近了，掏出兜里干净的手帕递到顾曦辰的面前，声音低沉柔和："小姑娘，莫哭了，擦擦吧，小心眼睛红肿了！"

顾曦辰听到低沉而和善的声音，茫然抬头，泪眼婆娑中看到老妇人慈善关切的面庞，心里顿时一痛，那样温暖的神色，如同记忆中妈妈望着她时的目光一样温暖。顾

曦辰下意识地抓着脖颈间的衣领，那里面空荡荡已无金属硬物的质感。妈妈留给她的项链也不知道被她遗忘在哪个角落，顾曦辰脸色陡然苍白如纸，心脏抽搐般地纠结疼痛。

"大姐姐，告诉你哦，哭的时候吃点糖果就不会再难过了。"小男孩望着她红彤彤的眼睛天真地说着他的秘密。

"小姑娘，想开点吧，世上没过不去的坎。"老妇人望到她苍白的脸，泫然欲泣的神色，老妇人暗叹一声，手里的帕子硬塞进她的手里，忍不住开口规劝，"天大的事，挺挺也就过去了。"

顾曦辰没有抗拒地抓在手里，听到他们温暖和善的声音，眼睛里更加的酸涩流泪，她勉强朝他们弯起唇角微笑："谢谢！"

老妇人微微一笑，她看出顾曦辰眼低的不好意思随后说道："不客气，我还要带小孙子去防保科里打疫苗，就先走了。"

"呃，好。"顾曦辰又是局促地一笑，然后礼貌地道别，"您慢走。"

"姐姐，再见。"

顾曦辰目送着一大一小远去的身影消失在人流里，清冷的阳光下，只余下他们斑驳细碎的背影，手中的帕子上温暖的气息也似乎随着他们的离去而逐渐消散，她低下头望着抓在手里的素帕怅然叹息。

世上没有过不去的坎？！

可她这是过去的一切早已经发生，她却一无所知。

顾曦辰深深长叹，或许某个人可以给她比较真实的答案。

于是她随着人流朝着阳光照射进来的方向走去，慢慢走出了医院的大门。

医院大门内外更是两重天，车水马龙，欢声笑语，春节独有的浓郁喜庆气氛处处显现。

小曦忍不住回头忘了一眼医院大门，清冷的阳光照在纯白的医院大楼泛出的光芒也是冷冰冰的。

她忍不住打了个寒噤，眼睛四顾着看这里处于什么地段，什么路，心里盘算着最近的公交车站台在哪边，坐哪路公交车可以到林小猫的家。

前行不到100米，便是公交车站头。

顾曦辰拉高围巾，压低帽子，双手插进口袋里，慢慢向那边走去，站台等车的人

很多，大人小孩，大包小包，吵吵嚷嚷拥挤在一起。

走过去，她瞄了一眼站牌，目光扫到牌子上有去小猫家的19路车，于是安静地缩在一个角落，木然地等车。

车来了，人群蜂拥着挤过去，车上的人也同样蜂拥般挤下来。

顾曦辰忍到差不多上下车的人都定了，才迈步向车上走去。

"……尊敬的乘客们，欢迎您乘坐19路车，车票两元，投币上车。春节期间，上下车的乘客较多，请拿好您的物品……尊敬的乘客们，欢迎您乘坐19路车……"

顾曦辰一跨上车，耳边就听到公交车上广播系统不断重复播放的提示，顿时投币箱上鲜红的八个宋体小字"车票两元，投币上车"映入眼帘。

车票……

硬币两枚……

顷刻间，她僵硬地停在那里，保持着两脚各踩一个台阶的姿势，口袋空空，视线死死地盯着那几个鲜红的字眼。

默然中，司机等得不耐烦："喂，小姐，你到底要不要上车？车票两块，有什么好看的？！"

话音刚落，全车人都好奇地看向她。

顾曦辰心下凄然，现在她总算明白什么叫做一文钱逼死英雄汉。抬头朝着司机大叔涩然一笑："对不起，我……上错车了。"

低声说完，她也不看司机的脸色，飞快地转身下车。

呼啦一声，车门在她身后关上，车子缓慢行驶远去。

顾曦无力地垂下头，余光注视着一个个飞驶离开的车轮，心中的空洞也在不断地撕裂延长。

没有钱，

没有记忆，

也没有在乎她的亲人，

直到此刻，她才明白自己失去的到底有多彻底。

不想哭的，

明明告诉自己心已经麻木，

却依然有一滴一滴透明而又滚热的液体从眼睛里滴落。

于是，她抬头看天，不想让眼泪继续从眼里流出。

苍穹之上。

那里碧空万里。

犹如凝结成冰的海洋。

那彻骨寒冷的感觉传递过来，一直蔓延到四肢百骸，身体的每一个角落，化成缠绵全身的痛楚。

· ♛ ·

最繁华的商业地段成熙路上，一个如同明星一般耀眼的帅气男孩骑着超炫的重型摩托在街道好似旋风过境般一路呼啸而过，在路人艳羡的目光中留下同样帅气潇洒的背影。

如果是平时的宗政华耶绝对会沾沾自喜、骄傲臭屁得胜过那开了花的水仙男，可是此刻他所有的心思全部在那假想中"期盼他归来的小曦身上"，所以他一路飞车开到最快，赶到谭记点了小曦指名的几种馄饨外，还颇为体贴地买了那奶黄包、翡翠卷、蛋黄酥等几样招牌小点心，几分钟的焦急等待后，他付了钱提过店内工作人员打包好的食物袋兴冲冲地离开店往回赶。

都说抓住一个男人的心，首先要抓住男人的胃。

这个道理同样对女人也适用吧，特别是顾曦辰那种吃软不吃硬的偏性子，示弱讨好、投其所好绝对必要！

食物鲜香浓郁的美味中，宗政华耶的心情飞扬。来回半个多小时的车程，在他的风驰电骋中时间硬是压缩到简短的20分钟。

于是在医院VIP专用停车场停了车子，宗政华耶急切得连车也不锁，直接提了袋子向专属电梯冲去，那里直达顶楼的医疗特别护理科，小曦所住的更是顶层最奢华的总统套房。

"我回来咯，小曦！"还没进门宗政华耶便喜滋滋地叫嚷着大声邀功，"呵呵，我厉害吧，只花了平时一半的时间就赶回来了，你看馄饨和点心还热腾得跟刚刚出锅一样！"

推了门进去，宗政华耶那得意洋洋的笑容刹那凝结——房间里没有小曦的身影，病床上空空如也，皱了下眉头呢喃自语："咦？人呢？"

袋子搁在茶几上，他扫视了一眼房间，看到梳洗室的门关着，于是裂开嘴恶劣地坏笑，急步走过去在门上咚咚敲着顺带取笑："哈喽，顾大美女，'更衣'完毕否？完了我就进去咯！"

半晌，里面无声。

他困惑地又加重了手劲敲门："喂！小曦啊，你干吗呐，磨磨蹭蹭孵小鸡吗？"

里面依然还是寂静无声。

宗政华耶眼皮跳了几下，屏气凝神耳朵贴在门上注意听里面的动静，门内悄无声息就好像里面没人一般地安静，顿时他的心脏漏跳了一拍，不好的预感随即涌上心头，他连忙扭开门把，梳洗室的门大开。

宽阔的房间空无一人。

窗外的阳光透过窗户泻满一地。

雪白的墙壁、淡蓝的地板泛着冰冷的光芒。

小曦不在！？

小曦她、她去哪了？

宗政华耶抑制不住心底的恐慌，嘴里却拼命安慰自己："不要慌，不能慌！说不定护士带她过去每天的例行检查了！"

他强自深呼吸平静紧张的情绪，快步走出梳洗室，走进病床边按了房间内通往值班室的电话："我是宗政华耶，你们是不是带小曦过去检查身体了？"

……

"没有？那小曦怎么不见了？！"宗政华耶怒吼，脸色刹那冰冷，手指颤抖摔下电话，猛然向外跑去。

走廊中，刚才接电话的小护士战战兢兢地向这里跑过来报告，"宗……宗政……先生……"

宗政华耶冲过去，一把拽住她的衣领拖到面前，满面愤怒地瞪着她，冰冷的开口："你再说一遍，真的没有带小曦出病房？！"

"没，没有！呜……"小护士被他凶神恶煞的模样吓哭了，断断续续地抽噎着！

"哭什么哭？！妈的，再哭，你她妈再哭！"宗政华耶看到女生哭哭啼啼的模样更加厌烦，咬牙切齿地咆哮着，"小曦不见了你不知道吗？！你是怎么值班的？"

小护士被吓得眼泪汪汪却也不敢哭出声来，她抽抽噎噎地解释着："宗……宗政少……夫人……说，她困了，要休息，不许吵她。"

"怎么了？！ 怎么了？"

"二少，发生什么事了？！"

听到宗政华耶的咆哮声音，离得最近的两个科室里的主任医生纷纷赶了过来，询问究竟是什么事让宗政家的这位火暴少爷大动肝火。

"怎么了？小曦不见了你们知道吗？！"宗政华耶粗暴地推开小护士，目光冰冷就好像在他面前站的全部是的敌人似的，愤怒地嘶吼声在这安静的走廊更加显得突兀震撼，"万一再发生什么意外，你们一个个都给我滚蛋！"

胸口急促起伏着，心脏阵阵撕裂的疼痛，宗政华耶双手紧握成拳，牙齿死死咬着下唇，用尽全部的意志抵制脑海中不断涌起的臆想：

小曦是被人绑架了还是被人拐跑了？

不，不，不会的。

难道是小曦突然恢复记忆不想再见我们所以逃了？

不会的，不会的，说不定她只是嫌闷了出去透透气。

……

此刻走廊尽头拐角，传来一阵急促的脚步声。

"院长来了！"人群里一道惊喜地呼叫。

来人正是闻讯赶来的韩院长，他跑过来，人群自动散开给他让路。

"都傻站着干啥？你们都没事做了吗？"他先是朝明显过来看热闹的护士们瞪了下眼吆喝，白衣天使们纷纷散开离去，只除了被宗政华耶吼骂过的小护士。他了然地看了一眼肇事的小护士暗自叹息，真是怕什么来什么，明明关照过他们不要出任何差错还给他出这般严重的事故。韩院长内疚地朝着愤怒的少年道歉："耶少，对不起！是我们疏忽了。"

宗政华耶瞳孔紧缩，声音中沁入冰冷："道歉就不必了，我只要你们还我一个完好的小曦！"

"是！"韩院长点头声音沉稳地解释，"我已经让人把全院所有的监视器里上午的监录调来了。请耶少先跟我一起去看。"

"嗯。"宗政华耶点头，闷声道，"我大哥那里呢？"

"刚我已经打过电话告诉宗政先生了。"韩院长一边带路一边低声解释，"宗政先生说他随后就到。"

院长办公室，窗帘都严实地拉下，屋子里昏昏暗暗，只开着一盏朦胧的荧光灯。巨大的观影屏幕上正是电脑桌面的投影。

院长助理看到他们一行人进来，立刻站起来招呼："宗政少爷！院长、王主任、李主任……"

"都准备好了吗？"韩院长沉声问。

"是。"年轻的院长助理并不多话。

宗政华耶走过去，在最前面的椅子坐下："先看顶楼的监控，我是早上9点40左右离开的。"

"好。"院长助理点开顶楼的监控录制。

大屏幕上顿时出现顶楼走廊的画面，镜头刚好对着顾曦辰所住的总统套房。

时间快进，画面右下角显示为9点42的时候，画面中出现宗政华耶匆匆开门离开的身影。

顿时，宗政华耶屏住呼吸，全神贯注地看着画面。

时间继续缓慢快进，9点51分，画面镜头正对着的门再次打开，穿着一身白色羽绒服顾曦辰从里面出来，笑得如同一只得逞的狐狸，拉低了帽子猫着腰一溜烟地跑过走廊，进了电梯。

宗政华耶胸口陡然起伏不断，呼吸急促："快，换电梯里的监控！"

封闭电梯里，顾曦辰闲散地依靠着墙壁，嘴里低低哼唱着早已不流行的歌曲。电梯下了十八层楼梯后，她走出了电梯。

底楼大厅！

"快！换！"宗政华耶心脏跳动得更加剧烈频繁。

两秒钟后，大屏幕上画面转换成医院主楼底层大厅。

影音效果明显比不上刚才两个监控明晰。

大厅嘈杂，里面人来人往。不过还是可以分辨出顾曦辰的身影。

宗政华耶瞪大的眼睛，身体几乎凑到了大屏幕上。

屏幕里，小曦先是瞧了一会热闹，然后东张西望，最后向儿童游戏厅走进去。

他眼睛眨都不舍得眨一下，紧紧地盯着屏幕吩咐："快，再换，游戏厅里也有监控吧？！"

"有。"院长助理看了下此刻监控录像里的时间，然后找到游戏大厅里的监控，点击打开，调到顾曦辰进去的那一刻。

屏幕里,顾曦辰神气活现地走进游戏厅里,哼唱着音乐靠近大厅里摆放的电视。
她聚精会神地盯着电视屏幕里的节目看。

而办公室里所有人都是全神贯注地观看着大屏幕上播放的监控中的顾曦辰。他们安静地坐着没有发出丁点声音,只除了电脑音响中流泻出来的所录制的游戏大厅中的所有声响。

监控里的电视屏幕画面上,出现了婚礼现场播,众星拱月之势下,身穿婚纱的顾曦辰从车中缓慢走下,展现出倾国倾城的美丽!

宗政华耶的神色在这一刻陡然僵住,甚至连呼吸也似乎跟着停止。这一秒世界上一切都被他抛之脑后,他只死死地盯着监控里顾曦辰那看到电视屏幕同样陡然空白的神色。

小曦的茫然……

小曦的愤怒……

小曦的悲伤……

小曦无法承受逃开的身影……

"完了,她知道了……"宗政华耶颓然地倒瘫椅子上,声音颤抖着,双手捂在眼睛上,想要掩去眼底无法抑制的脆弱悲伤。那种无力挽回的痛楚仿佛滴血的匕首,直直插在他的心窝上,戳得他五脏六腑好似被人生生碾碎,零落不堪。

小曦,

小曦,小曦……

你疼一分,我痛十分。

宗政华耶压制着恐慌悲恸,双手颤抖着从眼睛上扯下,僵硬地转过头对上韩院长的眼睛,惶惑的声音里流泻出他心底的脆弱忧伤:"韩叔叔,小曦、会不会因为……这些刺激而恢复记忆?"

"抱歉!"韩院长摇头说道,"我不知道曦辰会不会因此恢复记忆。"

"不知道?不知道?!"宗政华耶痛吼,无处发泄的恐慌愤怒无心中化成言语中的尖锐刻薄,"你什么都不知道吗?!我恨死你们这种什么都不知道的白痴蠢样!"

韩院长沉默地接受他的愤怒和漫骂。

宗政华耶头脑中炸裂般阵阵剧痛,他愤怒地锤了下面前的桌子,钢化玻璃的桌面在重击之下铮然作响!

嗡然声中，门也陡然发出剧烈一声响，被人从外面猛然踹开。

宗政煌气息不稳地从外面闯了进来，面上是从未有过的紧张慌乱。

"哥——"宗政华耶迎上去，沉痛的嗓音里带着无助地哭腔，"小曦不见了！"

宗政煌微微叹息了下，轻轻拍了下他的肩膀以作安慰，随后转头朝韩院长看去："韩叔，小曦不见了到底是怎么回事？"

"很抱歉，宗政先生。"韩院长脸色颇是沉重，他们已经看到最后小曦出了医院大楼的监控画面，"因为我们的疏忽，曦辰小姐离开了病房，她……她在楼下看到电视里关于她的报道，惊慌之中便……走开了。"

"小曦、她知道了多少？"宗政煌听到他说道小曦看到关于她的报道面色一震，瞳孔猛然紧缩，平时沉稳的声音也微微战栗，"她会不会因此恢复记忆？这些对她的身体有没有影响？"

"现在没有见到曦辰小姐本人，没有经过仪器症断，我也不能确诊。"韩院长苦笑，不愧是兄弟，所想到的第一件事都是小曦能否因此恢复记忆的疑问，他长长吁了一口气慢声说道，"宗政先生，我想现在最重要是找到少夫人吧！"

"嗯。接到你电话之后，我便通知了安全部秘密找人！"宗政煌的眉宇中掩不去疲惫的痕迹，目光扫射到屏幕上定格的画面上小曦离开医院大门前最后转身回望的萧瑟身影，眼睛里不可遏制地倾泻出沉痛悲伤的抑郁。

对不起，小曦，我从来都是一个摇摆不定软弱无能的懦夫。

明明已经发誓不再逃避你我的爱情却在你失忆后依然鸵鸟般地选择退缩！

对不起，小曦，有些时候我甚至嫉妒小耶，嫉妒他理所当然的身份，无所畏惧地勇气！

……

"哥，哥！"宗政华耶焦急地摇醒着明显陷入沉思的宗政煌，"我们去找小曦好不好？"

宗政煌听完身体一震，看向他的目光深沉复杂："好，现在我就跟你去。"

"那快点，哥！你说小曦会跑哪去了？会不会回她爸爸那了？还是去找她那朋友去了？"宗政华耶欣喜地拉过他的胳膊就向外走去，也不管被他扔下的那一屋子人的忐忑无奈。

……

街道上，宗政煌亲自开着车缓慢行驶，宗政华耶坐在旁边一边观望着窗外四处搜寻着有无顾曦辰的身影出现，一边不断地拨打着电话。

……

"喂！顾叔，是我，宗政华耶！小曦去你那了吗？没去？……好了，不多说了，反正小曦去的话一定帮我留住她，先挂了！"

……

"喂，是林乐岚吧？……小曦有没去你那？不在？……总之就是小曦见到电视里关于她的新闻然后逃走了……我也不想这样啊，只是意外啊！……哎呀，电话里说不清，总之你见到她的话不管怎么先把她稳住，千万不要让她离开。"

……

打了好几个电话，没有任何好的消息，宗政华耶泄气地倒进椅子里，烦躁地蹂躏着头上的金色染发："哥，我好怕找不到小曦！"

宗政煌心一颤，握着方向盘的双手也跟着轻微颤动，他沉默了几秒然后坚定地开口："不会的，我相信小曦不会走远。小耶，我车开得再慢点，你仔细地看说不定小曦就在附近！"

"嗯。"宗政华耶叹息地坐直身体，集中眼力向外面巡视着，虽然理智上他并不肯定能发现小曦的身影，心底却依然抱着希望努力搜寻着。

或许，下一秒说不定会出现顾曦辰的身影。

第四章

你是我的 MR RIGHT？

公主夜未眠
The Sleepless Princess

有时候悲伤，
却无法流泪，
那么便只有微笑，
心痛时漾出最灿烂的弧。

腊月二十八，大街小巷，每一个角落充满的过年的喜庆气氛。来往车辆穿梭如织，灯红酒绿，车水马龙，好一片繁花似锦的新春气象。

几乎路上所有的行人脸上都是洋溢着幸福欢快的笑容，因此顾曦辰脸上的悲伤迷茫显得尤其突兀。她漫无目的地行走着，任行人的欢声笑语、店铺播放的动感乐曲流泻身后，

"……It make me smile 这让我开心地笑了

Those were such happy times 像这样快乐的日子

and not so long ago 没有多久

How I wondered where they'd gone. 我想知道他们去了哪里

But they're back again 但他们再次回来

just like a long lost friend 像失去很久的朋友

……

just like before. 就像从前一样

It's yesterday once more. 昨日重现……"

半梦半醒中，那熟悉地抒情旋律，婉转悠扬中又带着忧伤感慨的英文歌曲在街道众多店家播放的喜庆乐曲中入耳异常清晰。

心脏就好似被波动的琴弦一般颤抖不停，顾曦辰无法遏止骤然翻腾心底的悲痛，冰冷的忧伤化成热烫的液体从眼睛里流烫出来。

身旁的咖啡店——记忆坊的电子招牌上，红色的字幕不断滚现："岁月如歌，随风飘逝；唯有记忆，在心底闪亮。"

眼底的酸涩慢慢蔓延开来。

《昨日重现》——记忆里妈妈经常在听的一首英文歌。

顾曦辰停下脚步，想起妈妈——模糊的记忆中妈妈经常站在阳台上，在身后的录音机播放着这首忧伤的抒情音乐中，遥望着落日的黄昏淡淡微笑。

那样淡的微笑，现在想来却是何等的忧伤。

如果，昨日真的能再重现，

妈妈，我希望如同记忆中的每一天都有您陪伴。

小曦下意识地抓紧衣领，脖中那条戴了十几年的项链已经不见了，泪如雨下中，她依靠着人行道的栏杆滑坐到地上痛声大哭——

您的项链被我弄丢了，

妈妈，我怕已经把自己弄丢……

泪眼迷梦中，

仿佛又一次听到妈妈温柔的声音在她耳边响起："小曦，我的宝贝，妈妈永远爱你，即使有一天我不在了，只要你还戴着这条项链，就如同妈妈永远陪伴着你！"

……

"妈妈，对不起……"顾曦辰痛声大哭，头埋进双臂间抱膝蜷缩成一团，也没发现自己当街痛哭的模样在别人的眼里是多么的奇怪。

"喂，快过来看，怎么有个女孩子在哭啊？"

"哎哟，不会是被男人甩了吧，造孽哦！"

"天哪，原来是失恋了，怪不得哭死了！"

"死？她要自杀吗？赶快报警，快打110啊，有人要自杀了！"

"嘻嘻，你看她哭的，这么多人看着也没反应，不会是神经有问题吧？"

"天哪，都哭这么长时间了……那个谁上去劝劝啊！"

"快点快点让开，记者先生，就是前面那个女人要自杀！"

世界从来不缺乏看热闹的人，但是很少有人愿意管闲事。这不难得就有"热心"的人拉了在附近超市做新年专访的一行人过来采访。

"这位小姐，千万不要想不开！有什么难事，我们谈一谈好吗？"

咔！咔！咔！

摄影记者还没走近，就先咔嚓几声给顾曦辰来个特写！

呼！呼！呼！

即使是泥人也有三分土性，何况是脾气本来就不好的顾曦辰呢！再多的伤心难过也被这群无聊人气得全部转化成滔天怒火！

　　在相机的咔嚓声中顾曦辰最后一根理智的弦绷断了，她陡然起身站起来，愤怒地朝着面前看热闹人的大吼："看什么看啊？！没看过人哭吗？还有哪个混蛋说我要自杀的？！"

　　眼泪还挂在眼角，美人流泪唯有用梨花带雨来形容！

　　她站起来的瞬间，当场就有几个"属性为男的生物"看呆了！

　　美女啊，即使是哭也是那么的漂亮！

　　人群之中不知是谁一声低呼："她好像电视里说的那个宗政家的太子妃啊！"

　　轰的一声！

　　顾曦辰听到这声低呼脑子里炸开了，竟然有人认识她？！

　　人群沸腾了，所有人的视线在她身上交集，眼里看着手里指点私语着，所有的记者更是仿佛吃了兴奋剂一般眼睛里冒着炽热的光芒向她冲过来。

　　"你是顾小姐吗？我们XX周刊一直很关注您的消息……"

　　"您好，宗政少夫人，我是XX日报的记者，很荣幸能在此见到您，可以问您几个问题吗？"

　　"哎！让一下……"另一位娇小美丽的美女主持丈着城市电视台的威势硬是挤开其他记者跑到最前面，"我们是城市频道栏目的主持人，首先恭喜您康复出院，顾曦辰小姐，可以接受我们电视台的专访吗？"

　　天哪！快疯掉了！

　　从没想过有一天会像偶像巨星一样被一大帮疯狂的媒体哭着喊着要采访！

　　望着蜂拥过来的记者，顾曦辰惊慌失措怔了几秒反应过来之后，拼命地摇头，大声否认："我……我不是，你们认错人了！不要过来！"

　　听到她的否认，记者们反而像是吃了定心丸，更加疯狂地向她涌过来，目光火热地好似想把她瓜分了一样。

　　"晕死！都什么人啊！"不雅的咒骂勉强压进嗓子里，顾曦辰吓得掉头就跑。

　　"哎！别跑啊，宗政夫人！"

　　"快追，别让她跑远了！"

　　"哎呀！谁踩到我的脚了！喂，你别停快点追啊！"

　　……

　　……

　　哼咻！

哼哧！哼哧！

顾曦辰跌跌撞撞地在人群中奔跑着，熟悉而又陌生的街头景色不断在眼前后退，身后却是此起彼伏的追赶声，她感觉身体各处隐隐的疼痛！

实在跑不到了！

不能再跑了！甚至连每一次的呼吸都伴随着万针齐齐滑过胸口的刺痛感，小曦停下扶着身边路灯的株子，回望身后追得越来越近八卦记者们，心里暗暗思量着，跑是跑不动了，狗仔如虎，惹也是惹不起，现在只能找个地方躲起来了！

顾曦辰望了望周围的地形，露出得意的灿烂笑容，离这里不远拐几个弯就是居民小区的聚集地——小猫的家就在那里的东方小区中！

眼珠子转了转，小曦对后面快要追上来的一个记者刻意绽开灿烂的笑脸后，转头向前边的巷子里跑去。

"糟糕！快点，她跑巷子里去了！"

"快！那边巷子通向几个居民小区！不要让她跑没了！"有熟悉地形的记者一边吼着"借过"一边拼命向小曦追去！

……

顾曦辰奔跑着拐了几个弯后跑进了西城居民区，依然听到身后记者叫嚣的声音！于是暗骂了句"真是阴魂不散！"后咬牙冲向东方小区的大门！

"喂！这位小姐请留步！"门卫一看到冲向大门的身影一边吆喝着一边快速按下了自动门！

"吭"的一声，大门就在顾曦辰即将冲进大门防线的那一刻关上了！

"对不起，小姐！如您是本区住户，出入请出示门证，如您非本区居民，请您先过来登记，我们帮您联系所要访问的住户！"

黑线！

顾曦辰回头看了下距离她不到百米的"记者团"皱眉，现在哪有什么美国时间供她慢慢解释，估计话没说完就被那群记者堵上了，泄气地跺了下脚，她转身就向旁边的电话亭冲去，关上半透明的门，鸵鸟地把自己关在相对封闭的空间，不去管外面的反应！

咔嚓！咔嚓！咔嚓！

疯狂赶上来的记者纷纷对着电话亭半透明的门内身影拍摄着，叫喊着——

"顾小姐，请开门好吗？"

"喂，宗政少夫人，出来接受我们采访好吗？"

砰！砰！砰！

狭小的地方记者们拥挤着，甚至有人趁机敲打着电话亭的门，希望里面的顾曦辰快点出来。

"里面的人快出来！"

"喂！你们都是哪来的记者啊！？不要撞坏小区的公物！"可怜的门卫大叔先是被小曦的无厘头行为弄得莫名其妙，现在又被这群好似暴动的疯狂行为弄得胆战心惊，声严色厉地跑过来大声吆喝着赶人，"快散开！快点离开！不然我们报警了！"

可惜他色厉内荏的声音跟记者们的大嗓门没有任何可比性，迅速消失在他们嘈杂的喧哗声里。

顾曦辰躲在里面懊悔得要死，心脏随着门外的敲击声剧烈跳动着，完全错估了形式，以为记者在见不到她本人出面的情况下顶多发泄一下然后走开，哪知道他们竟然像洪水猛兽一样，不达目的誓不罢休！

现在我该怎么办？要一直跟他们耗下去吗？

外面这么大动静，应该会惊动周边不少居民，希望林小猫能过来救我出去！

唉，早知道就安稳地呆在病房，一切都不知道倒也罢了，省得弄成这样……

"顾小姐，您出来好不好？"

才不要！

"我们只想问你几个问题，不会为难您的！"

傻瓜才信！

"要不就隔着门回答我们几个问题好吗？"

我没听见！

"放心，宗政少夫人，我们不会乱写的！"

沉默是金！

八卦记者的本事又不是没见过，指鹿为马、胡编乱造、空穴来风的各种手段吓死人，今天我要是说一句，明天都有报道我是外星人的可能。顾曦辰一边腹诽着一边回想以前在电视报纸上明星劈腿、断背的爆炒绯闻！

……

"各位，请让一让！"

"记者朋友们，先散开好吗？有问题的朋友可以直接同我们我们宗政集团安全部沟通！"

门上响起轻轻地叩门声，"少夫人，让您受惊了！请不要怕，我们是安全部的人，宗政先生随后就到！"

真的吗？不会是狗仔队的骗人伎俩吗？

宗政先生——指的是宗政煌？还是宗政华耶？

顾曦辰的心情随着门外低沉的声音上下起伏着，想到宗政煌，心脏不由跳得飞快，他，他真的会过来吗？不由得似喜还忧，魂游天外想入非非中。

……

"小曦！"

一道嘶吼的声音蓦地响起，随即两到人影一阵风似地拨开人群从外围冲进来。

"小曦，快出来，是我啊！"宗政华耶激动地呼喊着朝电话亭冲过去！

人群又一次沸腾了！

"快！快拍！宗政煌也来了！"脑筋反应迅速的记者一面惊叫着一面飞快地按着数码相机的快门，对着宗政煌和小耶他们两个不停地咔嚓咔嚓地拍照。

"SHIT！"宗政华耶听到他们拍照的声音，随即联想到小曦"凄惨"地躲在这里也是因为他们的时候，火气立刻噌地一下窜到最高点，粗暴地一把夺过离他最近的一个记者手中的相机，摔在地上骂道："TMD，叫你拍！"

"喂！你怎么可以砸我的相机？！"那个记者叫嚣着。

"就是要砸烂你们的相机，都给我滚远点！"宗政华耶桀骜不驯地朝他挥手。

其他的记者却是更加疯狂对着他们按着快门。

"耶少！您冷静点！"安全部门的主管示意手下的人员挡开记者们想要进一步近距离地拍摄，一边拽住宗政华耶规劝！

宗政煌从下车看到电话亭中小曦朦胧身影的那一刻起，满眼满心就只有她的存在，径直向电话亭那跑去："小曦——是我。"

低沉而又略微干涩的声音，温柔熟悉地让人想流泪。

宗政煌……

真的是你吗？！

眨了下酸涩的眼睛，小曦转身盯着一门之隔的朦胧身影，右手下意识地拨开插销

推开门。

随着门的打开阳光倾泻进来。

宗政煌的身影便笼罩在水晶一般透明的光线中。

光晕朦胧之下，

他的周身隐隐流转着彩色的光晕，

就好像凌空而降的王子一般，

有着最高贵迷人的气质，深邃立体的五官，完美俊秀的轮廓……

只是，他的脸上再温暖的笑意，依然掩不住眉宇间的那浅浅忧郁气息。

顾曦辰迷惘地凝视着他，睫毛微微颤动着，呢喃着似在询问："你会是我的救赎吗？"

都说每个女孩子的梦里都有一位救赎的王子，在自己最危难的时刻赶来拯救。

宗政煌，你会是我的 MR.RIGHT 吗？

"对不起，我来晚了！"宗政煌打量到她整个人毫无异状后总算松了口气，放下心中最沉重的包袱，可是看到她苍白迷茫的脸色，泪光点点的眼睛，心脏依然一阵阵纠结，他试着对她绽放最温柔温暖的笑容，伸出右手，轻声地说，"小曦，跟我回去好吗？"

顾曦辰怔怔地望着他，他的手伸在她的眼前，掌心朝上，阳光萦绕在指间映照出的浅浅金色很是温暖。

那一刹那，小曦胸臆间感受到的温柔，浓烈地让她想要扑进他的怀中大哭一场。

"小曦？"宗政煌望到她好像快要哭了的表情，害怕惊吓到她，不敢大声说话。

顾曦辰抿紧双唇抬头朝他绽放一个勉强可以称做微笑的笑容，缓缓伸出的右手控制不住微微颤抖着靠近他的右手。

阳光之下，

白皙的小手落在修长有力的大手之上。

掌心的温暖立时传递至冰冷的指间。

这样的场景，

静谧温柔得让所有在场的人动容。

于是，相机喀嚓的声响对着他们此起彼伏。

"不准拍！"宗政华耶懊恼地叫了一声，急步跑到小曦面前用身体挡住了记者的视线，一手挥举着怒瞪着他们，另一手紧紧地抓住她的左手。

宗政煌心底叹息了下松开他们相握的手，招手招来安全部的主管，在他耳边低语了几句，安全主管随即眼神示意在场所有安全部的人排成两队，用身体筑成一条相对安全的通道，阻止记者们的靠近。

"我们走吧！"宗政煌朝着宗政华耶点了下头，两个人保护着顾曦辰，疾步从安全部修筑的人墙中跑过，迅速上了车向医院驶去。

宗政煌和小耶都坐在后座，一左一右守护着顾曦辰坐在中间。

因此车子是由安全部的副主管开的。

也因为有外人在，他们三个一路上都没有开口说话，气氛异常的沉寂。

· ♛ ·

宗政医院顶楼。

一接到安全部找到顾曦辰通知的韩院长立刻带着主治的几位医生守候在走廊门口，一见宗政煌他们从电梯中出来，立刻带头迎了上去："宗政先生！曦辰小姐，你身体可有不适的感觉？"

"没，没有。"顾曦辰听到他关切的询问回答的有些结巴，有点不好意思地垂头道歉，"对不起，让你们担心了！"

宗政华耶听到她的小声道歉虽是轻轻哼了一下表示不满，但牵着顾曦辰的手却是抓得更紧。

"小耶！你先带小曦回房间休息一下！"宗政煌朝宗政华耶使了个颜色让他先带小曦离开，看到他拉着小曦向病房走去，然后才浅笑着面向韩院长，"韩叔，我有一些事要向您请教！"

砰！

宗政华耶心底的怒火一直忍到走回病房，关了门才彻底爆发开来："小曦，你为什么骗我出去买东西，自己却逃走？！"

顾曦辰毫无防备地被他猛力地摔门声吓了一跳，再听到他凶神恶煞的责骂，心中的最后一丝愧疚消失得无影无踪，柳眉倒竖，杏眼圆瞪地对上他的黑脸："我去哪是我的自由，关你什么事？！"

"不关……咳……我的事？"宗政华耶快被她毫不在乎的口吻气死，他锤了下手边的柜子，"顾曦辰，你不要太过分，也不想想，不想想我是你的——你的——"

顾曦辰看他的欲言又止犹豫不决的神色，冷笑着哼了一声，用着绝对云淡风轻的口气反问了一句："我的什么？丈夫吗？这就是你们一天到晚敷衍我的原因吗？"

"你知道了……"宗政华耶听了如同突然泄了气的皮球一样蔫了下来，垂头丧气地看着脚下的地板，心底却说不清是懊恼还是欣喜，偷偷看了她一眼，却看不出她脸上有任何开心的神色，于是讪讪地挪到她的面前"哀怨"开口，"小曦，你……你生气了吗？"

"生气吗？我自己也不知道了。"顾曦辰眼睛看向窗外，透明的阳光透过玻璃照射进来，光线周围朦胧出淡淡的彩晕，轻轻吁了口气，"为什么就是想不起来呢？那个我喜欢过的人是谁呢？"

是你吗？可是为什么现在我只有见到他才会有心动的感觉呢？

可是如果不是的话，以前的我又为什么会嫁给你呢？

还有那个温涵湫，他在我以前的生命里又扮演什么角色呢？看到他心里有种说不清的感觉。

混乱如麻，难受到了极点。

看到的画面太多太多，恍恍惚惚，倒像是看着别人的故事，一个与她面貌相同的女子与几个男人的爱恨情愁。

缘起，缘灭。

怎见浮生不若梦？谁爱过谁，谁被谁爱过，又有多少人会真的在意呢？

明明是一点印象没有，可是看到画面里女子茫然的神色，说不清的忧伤就这般从身体里流淌出来。

哀，莫过于心死。

"小曦，你哭了吗？"宗政华耶望着眼泪一滴一滴从她的眼中流下，心肝纠成一团，手足无措地立在那里，哀求拉起她的一只手，"不要哭了，如果生气的话，就打我出气好不好？"

顾曦辰一动不动地站在光线下，声音空灵好似从天边飘来一般："一切恩爱会，无常难得久。生世多畏惧，命危于晨露。因爱故生忧，因爱故生怖。若离于爱者，无忧亦无怖。"

"小曦，你说什么，不要吓我好不好？"宗政华耶被她的神色言辞吓到，漠然的样子，就好像下一秒会消失在这个世界一般，他紧紧地抓住她的手摇晃着。

除了身体随着他的摇晃轻微晃动外，顾曦辰只是沉默着，没有其他任何反应，望见窗外上空无数悬挂着红色条幅的彩色气球扶摇而上，缓缓飘荡着然后消失不见，良久她陡然开口："告诉我以前的事。"

"啊？！"宗政华耶屏气凝神地看着她望着窗外天空中的彩色气球，手中的动作下意识地停下，蓦地听到她的要求神色一凝，"这——"

"不愿意？"顾曦辰转过身朝他微微一笑，笑容清寂如冰，"怎么，是我难为你了么？"

"不，不是的。"宗政华耶被她冰冷的笑容刺到，连连摇头否认，脸涨得通红，"我，我只是……不知道从哪里讲。"

"是嘛？那就算了。"顾曦辰依然笑得清冷，"我只问你一样，我跟你结婚是因为爱吗？"

"这——"宗政华耶在如此清冷的目光下无法坦然说谎，心底苦涩，此刻"我很喜欢你，而你不爱我"这样的话却是无论如何说不出口的，只能垂头丧气的垮下肩膀，声音越来越低，"是——不是。"

很轻的一句"不是"，听到耳中却像一声惊雷。

此刻也说不清是喜是悲。

顾曦辰的胸口剧烈起伏着，好一会才又开口说道："我累了，要休息了。"

"啊？"宗政华耶无法跟上她的思维，刹那间从一个问题转换到另一件事上。现在的顾曦辰让他无所适从——爱不得，恨不得，凶不得，疼不得，"但是，小曦，我喜欢——"

"抱歉，我想一个人静一会，请你出去好吗？"顾曦辰很难对他的沮丧懊悔表示任何程度的同情，所以只当没看到，比较有礼貌地下了逐客令。

"哦，那我先离开。小曦，有什么需要你就按铃，我会立刻赶来。"宗政华耶点头，恋恋不舍地一步三回头挪步离开。

随着门被关上，房间里只剩下她一个人。

顾曦辰走到床边坐了下来，望着一室阳光灿烂，温暖静谧，很适合睡懒觉的美好时光。于是软软地躺回床上，身体彻底松懈下来。

慢慢地，酸痛从身体各处的细胞中叫嚣着跑出来。

望着雕饰华丽洁白如玉的天花板，顾曦辰脸上浮现出隐隐的笑容。

今天的确是累了，很想好好地睡一觉，

迷糊中，她慢慢闭上眼睛……

·♛·

宗政华耶在被"赶出"之后，失魂落魄地向院长办公室走去。到了楼下便看到会议室的门大开着，里面的人正三三两两地从里面出来。

宗政华耶哑了下嘴，慢吞吞地向里面走去。

"小耶！快点过来！"宗政煌一见他的身影连连招手，唇边止不住笑意，"告诉你一个好的消息！"

现在还能有什么消息可以称做好消息吗？宗政华耶愁眉苦脸地进去，算是给面子地回问他："哥——什么好消息啊？"

"刚才经过会症讨论，等一下再给小曦做一次详细检查，如果没问题的话，就可以出院回家休养了。"宗政煌说得眉飞色舞，欣喜异常的灿烂笑容下，甚至连眉宇间长久的忧郁也跟着烟消云散，顿时整个面庞明亮了起来。

"真的吗？"宗政华耶听着也是高兴了几分，不过想到小曦的问题，心情还是很低落，他双手插在口袋里，一脚对着会议长桌的桌腿踢啊踢啊，"哥——我也有个不怎么好的事跟你说——"

宗政煌笑容一凝，下意识地看了眼坐在他旁边的韩院长，放在桌子下面的双手叠放在膝上然后才问："什么事情？"

宗政华耶吞吞吐吐地说着："小曦——刚才又问我、她失忆前发生的事情。"

砰！膝盖撞到桌子发出闷响。

"什么？"宗政煌注视着他的眼睛，声音嘶哑，"你——都说了？"

"没。"宗政华耶摇头，随即又补充道，"但是，她从电视里已经知道一些。"

"是吗？"宗政煌脸色暗淡忧郁起来，心中有一种莫大的恐慌，"小曦，有没想起什么？"

"没……应该没有，但是——"宗政华耶回想了一下摇头，然后看了下韩院长，韩院长知情识趣地告退离开后，他才再开口说道，"小曦问我，我们结婚是不是因为相爱？"

"什么？"宗政煌身体战栗了一下，眉头拧起，声音迟疑不决，"那你……怎么说的？"

"哥——"宗政华耶默然地走到他的身边蹲下，双手抓着他的手，仰头望向自己最亲密的哥哥，眼中流泻出俱是脆弱的骄傲，"我不想欺骗她。所以……所以就说了不是。哥哥，我好难过。"

"小耶！对不起！"宗政煌感觉自己的声音也在颤抖，他望着仍像孩提时喜欢这般对着自己撒娇的弟弟，眼中满是痛惜和内疚，他轻抚着小耶的头发，"有些人或者事，不是我们所能控制的。"

"哥哥——"宗政华耶头靠在他的膝盖上，倾诉着自己的迷茫，"为什么我们会走到今天的这种地步，那么多漂亮可爱善良的女孩子我不喜欢，却偏偏喜欢上她呢？明明那么自恋、刁蛮、任性的一个人，比我脾气还坏，一点也不可爱……"

丁零零——

正说着，宗政煌的手机铃声响起，他迅速掏出手机接电话："喂——事情都处理好了吗？"

"……"

"嗯。"

"……"

"好。对了，马部长，你可以放出消息给他们，小曦身体康复情况良好不日即将出院，今日只是出去会见友人。具体怎么说你自己斟酌着办。"

"……"

宗政华耶一直盯着他接完电话，挂线后，立刻询问："哥——是安全部的那个马部长吗？"

"嗯。小耶，今天这样的事不能再发生。我怕万一小曦想起她母亲的事就糟了。"宗政煌点头，拉着宗政华耶站了起来道，"计划赶不上变化，既然小曦想知道过去的事，我们就给她一个合理的交代，只是有些不该提的我们必须得瞒着。"

"我知道，关于小曦妈妈的事嘛，反正知道的人不多。"宗政华耶点头，做了个保密的手势，然后说出自己的打算，"温涵湫那边好说，关照一声就行了。但是，妈那边——"

宗政煌叹息了一声，眉头微蹙："妈那边，我会亲自去说。"

"电视机前的观众朋友们中午好，这是XX城市频道午间新闻快递……"

满桌的饭菜香也留不住一心扑在电视机前的"小帅哥"！

"任小鱼，饭不吃看什么电视？！"夏扬看着自己的笨女儿碗里的饭菜热气都没了，气得用筷子抵了下她的额头，"再不吃我就关电视了？！"

"拜托，老爸！做人不要太小气嘛！"任瑜转过头讨好地朝着他甜美地微笑，顺手夹了快糖醋排骨送他的晚里，"来，这是女儿孝敬您的。"

"……上午10点15分，被称为宗政集团'太子妃'的顾曦辰小姐出现在某商业街……"

"小曦！"任瑜条件发射般地嚷嚷着赶紧回头，双眼牢牢地盯在屏幕上，"老爸，差点被你误事！"

"据报道，顾曦辰小姐本打算拜访西城居民区的一位闺中密友，在被一些媒体记者无意中发现的情况下，暂避于小区电话亭中，随后宗政集团的两位太子爷一起赶来救驾……"

"大家应该注意到哦，画面中的宗政煌董事长很是照顾自己的弟媳，这跟以前传说中的绯闻还是有很大的内幕……"

画面一转，又转到以前播放的有关顾曦辰和宗政煌的绯闻焦点新闻上。

"无聊的媒体！侵犯个人的隐私还当作炫耀的工具。"任瑜同仇敌忾地朝巧笑倩兮的主持人翻了个白眼，然后起身。

"喂！你干啥去啊？"夏扬看着自己的宝贝女儿干脆连饭都不吃了直接走人，赶紧跟在后面喊了一声。

"当然是打电话去啊！"任瑜头也不回地跑上楼去取自己的手机。

"对不起，您所拨打的电话号码是空号，请查询。Sorry, the number you dialed does not exist, please check it and dial later."

"怎么会是空号呢？"任瑜一听手机里传出的人工提示就急了，以为是自己打错了或是系统出错，赶紧挂了按了个重拨过去。

紧张等待过后，手机里依然传出"对不起，您所拨打的电话号码是空号，请查证……"的声音，急得她直跺脚，迁怒于手机直接摔床上，"小曦的号码怎么会是空号呢？！"

夏扬端了饭菜上楼，正好看到任瑜急得热锅上的蚂蚁般乱转，笑着摇头调侃："丫头，不是手机又搞失踪了吧？！"

"不是啦，老爸！我有那么没记性嘛？！"仟瑜跺着脚，"刚我打小曦号码，那边竟然说是空号，也不知道是怎么回事，急死我了！"

"空号？或许是停机了吧！"夏扬把碗放进她的手里，"先吃饭吧！"

"哎呀，爸——有没常识啊？停机和空号是两回事。"任瑜一副被他雷到的无奈表情，语气里充满疑问，"为什么小曦停了号码不通知我一声呢？"

"丫头！只要知道她平安就好！为什么非要联系上呢？"夏扬声音难得温柔，拍了拍任瑜的肩膀，"小曦她生活的世界毕竟跟我们普通老百姓不同。你不是也知道'人在江湖，身不由己'这句话嘛。"

"嗯。"任瑜回想起刚才电视中小曦苍白的脸色理解地点头，"我希望她早日恢复健康，心想事成，幸福快乐！"

第五章

■ 冷漠的婆婆大人。

公主夜未眠
The Sleepless Princess

不要因为也许会改变，
就不肯说那句美丽的誓言；
不要因为也许会分离，
就不敢求一次倾心的相遇。

公主夜未眠

The sleepless Princess
The sleepless Princess
The sleepless Princess

　　天清日暖，又是美好的一天。正如天气预报说的那样，年前年后10天都是晴朗天气，无明显降水，适合出行访友。

　　冬日的上午9点，阳光灿烂明媚，透过巨大的玻璃窗口照射进房间，暖暖的，再看着阳光下窗台边茶几上的粉嫩的一大捧鲜花，立刻感觉春天的气息萦绕其间，人的心情也随之无限飞扬。

　　"曦辰小姐，早上好！"韩院长笑眯眯地点头，"鉴于你恢复情况良好，现在就可以出院回去休养，有任何异常情况随时都可以联系我们。不过也请放心，以后我们每隔两天便上门帮你做例性检查，直至完全康复为止。"

　　"谢谢，这些日子真是太麻烦你们了。"顾曦辰浅浅地微笑着朝他们地鞠了个躬道谢。

　　"好说好说，救死扶伤本来就是我们的职责所在。"韩院长连连摆手，随后他朝着守候在旁边的宗政煌和宗政华耶点头致意，顺手把准备好的文件夹递给他们，"宗政先生，曦辰小姐回去休养康复期间需要注意事项和日常用药剂量都记录在上面，回去之后可以照着上面去做。"

　　"好。"宗政煌接过点头承诺，宗政华耶迫不及待地翻开看了起来。

　　"那好。我们就不打扰了，先离开了。"韩院长乐呵呵地笑着，又回头对着顾曦辰说道，"曦辰小姐，我在此预祝你新年快乐，万事如意！"

　　"谢谢！我也祝你们新春愉快，合家欢乐！"顾曦辰朝着所有的医生做了个祝福的动作，微笑着目送他们离去。

　　"好了，小曦，别看了，我们现在就收拾东西一起回家过年咯！"宗政华耶兴奋地整个人都快飘起来。

　　"一起回家？"顾曦辰愕然惊问，迟疑几秒后望着宗政煌问，"我？去你们家吗？"

"不然你还有哪个家啊？明明住了大半年的人比我们在家还混得如鱼得水！"宗政华耶颇为气恼地嘟囔着。

"说的也是，我哪还有另外一个家？这么久爸都没有过来……"顾曦辰恍惚失神，想起那个已经没有她容身之地的幸福三口之家，想起她已经嫁人的事实，心中痛极，脸色苍白，苦涩地笑容之后，眸中的光亮也无声无息的消散了，只剩下空落落的忧伤。

看着她伤心，宗政煌的心里就好像被狠狠敲了一记，情不自禁地走到她的面前，双手轻柔地放在她的肩膀上，试图给她以温暖和安慰："小曦，不要太难过，我们现在也是一家人！"

"你们？"顾曦辰心底黯痛，说不出话来，也不知该如何去说。

"是，我、小耶，还有我的母亲，都是你的家人！"宗政煌坚定地点头，放在她肩膀上的双手也微微用力，"小曦，不管怎样，你都是我——们最重要的家人！"

不管怎样，

你都是我们最重要的家人！

顾曦辰心底一热如有暖流经过，微微颤抖的声音从她的喉咙里挤出："谢谢！"

"还有我啦，小曦！"宗政华耶不甘心他们仿佛世界只有他们俩的视线交缠，赶紧挤到她的面前夸下海口，"我会对你更好的，哪怕被我妈妈骂，我也会站在你这一边！"

"你妈妈？"顾曦辰陡然想起一个严重问题，他们的妈妈，不就是她的婆婆吗？

自古婆媳关系势如水火不容，基本上没有几对相处亲密如母女的。

想想孔雀东南飞，那婆婆就如同万恶的旧社会，以折磨媳妇为己任……

再想想昨天在电视里看到的有关她的绯闻报道，她的"婆婆大人"不折磨死她才怪，说不定她就因此在他们家受尽磨难才失忆的。

臆想中头脑中出现母夜叉拿着刀追杀她的场面，顾曦辰打了个寒噤摇头："我……能不能不回去啊！"

"丑媳妇总要见公婆的嘛！何况你又长得不丑！"宗政华耶在旁边撮掇着，又是激将又是打包票，"再说，我妈那个人又不坏，就是刀子嘴豆腐心，看着冷些，实际上只要对着她撒撒娇，一切搞定！"

宗政煌听了他的话也笑了，望着她目光温柔如水："放心，小曦，一切有我，不要怕！"

"哦，那你们家就你们三个人吗？你们爸爸呢？"顾曦辰哦了一声点头，随即又不放心地问了他们爸爸怎样，看到他们陡然古怪的神情迟疑地又问了一句，"我……说错话了吗？"

"没！"宗政煌首先反应过来，淡笑着开口解释道，"只是，我们的爸爸很早就不在了。"

"对不起！"顾曦辰低头道歉。

"没关系啦！我们早就习惯了！"宗政华耶干笑着挥挥手，生怕小曦又生出什么事端拖延回家，便说道，"小曦，我先帮你打包好的行李提下去，你看还有什么要带走的赶紧收拾！"说完也不等她同意，赶紧便提着两口小巧的箱子向外走去。

瞥到他走出去的背影，房间里只剩下他们两个人，顾曦辰又感觉心里跳得慌，偷偷抬头飞快地扫视了宗政煌一眼，开口问道："我，想问一下，回去之前，我能不能先跟林小猫，不，就是我好友林乐岚见一下面啊，有些事我还是想问问她。"

宗政煌身体一震，略一沉吟问："我可以知道什么事吗？小曦，如果不要紧的话，能不能等过了春节再安排你们见面呢？"

"就是……就是我想问她关于我失去的那段记忆。"顾曦辰脸色红了又白，忽略掉心底隐约而起的疼痛，握紧手指低声地诉说着，"昨天看了些电视里的娱乐报道，感觉很陌生也很难受，不管过去如何混乱，我都想了解真实的情况。"

望着她苍白的脸色，握紧的拳头，宗政煌心口犹如被重锤狠狠砸了下，他静了静，沉声劝解说："小曦，其实你不必要在意那些的。大家都知道，所谓的娱乐报道，基本上都是无中生有的东西。特别是我们这样的人家，更是媒体追逐的对象，报道出来的所谓绯闻内幕，看看就算，不必当真！"

"真的吗？"顾曦辰满眼迷茫，沉默片刻抬眼望着他，"即使想不起来，我还是希望能够把失去的那段空白记忆连接起来，哪怕是由别的人告诉我。如果现在不方便的话，迟几天联系她也行。"

"好，我答应你，小曦。"宗政煌点头，"现在我们回去，合适的时间我便安排你们见面。"

宗政本家。

车子从朱红的正门进去，一路行驶却出其的幽静与雅致，几道宫墙之后，终于到了宗政家日常居住的主宅。

高宅深院，不愧是豪富人家的私人宅邸。

晴朗的天空水洗般的清明，湛蓝高空找不出一丝云烟。

宅院深深，葱郁的树木围绕着生长在墙院四周，葱郁的绿意中间或夹杂着一树鲜红似火或洁白如雪的梅花。

大片大片的草坪，即使是现在这样的时节，也是绿草如茵，宽阔的林道布满了鹅卵石，看似随意实则匠心独具地蜿蜒其间，沿着林道两侧，一丛丛鲜花怒放其间。或淡紫或金黄或洁白的花色，霎时芳华绝色、顿生风景如画之感。

温暖的阳光照着如同白玉修筑而成的五层别墅，静谧而又华丽得如同置身欧洲贵族城堡。典雅美丽的汉白玉雕饰、石栏、椅凳随处可见。阳光下，表面光亮闪烁如星。远远的，天使造型的喷泉水声哗哗的凌空流泻，轻薄的水雾犹如细雨，透明细致，微微散发五彩的光晕。

顾曦辰从车上下来，顿时惊叹了，幽幽的清香飘荡在空中，景色绝美，如同做着不真实的梦，太过美好害怕随后破碎，她屏气凝神地踏上林道，半眯着眼睛慢慢走着前行，试图感受着古人所说的那种"陌上花开，可缓缓归也"的意境。

"喜欢吧！是不是感觉很亲切很熟悉？"宗政华耶喜滋滋地紧贴在她旁边炫耀，"小曦，我不介意再告诉你一次哦，这处别墅景观样式可是我和哥亲自设计的哦！"

"是吗？"顾曦辰睁开眼睛，转头看了他一眼，随即又瞥了眼跟在他们身后接着电话的宗政煌微微一笑，"作品反应人的个性，我比较相信这里绝大部分出自你——哥之手！"

"你！"宗政华耶气闷，明摆着瞧不起人嘛，他赌气地不再多言，随着她的脚步默默走着。

"怎么成了闷葫芦了？"宗政煌接完电话赶上来，注意到小耶气鼓鼓的样子随口调侃道。

顾曦辰窃笑着吐了吐舌头，然后才问道："这里感觉满安静的嘛，好像一个人都没有！"

"都在忙着过年的各项事宜。"宗政煌望着她可爱的笑容心情不觉也跟着喜悦起来，"还有啊，刚才管家打来电话，妈今天参加慈善拍卖会大概晚上回来，所以小曦，你可以先回房休息，养足精神晚上再见面。"

"耶！好的。"顾曦辰激动地比了个胜利的手势，紧张忐忑的心情立时轻松飞扬起来，似乎刹那间整个世界更加的明亮鲜活。

谈笑中，一道浅蓝的身影从别墅里惊呼着向他们奔跑过来，激动地扑向顾曦辰："曦辰少奶奶！我好想你啊！"

"小心！"宗政煌眼疾手快迅速扶住顾曦辰的双肩。

"啊！"顾曦辰不知所措地望着眼前又哭又笑地年轻女孩，被一个"陌生人"如此热情地抱着倾诉思念之情还真是怪怪的，小心翼翼地挣拖开问，"你，你是——我认识的人吗？"

"曦辰小姐真的失忆了，连我都不认识了。"小燕哇的一声大哭起来，"曦辰小姐，好可怜啊！"

"白痴燕，小曦康复出院是喜事，你瞎哭什么？！"宗政华耶嫌恶地瞥着她一脸眼泪鼻涕呵斥。

小燕赶紧擦了眼泪点头，想起电视里失忆的人看到熟悉的事物会慢慢想起一切，眼睛一亮抓起小曦的手拖着她向别墅走去："曦辰小姐，跟我一起上去看看您的房间，说不定会想起什么？"

"啊？哦！"顾曦辰被动地随着她半走半跑进别墅客厅，刹那又陷入震惊当中。

好奢华啊，就跟电影里豪华别墅的装潢一样，华美的水晶吊灯，质地上乘的沙发家具，繁花似锦的波斯地毯……

地下一层是健身房。

一楼是巨大的会客厅。

二楼是夫人的卧室、和室、琴房等等。

三楼是大少爷的卧室、书房、小客厅等。

四楼是耶少的地盘，现在是她跟他两个人共同拥有的楼层。

五楼是客房，只有与宗政家关系密切的客人才有资格住进来。

顾曦辰晕乎忽地听着小燕的介绍，跟在她身后慢慢上楼。

一路盘旋。

见识到二楼的典雅高贵，三楼的舒畅大气，直到四楼。

"小姐，进来啊！"小燕乐滋滋地拖着她踏进四楼进门的小客厅，"看看，有没有想起什么？"

顾曦辰默默地注视着设计成青春明媚风格的房间，四处摆放着的一些零碎装饰，陌生却又亲切，都是她第一眼看到就会喜欢的设计风格，心中说不清是喜是悲亦或是惶惑："我不知道该怎么说，明明是第一次看到，却感觉很亲切。"

她彷徨地向里面走去，随意地推开一扇门。

打开，里面正是她的卧室。

温暖的粉色系设计，墙壁四周悬挂着她漂亮的大幅艺术照片，甚至连床头柜上也摆放着她笑容灿烂的照片。

虽然有几幅看着很熟悉，是暑假期间她和小猫为了庆贺高中毕业拍的写真集，但是绝大部分服装华美、笑容明媚的照片中的自己看着都是陌生的，大概是她失去记忆的那段时间拍的。

顾曦辰下意识地走近，仰望着墙壁上笑容灿烂的自己，慢慢恍惚失神，头脑中渐渐闪过无数纷杂纠缠的情绪，无措、迷茫、怅然、悲伤……

"忘就忘了吧，小曦。不需要太在意过去，人最重要的是把握当下和未来。"

顾曦辰转身，强自一笑。

原来，宗政煌和宗政华耶不知何时也站在了她的身后。

宗政煌微微而笑，看着她的目光更是温煦："熟悉一下环境之后好好休息吧，有什么要求只管打内线电话，立刻会有人上来，电话就在你床头柜子上。我们就不打扰你了，公司还有很多事要处理，我和小耶傍晚会早点回来！"

"谁说的，我又没事——"宗政华耶听到立刻大声抗议。

"小耶，现在就你最闲，我快忙不过来了，你不来公司帮忙么？"宗政煌温和地反问。

"我——好吧！"宗政华耶在他温和的语气和疲惫的眼神下，良心受到大大谴责，无奈地点头答应，"那……小曦，我走了——晚上见哦！"

虽然舍不得宗政煌离开，但是能够送走惹人嫌的宗政华耶，顾曦辰还是喜悦多过不舍，巧笑倩兮地挥手作别："拜拜！晚上见！"

关上门，这里顿时成了她一个人的世界。

在好奇心的强烈驱动下，她一处一处细细查看着，忙活了大半天没有任何收获，顾曦辰颓然地倒在床上，脱了外衣，埋进被窝，让身体包围在柔软而又温暖的安全世界里。

不再去想，不再去看，闭上眼睛，努力进入朦胧而又美好的梦中世界。

那里，无忧无愁，唯有充满欢声笑语的幸福家庭，让她沉溺于爱与被爱中。

春困夏乏，秋无力，冬日正好眠。

特别是顾曦辰这种嗜好吃与嗜睡的懒人，能躺着、睡着决不清醒起床。

所以，在她幸福地睡觉睡到自然醒，睁开眼睛的那一刹那她发现窗外已是暮色空冥。

天色已经晚了。

这个时候，宗政煌他应该回来了吗？

顾曦辰想起宗政煌上午对她说过会早点回来的话，于是立即起来，穿衣梳洗，打了内线电话，那边电话是小燕接的，一听是顾曦辰的声音，欣喜地扔下话筒，端了早就准备好的点心、水果羹托盘上了电梯，按了直达四楼的按钮不到1分钟时间赶到了她的卧室。

"曦辰小姐，终于醒来啦！"

"嗯，是睡得满久的。"顾曦辰不明白她态度为什么如此热乎，笑着打了个招呼问，"小——燕是吧！？你知道宗政煌大哥——他们回来了吗？"

"没呢，不过我听李嫂说大少爷他们马上就到家了。"小燕说话很清脆，节奏也比较快，回答完小曦的提问之后还附赠另外的八卦，"还有啊，夫人已经回来了，不过在后宅歇息，李嫂也在那边回话呢。曦辰小姐，你要不要现在过去见夫人啊？"

夫人=宗政煌和宗政华耶的母亲=她的婆婆？！

电光石闪之中，顾曦辰头脑中完成了一次等价交换，心脏又控制不住地剧烈跳动，如同被猫爪来回抓般难受。

宗政煌的母亲耶……

正是她假想中的大敌，她毫无印象的婆婆"大人"！

小曦干笑着连连摇头："不、不、不，我还是等宗政煌回来再去见他妈吧！"

"听着很别扭耶！"小燕皱着眉头，想起气质清冷高贵优雅的夫人最讨厌人没规矩的言行，连连摇头提醒着，"曦辰小姐，你可能忘记了，见到夫人，千万要记得称呼夫人妈妈或者母亲大人啊！不然夫人会生气的。"

顾曦辰垂下头，听她这么一说，森冷的寒意让她的身体冰冷战栗，不明白怎么会从心底深处蔓延出无法忍受的畏惧感："我知道了。小燕，谢谢你提醒我。"

风萧萧兮易水寒，壮士一去兮不复还。

此刻，顾曦辰大概能够体会英雄末路的悲哀。

既然无论如何都无法逃避见去她的婆婆大人的"厄运"，她也只得硬着头皮逼迫自己跟随在宗政煌和宗政华耶的身后向未知的命运走去。

丑媳妇终要见公婆啊！

"小曦，不要害怕！这也不是你第一次去见妈。"宗政煌硬撑着疲惫的身体向前走着，一路上细心地发现小曦坚强冷静面具后的忐忑不安，不断出言安抚，"小耶说的也是真的，妈那个人只是看着比较严肃，其实还是很好相处的人，不会刻意为难你的。"

顾曦辰一边走着一边注意地望着他说话的每一个表情，看到他即使是在微笑也掩不去眼底深深的倦怠，仿佛有把刀子割痛她的身体，心很疼很疼，很希望伸手抚去他眉际冷调子的愁绪。

"拜托，哥哥，你这是安慰她还是吓她啊？"宗政华耶瞥到她脸色苍白地望着自己的哥哥于是唯恐天下不乱地瞎嚷嚷。

三个人转过一片树林，穿过一个院落，拐了几个回廊，到了一肃静的后宅。高高的宫墙上，每隔一段距离上面悬挂一盏明亮造型华丽的宫灯。

无数宫灯的映照得四周明亮如昼，每一处地方哪怕是角落也看得清清楚楚。

朱红色的宫墙，金色的琉璃瓦，明黄或朱红的柱子，洁白光华的大理石路面、台阶、雕栏石屏，处处雕刻着龙腾凤舞的画面。

气势雄伟的正门修葺如新，上面挂着的匾额上面只有一个大大的"明"字，门两边各伫立一朱红色的柱子，柱子上雕刻着一副对联："龙腾日月，光耀山河" 一笔一画深刻遒劲，气壮山河的气势一览无疑。

院门敞开着。

里面的房子，好似古代皇家庄园的缩影，一溜儿九间正屋之外，亭台楼阁，假山园林应有尽有。

顾曦辰跨上门坎上，一脚在内一脚在外，恍惚失神。

此情此景，莫不是穿越了时空，到了古代皇宫。

"进来吧。"宗政煌悄悄牵起了她的手，在她耳边低低提醒，"妈就在中间的正厅里等着呢。"

"哦！"顾曦辰呆呆地应了一声，心脏如同暴雨般急急跳动着，脚步轻浮恍惚，任由他的牵引向里面走去。

"大少爷，二少爷，曦辰少奶奶，夫人正在问着你们什么时候过来呢！"一身黑衣的老妇人如同幽灵般从暗影下走出，朝着他们三个规矩地行了礼问候。

"嗯，知道了！"宗政华耶哼了一声，厌烦地抬了抬下巴说，"李嫂，你去厨房去看看晚饭是不是都预备好了。"

"是。"老女人微微弯了下腰然后转身离开。

"好怪的一个人！"顾曦辰在她走了之后仍是很小声的评价！

宗政煌又是一笑，依然牵着她的手向正厅大门走去。

"妈——我好想您哦！"宗政华耶最先进去，朝着屋子里的人撒娇地呼喊。

"小耶，这么大了人了还跟孩子一般，成何体统！"

顾曦辰随宗政煌一起进门，只听得一道清冷的斥责声音从屋子左侧的一排玉石屏风后面传出。

话音落了之后，一位身穿白色皮草的贵妇人从屏风后面款款走出，在正对门的黄花梨雕花太师椅上坐下。

顾曦辰震惊地望着她。

容颜如冰，风姿卓绝，姗姗行来，一举手一投足间俱是大家风范。

完全天生的贵族风范，

那种融到骨子里的高贵即使是所谓的富贵人也无法模仿。

"妈妈，我再大在您面前还是小孩子嘛！"宗政华耶不以为意，依然嬉皮笑脸。

"妈！"宗政煌松开小曦的手，低低唤了一声。

宗政华英见了顾曦辰之后谁都没理，眼睛牢牢地盯在她的身上，目光犀利似箭，好似可以射穿她的躯体，直直剥开她的内心世界，全部展现在所有人的面前。

屋子角落里的古董座钟滴答滴答地走动着，声音回绕在空旷的屋子里更加的宁静寒冷。

无形的重压让人似乎喘不过气来，顾曦辰的头默默低下，看着脚下，花团锦簇的朱红色毛绒地毯，陷落光影之中的色泽看起来仿佛凝固地血液色泽。

"身体康复得怎样？"良久，宗政华英语气淡然地开口。

"啊？"小曦头脑中正无限设想自己可能被刁难的场景，没听清宗政华英刚才的问话，茫然地抬头，胆怯地望向宗政华英，睫毛微微颤动着，"什么？"

"医生说康复情况还不错，回家休养可能恢复地更快！"宗政煌瞥到小曦茫然地神色，恭敬地对着宗政华英回答。

"那就好。"宗政华英脸色和缓点头，然后又望向顾曦辰吩咐道，"小曦以后你就不要乱跑。即使不出事，也会平白辱没了自己的身份。"

"嗯。"顾曦辰脸色涨得通红，在那样冰冷的目光下，好似被狠狠打了个巴掌。很奇怪的感觉，虽然没有任何印象，她就是觉得她的"婆婆"不喜欢她，甚至可能厌恶她，"是，我……我知道了。"

宗政华英听了脸色稍稍和缓，又看了眼依旧站着的三个人，似乎这才想起抬手道："还站着干吗？都坐下。小曦，你坐过来一点。"

顾曦辰惊慌中下意识地看了宗政煌一眼，看到他示意地朝她微微点头，她吸了口气，紧张地走向宗政华英指定的椅子，在她的看不清任何情绪的目光下坐下。

"打开桌上的盒子。"宗政华英在她坐定后，眼神示意她打开放在桌子上的一个盒子。

顾曦辰这才注意到桌子上放着的盒子。

她低头打量，紫檀木的盒子，绿翡翠的针扣，盒盖上面雕刻着栩栩如生的凤翔九天的图案，右下角还镶嵌着一朵粉白质地的玉石雕刻成的莲花标记，不知道什么样的东西会放在如此贵重的盒子里面。

顾曦辰心跳得飞快，吸了一口气，双手微微颤抖着放在盒子上，一手拨开针扣，轻轻地打开盒盖。

暗沉如夜的黑色内衬上，并列放着一对形状似狮子的白色玉器！

在黑丝绒质地的内衬映照下，显得玉器色如羊脂雪白，质似羊膏晶莹温润。

即使对玉石不甚了解，顾曦辰也能看出它们的珍贵，不明白宗政华英让她打开是什么意思，半晌怔怔地问："这是——"

"送给你的！"宗政华英淡淡说道，"它们是一对和田玉貔貅（音皮休），又叫天禄、辟邪，传说中有避邪保平安和招财纳福的功用。"

这就是貔貅吗？

顾曦辰失神地望着盒子，恍惚想起小时候练习书法时为了增加文化底蕴，妈妈让她看了不少古代书籍。好像就有一本专门讲述中国古代神话故事的书里，曾经介绍过貔貅，龙头、马身、麟脚，形状似狮子，毛色灰白，它有嘴无肛门，能吞万物而从不泻，阻止妖魔鬼怪、瘟疫疾病扰乱天庭，可招财聚宝，只进不出，神通特异。那时候也因为年纪小，对它有嘴无肛门能吞万物而从不泻好奇、困惑不已，所以印象深刻一直记挂到现在。

望着晶莹温润的玉器，顾曦辰目光越来越幽暗，脑中乱乱的，有些喘不过气，不知道该说些什么。

"这应该很贵重的吧？"沉默良久，她把盒子推想宗政华英，轻若无语地说，"很抱歉，我不能接受。实在是承受不起，"

"喂！小曦，你说什么啊！"宗政华耶一听急了，玉是没什么大不了的东西，但是她拂了妈的好意不是没事找事做嘛！于是他连忙起身，蹿上去，一把推回盒子朝着顾曦辰嚷嚷着，"我妈这些金银珠宝多的是，你不好意思什么？再说是妈送给你的，又不是旁人的东西，只管拿着就是。"

"你就拿着吧，也是应该的。"宗政华英微微一笑，说得云淡风轻，"宗政家其他的也没什么，祖宗就是传下来不少古玩玉器，历代都是宗政家女主人保管。所以这些东西，迟早是要传给你的，就拿着吧。"

宗政煌闻言，咀嚼出她话里隐含的意思，神色一亮温柔地看过小曦一眼，然后压下心中疯狂的喜悦，感激地看向自己的母亲。

顾曦辰静静地听完，目光沉寂如水，想到自己是小耶妻子的身份，脸色黯淡、涩然而笑："是。我会保存好的。"

如果，有一天我……

一定原物奉还。

宗政华英沉声点头，望着相貌相仿、性情却差异颇大的两个儿子，心底黯然长叹。旁人都说她这个做母亲的偏心，偏爱自己的小儿子。可是谁又知道，儿子都是自己身上掉下的肉，伤了哪个自己不心痛？从有了孩子的那天起，我这个当妈的就恨不得把天下最好的一切都捧到儿子的面前。

哪怕要的是天上的月亮星星，我也能想着法子满足他们的要求。但是喜欢上同一个女孩，你们又要我这个做母亲的怎么办？顺了哥情，便拂了弟意，哪有什么两全其美的方法？手心手背都是肉，我也只能做个伤害最小的选择。

宗政华英怜惜地看了一眼自己的小儿子，可这个笨儿子一门心思地全扑在面前的女孩子身上。

不忍再看，她转头又看向自己的大儿子，希望煌儿日后能善待自己的弟弟，多给他一些补偿吧！

"夫人。晚餐已经备好，是否现在开席？"一身黑衣的李嫂进门请示。

"嗯。难得全家人都在，晚上就一起吃！"宗政夫人点头，然后站起，微笑着看向宗政煌说，"苗苗也随我一起回来了，这么多日子没见，他天天都念叨着你。"

绸绸？

她还是他？

很像一个女孩子的名字。

顺着宗政华英的目光看去，宗政煌的眼睛里满是温柔深情的色彩，顾曦辰的心荡到了谷底，脑子轰的一下全是空白。

绸绸，是他喜欢的人吗？

他已经有了爱人？！

无可名状的恐惧、不安和隐隐的嫉妒，象巨大的雪球砸来般让她心底仿佛突然被砸出了一个黑洞，直直地坠下去……

宗政华英起身，走在最前面，向外走去。

顾曦辰木然地跟在所有人的身后向外走去，跨出门外，眼前是长长的回廊，廊檐下，一色儿朱红的柱子支撑着，两根相隔柱子中的廊檐下悬挂着宫灯在晚风中飘摇，无数摇晃的宫灯此起彼伏如同荡漾的波纹，灯光苍白而又刺目。

她的身体似乎已无知觉，心底却似乎有道嫉妒疯狂叫嚣着极力膨胀。

宗政煌快步走向花厅，远远地便望见厅堂里端坐的那道孤寂瘦小的身影，心中又怜又痛，忍不住高声呼唤着迎去："苗苗！"

"爸爸——"小小的可爱的男孩子听到父亲熟悉的声音，转身欢快地冲了出来，雪球一般滚进了宗政煌的怀里，"爸爸——我好想你哦！"

"苗苗，我的宝贝！我也很想很想你！"宗政煌伸出双臂稳稳地抱起自己很久没见的儿子，慈爱地在他的额头吻了一下！

绸绸？

苗苗？

想像中的美丽女人蓦地变成可爱男童！

不是他爱上的什么美女，

真的是太好了！

这一刹那，顾曦辰感觉自己一下子活了过来，枯木又逢春般，身体所有的感觉都在合奏着同一种情感——无尽的快乐喜悦！

看着亲热的两个人，一大一小，相仿的笑脸，就好像同一个模子铸造出来似的。

同个模子——等等！

顾曦辰猛然想起小男孩跑出来时喊的"爸爸"两个字，脑子又好像被雷击中，轰的一声炸得意识全完，空荡荡地一片荒芜。

他有儿子了！

他与别的女人结婚了！

她再没有任何权利继续喜欢他了！

"他是你的儿子吗？"顾曦辰游魂一般走到他们身边，脸色苍白如纸，恍惚地望着宗政煌问，"他真的是你的儿子吗？"

"是啊！苗苗，快叫阿姨！"宗政煌沉浸在作为父亲的喜悦中，摇着苗苗的小手让啊叫人。向小曦骄傲地炫耀："你看这么长时间不见，又长高了不少——小曦，你怎么了？"

顾曦辰感觉胸口窒息一般地疼痛，眼睛里升起迷蒙的水雾，笑容惨淡："你结婚了？妻子呢？"

"没！苗苗的妈妈生下他不久就去世了！"宗政煌担忧地望她，脸色那么苍白还逞强地微笑，放下怀里的儿子，他紧张地抓住她的手问，"小曦，你是不是哪里感觉不舒服？"

没有妻子，真是太好了！

"没，没有！我只是太高兴了！"骤喜骤悲，大悲大喜，剧烈地情绪波动之下，顾曦辰的手脚冰冷，但是她依然对着他绽放出最美丽的笑容。

· ♛ ·

一顿饭，从头到尾大家都安静地吃着，甚至连平日里活泼的苗苗也一脸严肃的小表情正儿八经地吃饭。

吃了饭，用完茶，稍稍歇息了一会儿，宗政华英便赶他们几个回主院。

于是宗政煌抱了吃饱喝足睡意浓浓的儿子，顾曦辰和宗政华耶两个一左一右挨着他，慢慢地走回去。

回到别墅，走累了的顾曦辰在客厅坐下来，抱着蓬松的枕头懒懒地蜷缩在沙发里发呆。

小耶眼红于她盯着宗政煌上楼的背影失神，故意走过来挡住她的视线问："喂，你在想什么？"

"你哥和他儿子！"此时此刻，相较于自己失去的记忆，顾曦辰更在意宗政煌的情感和经历，他究竟有一个怎样的过去，苗苗的妈妈是谁，他们是怎样认识相爱的！

她知道不应该羡慕一个已经逝世的人，

但是她就是无法控制自己的理智去羡慕一个被他曾经爱过，或许现在依然爱着的女人。

何况那个女人还给他生下了一个孩子，一个永不磨灭的爱情结晶。

顾曦辰沮丧地抱紧怀中的枕头："喂——小耶，你看过那个女人、呃，就是苗苗的妈妈，她——漂亮吗？有没有我漂亮？"

宗政华耶气得鼻子快要冒烟，都失忆了还那么在意他大哥的几百年前的爱情故事，恨恨地盯着她出神的面庞，咬牙切齿的回答："漂亮！很漂亮！但是没你漂亮！这样回答你满意了吗？"

真是气死他了，如果不是真的知道她失忆了，还以为她在耍他！

"谢谢！很满意！"顾曦辰不明所以地看了他一眼，直接忽略他的脸色，继续打探，"那她——怎么就去世了？"

他怎么就摊上这么一次没心没肺的祖宗？喜欢上这丫头，真是天作孽，犹可违；自作孽，不可活。

"你听好了！我不会再说第三遍——"宗政华耶压抑着心中的怒火，额头青筋直冒，拳头握得太紧，连指骨咯咯作响，"我只记得那时候我还小，有一天大哥带了一个可爱的女孩回家，但是不知道为什么他跟妈在书房里谈过事情出来后，两个人脸色都很难看，争吵过后，妈让他们滚出去。大哥便拉着她一起走了没回来。"

过往不愉快的记忆好像老旧的旧照片发黄磨损，在他头脑里已经模糊得快要完全忘记："后来不知道是过了一年、两年还是三年，某一天大哥突然回来，很伤心很憔悴，手里抱着一个小婴儿，就是苗苗。他跟妈在书房里谈了一天，然后他接掌了整个公司，苗苗被妈带去欧洲那边抚养，对外没有公开大哥已经有孩子的消息！"

原来是这样子的啊！

那个女人是他年少轻狂而又难忘的初恋情人吧！

越想，心中嫉妒的种子发芽繁殖地越迅速。

空气中似乎充满着令人沉郁的气息，顾曦辰困难地呼吸着，深深地叹了一口气，

默然地站起来，移动着缓慢地步子向楼上走去。

她上了楼，径直回了自己的卧室，转身看到身后的尾巴，愤然挑衅地冲口责问："你跟着我上来做什么？"

"某个人好像忘了，这里本来就是我的房间耶！"宗政华耶理直气壮地回答。

"不好意思，现在这里被我征收！请你另找地儿窝着！"顾曦辰也是很不客气地宣布这里圈入她的底盘，所有闲杂人等速速离开，"我要睡觉了，晚安，明天见！"

"唯小人与女子难养也！"宗政华耶念叨着孔子至理名言，摇头离开她的卧室！

唉，无论失忆前的还是失忆后的小曦，都是这般蛮不讲理。

继续去窝他的"小书房"吧！其实说是书房，比一般人家的几室几厅的套房还要宽敞，设施齐全，装修独特！

呵呵，这家伙也蛮听话、满可爱的嘛！

顾曦辰窃笑着望着他远去的背影，想着想着要不明天对他客气点吧！

好歹，他也算是她的"衣食父母"。

关上房门，她看看床头柜子上可爱的芭比娃娃时钟，已经9点了，梳洗一下，可以舒舒服服地躺进被窝咯。

于是伸了个懒腰，顾曦辰向里面的洗浴室走去。

半个小时之后，她已经梳洗完毕，换上美美的睡衣，开了昏黄的床头壁灯，舒服地躺在被窝里恍惚入睡。

咚！

咚咚咚！

突然传来缓慢而有节奏的敲门声。

"什么事啊？不能明天说吗？"讨厌的宗政华耶，非得在她睡觉的时候又来到骚扰她吗？顾曦辰拼命睁开粘合在一起的眼皮，打了哈欠迷糊地开口。

"是我。小曦，你睡了吗？"门外响起的声音宛若暖阳下的和风。

宗政煌？！

"没、没、没睡呢！"顾曦辰骤然清醒坐了起来，一迭声的连连否认着下床，利索地穿鞋、开灯，又快速地理了理头发，披了外套赶紧够去开门。

宗政煌手里托着托盘，上面放着大大小小好几个药瓶、药盒，一杯散发热气的温水："今天的药还没吃吧？"

"嗯。"顾曦辰的笑脸在他的询问中迅速垮下，可怜兮兮地望着他，"宗政——大哥，你怎么就不顺便忘记呢！"

"等你身体完全好了，我再忘记也不迟。"宗政煌眼睛里亮晶晶的，闷笑着调侃，托盘放在吧台上，然后安慰说，"今天的一定要吃，刚我联系过韩叔，他说过年几天暂时停药没多大问题。等过了初五再继续也可以！"

"真的吗？！"顾曦辰听了如蒙大释，不再扭捏地靠过去，熟练地从瓶子盒子里倒出每次应该吃的药丸，分批倒进口中喝了水咽下，吃完眉飞色舞地比了胜利的手势，"好了！这下可以了吧！"

"嗯！很好。"宗政煌变戏法般从手中递过一个棒棒糖给她。

还是加菲猫造型的可爱糖果！

顾曦辰扑哧一声笑开，露出扇贝般的牙齿："拜托，宗政大哥，这个糖是你用来哄你儿子的吧！很难想象，社会精英的宗政大哥拿着棒棒糖哄小孩子的样子！"

宗政煌脸色微红，略微腼腆地微笑，彻底让他那俊秀忧郁的贵族气质消散地无影无踪，他不自在地咳嗽了几声，告辞了两句迅速离开："晚安，小曦！明天见！"

"明天见！"顾曦辰目送着他远去的背影，心底好似发酵的酒糟，满满的幸福和感动在膨胀。

对他的喜欢，似乎又增加了几分。

第六章

竟然是皇室后裔？

公主夜未眠
The Sleepless Princess

想和你一起，
看着暮去朝来，
让清晨的第一缕阳光，
照亮你我眼睛里幸福的光芒。

咚！

劈啪！劈啪！

晨光熹微，远远近近鞭炮的霹雳啪啦不断的响起，拉开了新的一天的序幕。

睡梦中顾曦辰一直迷迷糊糊听到外面的声响，在睡眠和清醒中徘徊了一个多小时，连最后一丝睡意都在鞭炮声中消散。

实在是躺着无聊，她爬下床拿了遥控器开了电视。屏幕上全部都是雪花，没台？她不在意地换下一个频道，还是雪花，继续换，仍然还是雪花……

"郁闷，怎么一个台都收不到？！"顾曦辰皱着眉头关了电视，纳闷着超有钱的宗政家怎么连个有线电视坏了都不修呢。

没了电视节目打发时间，她开了大灯，在整个卧室搜寻可以打发时间的东西。

在床头柜里翻出服饰美容杂志。

"太好了！瑞丽杂志，10月、11月、12月，哇， 1月的也有。"顾曦辰翻看到最后，发现两个绸缎封面烫金字体的《朱氏遗训》和《宗政家规》的盒子，"咦，《朱氏遗训》？《宗政家规》？这些是什么东西？"

她从里面拿了出来，还挺沉的嘛，一盒就有两块砖头的厚度，都可以拿来当枕头使了。她好奇地打开了《朱氏遗训》的盒子，里面是一本稍微薄一点的书，书页竟然都是薄金做的，不会太显摆了吧？

她翻看了几页更是咋舌："天哪，什么破书啊？！哪来的朱氏遗训？是骗她没读过《女戒》、《女则》吗？里面乱七八糟的清规戒律，根本就是古代小媳妇被荼毒、压迫条约之集大成者嘛！！！"

那《宗政家规》呢？她又拖了更厚的"砖头"过来，打开盒子，哗啦啦地翻着，第一条，第十条，第二十条，第一百条、第二百条三十七条……

晕死，足足有八百多条两百多页的宗政的规矩！

这些都要用多少的黄金才能做成啊？顾曦辰又掂了掂分量，估计1千克有呢吧？天哪，这么算来，价值几万块的黄金就这么浪费在无聊的东西上。难怪人家说超有钱的人家也是超变态！

顾曦辰叹息地摇头，看到扉页上所写的宗政家女眷行为准则更是瞥嘴，看着头都快昏了，合上书扔得远远的，拼命地揉着眼睛，然后打着哈欠躺下。

关了壁灯，窗外阳光隔着窗帘隐隐透了过来，睡意反而更浓了，再听着外面隐隐的鞭炮声，听到耳朵里就跟催眠曲似的，想着自己天天睡了吃、吃了睡就跟小猪一样，迷迷糊糊中又进入梦乡。

再醒来时，已是九点了。

顾曦辰梳洗完吃了小燕送上来的早餐后下楼，直到楼下的客厅，除了这个跟前跟后的女孩子，没看到其他任何人影。一问之下才知道，宗政煌和小耶去集团本部召开本年度的最后一个总结会议亦是分红大会！而其他所有留守的用人都在后宅受宗政夫人的调遣，忙碌着祭祖的各项工作，甚至连作为宗政家长孙的小苗苗也被要求早早起床跟在宗政夫人的身边，乖乖地递接祭祀的器皿。

也就是说，现在偌大的宗政本家就余下她一个闲人。

顾曦辰无聊地叹息，扫视着客厅里的装饰，不经意间看到角落柜台上的电话。

她起身走了过去，拿起话筒，回想着林小猫的号码慢慢拨打过去……

"您拨打的号码是空号……"

"臭小猫，老是喜欢换号码！"顾曦辰情绪也随之陡然低落，叫她怎么想起失忆期间林小猫换的号码吗？！心里愤愤臭骂着那只没心肝的丫头。

她家的号码应该不至于也换了吧？嗯，她家的号码是多少呢？

小曦拼命回想着她家那个很少打过去的号码，然后拨了过去，等待接通。

十几秒持续音乐过后，那边传来林乐岚的声音："你好，我是林乐岚……"

小曦惊喜若狂刚想开骂那只没人性的臭猫，电话那边继续传来声音："我们全家已经回乡下过年，大年初五才回来，有什么事情请留言。最后预祝大家新年快乐，万事如意！"

原来是电话录音！

咯吱——

顾曦辰牙齿咬得咯吱咯吱响，手里死死地握紧电话筒，仿佛那就是林小猫的脖子。

这只臭猫，竟然不知会一声就跑回老家过年去？！

她满腔的怒火无处发泄，连个稍微清闲一点可以陪她说话的人都没有，所以只能拿看碟打发时间兼退火。

一部经典幽默、笑话百出的《武林外传》没看两集，顾曦辰笑得肚子都快痛了，先前那一点点的愤懑早就消失得无影无踪。欢笑声里，时间过的飞快，不知不觉中已近中午。宗政煌和宗政华耶从公司回来了，看到她全神贯注地看着碟片不时笑靥如花，心里的担忧稍微消退了一点后，赶紧提醒她祭祖的时间快到了，随他们上楼换上衣服去后宅祠堂。

顾曦辰吐了下舌头，乖乖地随着他们一道上楼，回到自己的卧室，小燕早就等候在那里，见她一进门就介绍宗政家的祭祀，一边唧唧喳喳地说着，一边利索地来回挑选，帮她找了浅灰色羊毛衫、象牙白的羽绒服、黑色的裤子以及一双平底的黑色棉皮靴，黑、白、灰，还真是经典的素色装备！

顾曦辰叹息着换上衣服，出了门，刚好遇上从对面换好衣服出来的宗政华耶。

一身剪裁质地都不错的黑色的西服，穿着也很合身，但是怎么看都觉得怪异。打量中她忍不住地笑出声："感觉好奇怪啊！"

气质啊，就好像小孩子偷穿了大人衣服扮成熟一样搞笑！

"有什么好笑的？！"宗政华耶被她笑得更加不自在，本来他就不适合穿这类正儿八经的西装，别扭地拉了拉衣襟，咳嗽了一声说，"走吧！大哥肯定在下面等我们了！"

"哦！那还不快点！"顾曦辰一听马上转身向外走去。

"等一下！"宗政华耶赶上她，递给她两块沉甸甸的东西，"给你！"

德芙巧克力？

"咦？"顾曦辰一边走一边纳闷地望着手里的，"这个做什么？"

宗政华耶听了脚下一个趔趄，拍拍脑袋叹息："小曦，我真怀疑你的脑袋是不是撞傻了？巧克力除了拿来吃还能做什么？"

顾曦辰没好奇地白了她一眼，顺手把东西塞回口袋，快步向楼下冲去。

祠堂。

供桌上一眼望一到尽头的三牲、水酒、玉帛等等供品，四周香烟缭绕，烛火燎燎！

万事俱备，只等吉时开始祭祀。

在场的人都是神情肃穆，偶尔才小声交谈一两句。

顾曦辰好奇地瞧着桌子上的牌位，特别是正中间的那一个，上面写着——朱氏慈炯公之灵？

宗政家怎么供着朱氏的牌位呢？

"笨，连朱三太子的名讳都不知道！"宗政华耶听到她的自言自语，小小地嘲笑了下后得意地吹嘘着，"我们宗政家可是正宗的明朝皇室后裔那，所以说外界戏称你为'宗政家的太子妃'还是有点眼光滴！"

"啊？明朝皇室？！"顾曦辰不敢置信地重复，历史知识严重匮乏的她对于明朝只了解三个人，朱元璋、陈圆圆、长平公主，这些还是通过看港台电视剧剧得来的呢，她想起赵雅芝主演过的《乱世不了情》惊讶地问道，"天哪，你们家竟然是皇室后裔？！你们是长平公主的后裔吗？"

"顾曦辰，你笨的没救了！都说了我们家是朱三太子的后裔，你怎么又扯上长平公主呢？"宗政华耶摇着头叹息，一脸夸张的遗憾表情。

听到小曦如出一辙的好奇反应，宗政煌露出怀念的神色，他朝着她微微而笑说："我还记得你第一次来祠堂，也是如此好奇地问我宗政家是不是长平公主的后人。"

"我以前就来过？"顾曦辰微微吃惊，看到他淡淡的笑容，恍然中，脑海中似乎闪过一个画面，却快得一闪而过什么都没抓住，额际隐隐刺痛地跳动了一下。

宗政煌看着她目光恍然，好似透过她看到了遥远的记忆，低沉悠然的声音从他的唇边流泻而出："我们宗政家的祖先是朱慈炯，是崇祯帝的第三个儿子，也是就清朝野史里传说中的朱三太子。明亡了他带着忠于明朝的几个将领改名隐性东渡日本，本来打算着光复明朝，时间久了后人也就放弃了反清复明的念头，几百年间累积了财富，一百多年前转战欧洲的商场叱咤风云，才有了今天的宗政家族。"

"这样的哦！"顾曦辰专注地听完，却什么都没有想起，最后她因内疚而迟疑地说，"好像——还是一点印象都没有。宗政大哥，对不起。"

宗政煌轻轻拍了拍她的肩，柔声安慰："小曦，不要难过了。开心点好吗？一直很喜欢看到小曦脸上的灿烂笑容，那样感觉自己的心情也会突然变得开心。"

"真的吗？"她激动得脸都红了，被自己喜欢的人赞美，这是天下最幸福的事了，头脑发热之下的保证让她事后羞愧无比，"我会加油的，努力笑得最美！"

哈，努力笑得最美！

真是令人怀念啊，完全是顾曦辰式的自恋风格！

"吉时到，祭祀开始！"

宗政家族嫡系族人都跪在地上，神色肃穆庄严，一位年长者读着祝文：

"……

秉承祖志，续写华章。锲而不舍，饱经沧桑。

任贤举能，整纪肃纲。礼仪渐备，文明发祥。

华夏一统，龙帜高扬。薪火相传，万事流芳。

……"

哎哟，痛死了！

顾曦辰歪歪斜斜地跪着，揉揉疼痛的膝，颦着眉度秒如年地熬着。

"……

大河之南，九州之央。具茨逶迤，溱洧激荡。

忠孝首善，礼法持恒　中道不倚，恕道宽容。

中部崛起，正道康庄。中原崛起，气宇轩昂。

……"

好长的祭祀文啊，到底要读到什么时候结束呢？

咕！

咕咕！

饿死了！

顾曦辰愁眉苦脸，望着在她前面端正对跪着的宗政煌、苗苗、宗政夫人，做了个"I 服了YOU！"的佩服表情。

宗政华耶和她并排跪在左右两个垫子上，听到她肚子咕咕叫的声音，朝着她无声地说话："巧——克——力！"

什么？

顾曦辰看不懂他的唇形，挑眉问为什么。

"巧——克——力！"宗政华耶又无声地说了一遍，手指着她的口袋。

"巧克力！"顾曦辰眼睛一亮，掏出一块巧克力如获至宝的捧在手里，望了一眼半着眼摇头晃脑读着祭文的老头，又瞥了几眼前面规矩跪着的背影，朝宗政华耶一笑表示感激之后，撕开包装纸，扳下一小块一小块地巧克力放进嘴里。

民以食为天！

希望苍天和宗政家的老祖宗能够宽恕她的不敬之罪！

"礼成！"

终于，漫长的祭祀活动在那一声悠长高昂的声音中结束！

泪，整整两个小时的祭祀！

真是上了贼船了，不知道他们过个年除此之外还有什么折腾人的花样！

顾曦辰如释重负的站了起来，因为跪了太长的时间两腿麻木地站也站不稳，向后倒下！

"小心！"宗政华耶眼疾手快地抱住她的身体。

所有人的目光唰的一下聚集在她的身上！

"Sorry！"顾曦辰脸一热，摇摆着从他怀抱中走开站好。

"好了，准备去吃饭吧！"宗政夫人目光从她身上移开，淡淡地对着在场的所有人说着。

吃完"姗姗来迟"的午饭后，宗政家的历年规矩，也是明皇室遗留下来的传统，宗政家的人亲手写春联、福字，所以每年宗政夫人磨墨，宗政煌写春联，宗政华耶写福字，基本上每年要从除夕下午写到天黑才能写好。

今年因为多了善于笔墨的顾曦辰，因而进度比较快，夕阳还没下山就完成了，写完每人留下一个福字亲手贴在自己的房间外，其他所有的春联、福字都是交给下面的人去贴。

夜幕降临，华灯初上！

远远近近的鞭炮声持续从天外传来。

除夕夜啊！

除夕守岁之夜，最令宗政家所有人期待的四件事——吃年夜饭、发压岁钱、放烟花、听新年的祈福钟声！

宗政家的年夜饭是在最漂亮的宴会厅举行，大约可以容纳一百人。今年的年夜饭一共开了八桌，预定八点二十八分准时开席。

因此，八点刚过，准备妥当的宗政煌抱着装扮的金童一般的苗苗上楼，去看小曦他们怎么还没准备好。

宗政华耶其实早就换好了衣服，在旁边皱着眉头等顾曦辰梳妆。只是她这个人有时候也比较龟毛，总是在梳什么发型、涂什么颜色的唇膏、戴什么类型的珠宝之类的问题上拿不定主意。

......

你说盘发好，她就说盘发式样呆板不适合她；

你说直发好，她就说式样太普通没特色；

你说化淡妆水灵，她就说会不会太素了被人比下去；

你说要不化浓妆吧，她又嫌化浓妆人会显得老气；

你说擦粉色唇彩好看，她就会怀疑会不会被人说装嫩；

你说不然就涂鲜亮点的，她说那些颜色与她的衣服不搭配，

……

女人啊，你的名字就叫麻烦！宗政华耶被她神经兮兮的挑剔搞得快要崩溃，头痛地不时蹂躏着自己的头发发泄心中的怨气。

一样一样地拼命征求你的意见，却又在你发表意见后一一否决，最后还是按照自己的心意打扮！

终于，在宗政煌到来之后，他结束了饱受打击的咨询。

十分钟后，装扮得出水芙蓉一般的顾曦辰亭亭玉立出现在众人的面前。

黑亮顺滑的长发，头顶斜插着粉色珍珠的小皇冠，额际一缕发丝卷曲微垂，珍珠的耳坠、项链，衬托的脸蛋分外古典明媚，纤纤合度的粉荷色衣裙、华丽出尘的白狐狸皮草，人比花娇，就跟下凡的美丽仙女一样。

"美呆了！"宗政华耶"小小"地被迷惑了一下脱口而出，随后不知道是不好意思还是怎的，改用英语说了句，"SO BEAUTIFUL！"

宗政煌眼中露出激赏，称赞着："窈窕佳人，倾国倾城！"

"谢谢！"顾曦辰听到他的赞美尤为高兴，露出灿烂的笑容，如同春日阳光下盛开的花朵一般明艳动人，"时间不早了，我们一起下去吃饭吧？"

合家团圆的年夜饭啊，就在辞旧迎新的祝酒声中热情开始，玉盘珍馐，觥筹交错，热热闹闹地吃了将近两个小时才走结束。

宴席的高潮与尾声，就是最后一道菜"金玉满堂"上桌！

说是菜，其实说是钱更妥当！

"快抓头彩哦！"

所有人争先恐后地去站起来伸手想要抓到第一个红包！

"人人有份，大家不要抢啊！"

顾曦辰看着其他桌抢夺笑闹成一团的人笑眯眯地说："很好玩啊！从来没有一年

的除夜如此热闹过！"

"小曦，你不会也要过去抢吧？"宗政华耶每年都看得心痒痒，恨不得也跻身参与，按他的身手，每年的头彩肯定跑不了！

宗政华英微微一笑，望着桌上还无人动手的金玉满堂对顾曦辰淡声说："小曦，你先拿吧，希望你新的一年万事顺心、吉祥如意！"

"谢谢——您！"顾曦辰脸色微红，在他们注视下从盘子里拿回一个红包。

随后，苗苗、宗政华耶和宗政煌依次取了一个红包放在口袋里，宗政夫人取了最后一个红包。

这时李嫂走过来询问："夫人，礼花都预备好了，是不是等一下就燃放？"

"嗯。"宗政华英看了下墙壁上的时钟点头，"时间也不早了，现在就开始吧！"

"放烟花咯！"

随着一声宣布，所有人的情绪都高涨如潮，三五成群地结伴前往临时设置的烟花燃放广场——宗政家的一块大理石停车场。

"小叔！烟火！看烟火！"苗苗张开双手要宗政华耶抱，清脆的童音急急地催促着他快点抱着他跑过去看。

顾曦辰也激动地恨不得立马飞过去，同样用着最热切的目光看着他。

"好，好。现在就出发！"宗政华耶在他们热切的目光里受到极大地受到鼓舞。

嘭啪！

一声轰隆的雷鸣声响后，一道亮光陡然冲上天际，划开了苍穹的平静夜幕。

楼下，无数兴奋的尖叫声潮水一般翻腾起来。

宗政华耶领着苗苗手里挥舞着烟花棒，围绕着亭子尖叫着、笑闹着。而宗政夫人沉静地坐在亭子中，仰望着夜空里的烟火。

顾曦辰倚在栏杆上仰望天空，望着烟花燃放的壮观场面激动地喊叫着："真是太漂亮了！"

宗政煌听到她纯然喜悦的呼喊声，唇边浮现温柔笑意，顺着她的目光望去夜空，火树银花，漫天星辰如雨，被如此唯美的画面所感染，说的话也充满了诗情画意："就像词里写的那样，东风夜放花千树，更吹落，星如雨。的确很美。"

低沉而富有磁性的声音，念着诗词的时候无比的沉醉诱人！

华灯璀璨，顾曦辰转头望着他性感迷离的侧面，心跳得快要从胸口里迸出来，她

深吸一口气，视线赶紧从他的脸上移开，装作打量周围的景色。

他们所在的是一座精致的两层亭台。底层是镂空的花墙，一门一窗，夏天呆在里面很是凉爽；楼上是看台，中间是小巧的亭子，亭子四面装着透明的玻璃墙，冬天或者雨天可以呆在亭子里晒太阳或者看雨景，想想就觉得很有情调。

咚！咚！咚！

礼炮声不绝。

漂亮的烟花，

在夜空不停地绽放，

瞬间的美丽，刹那的光华。

将它们惊心动魄的美丽不断展示在夜幕之上。

夜空宛如姹紫嫣红的百花园，五彩缤纷的烟花如同水晶石靓丽夺目，在夜空中曼妙地盛开一朵朵浅黄、银白、洗绿、淡紫、清蓝、粉红的花朵，时而像金菊怒放、牡丹盛开；时而似千树万树梨花盛开，美不胜收。

良辰美景，赏心乐事。更有喜欢的人相伴身边，顾曦辰心中希望此刻的幸福拉长成一个世纪。

如果今夜是酒，宁愿长醉不愿醒！

无数的烟花升起，绽放出如梦似幻的美景，美好的时光流逝地飞快，似乎转眼之间除夕之夜走到了尽头！

铛——

礼花燃放的轰隆声里猛然传出悠长的钟声！

"耶！新年要到了！"

人群沸腾了，欢呼声，尖叫声顿时充斥了整个广场。

"这是？"顾曦辰听到钟声持续地传来，疑惑地问宗政辉煌。

"新年祈福的一百零八声钟响！"身后传来小耶的声音。

顾曦辰转头，看到他抱着手舞足蹈的苗苗快步过来。视线的余光注意到宗政夫人也从亭子里站了起来，向外走来。

这时，烟花暂时停止了燃放，所有人渐渐安静了下来，期待着新年的来临。

夜空如墨。四周静寂无声。

一声接一声的钟声悠远绵长。

"十、九、八、七、六、五、四、三、二、 ！"众人随着钟声一起倒数！

倒数到"一"的刹那，礼炮鸣响，无数的礼花顿时在夜空绽放，花瓣如雨，繁花似锦！

"新年快乐！"人群又一次的沸腾！

"新年快乐！祝大家新的一年心想事成、财源滚滚！"宗政华耶快言快语抢到第一个祝福的机会。

"奶奶、爸爸、小叔、曦辰阿姨新年快乐！嗯，嗯……发大财！"苗苗也欢欢喜喜地随着小叔叔后面恭喜新年快乐！

"新年快乐！"

"新年快乐！"

顾曦辰和宗政煌两个人几乎是同时祝福对方，说完她的心里充满幸福，这也可以说是一种缘分吧！希望这是新的一年的好兆头。

宗政夫人望着新年的烟花神色恍惚，耳边听到小辈们竞相的新年恭贺，这才缓过神来："新年好！祝你们新年吉祥如意！"她又抬头望了一眼夜空中的烟火，转身淡淡说道，"时间不早了，我先回去！你们也早点休息，明天一早不要忘了早起！"

顾曦辰望着她转身离去的纤细背影，在烟花灿烂的夜幕中款款而行，一种说不出的感受萦绕心间。她，比烟花寂寞，却清寂如画！

空中唯有烟火燃放的轰然声响不绝入耳。

宗政华耶刻意用一种活跃的口气笑嘻嘻地问："小曦，刚才新年的钟声里你闭着眼睛许什么愿啊？不会是希望自己变成世界上最漂亮的女人吧？！"

"神经！"顾曦辰嗔怪地白了他一眼，然后下意识地望了一眼宗政煌回头说，"我希望所有爱我的人和我爱的人幸福快乐！"

"爸爸，幸福快乐！"苗苗向宗政煌伸手要抱，回到那温暖地怀抱后如愿地勾着他的脖子，眼睛闪啊闪得跟着可爱的小鹿，"嗯，嗯，爸爸，发财，发大财——"

宗政华耶扑哧一声笑了出来，总算是明白了苗苗的小花花肠子："哥——你再不给压岁钱，你儿子可着急了！"

感情是为了压岁钱才这么卖力啊！顾曦辰笑得乐不可支。

"小东西！"宗政煌爱怜地看了一眼咯咯笑着把头埋向他胸口的小人儿，轻轻刮了下他的鼻子从口袋里掏出一个红包，"宝贝，新年快乐！"

"哥——我的呢？"宗政华耶起哄似的也嚷嚷着。

宗政煌一手抱着苗苗，一手从口袋里掏出红包，递给宗政华耶一个，递给顾曦辰一个。

"啊？我也有？谢谢！"顾曦辰微微吃惊地接过，透着灯光看到红包上他亲手写的字迹又惊又喜，"祝：小曦，新年快乐、身体健康、吉祥如意！"

"天很晚了，我们回去休息了！"宗政煌瞥到怀中如愿拿到红包的宝贝开始睡眼惺忪，爱怜地抱紧了他小小的身子，然后望着两个拿到红包喜不自胜的人道，"礼花也快要放完了，你们两个要不随我一道回去吧！明天还要早起！"

"啊？要早起？"顾曦辰一听到早起两个字头都大了，"为什么？"

"给祖宗磕头上香！"宗政华耶窃笑着"恐吓"她，"小曦，早上四点半就要起床哟！"

"不是吧！让我——（死）算了！"顾曦辰哼声跳过那新年忌讳字眼，赶紧朝着宗政煌附和，"那我现在就回去。"

回到自己的房间，顾曦辰以最快的速度梳洗完毕，脱了外衣，连睡衣也不换，直接穿着保暖内衣爬上床，躺进被窝，想起先前拿到的两个红包，看起来很薄，不知道里面装了多少钱，好奇心一起，忍不住从枕头下拿出那两个红包，在怦怦的心跳声中拆开了宗政煌给她的红包。

顾曦辰怔住了——

里面装的不是任何种类的钞票，

只是一张纸——一张填有666666的银行支票！

MY GOD！这么大手笔的压岁钱还是第一次见到。

顾曦辰脑子一片空白，颤抖着手把支票叠好，按照原样塞回红包，再深吸了一口气，做好心理准备后拆开宗政夫人给她的红包。

同样是填好数字的银行支票！

唯一不同的是数字，比刚才的还要夸张，999999。

短短一个晚上，她就收入上百万，真的是——太骇人了，她20年来收到的压岁钱比不上百万后的零头，就好像做梦一样！

恍恍惚惚，她沉沉睡去。

第七章

■终有回应的曾经恋人。

公主夜未眠

The Sleepless Princess

心乱了，
爱我的，我爱的，
爱情路上三个人同行太挤，
而我的心太小，
小得只能容纳一人。

啪！劈啪！

爆竹声中一岁除，春风送暖如屠苏。

从凌晨便响彻不断的鞭炮声，提示着睡梦中的人们新的一年第一天——正月初一到来了！

顾曦辰从来没有在大年初一早起过，仿佛刚躺下睡了一会，小燕就跑来催着她起床梳洗。

她挣扎着爬起来，睡眼蒙胧地梳洗、化妆， 然后小燕捧来一套漂亮的古装让她换上！

古装？！

"这……这是我要穿的衣服？"顾曦辰一下子惊醒，瞠目结舌地望着红色大袖衣，缕金凤蝶霞帔，红罗长裙，红褙子，织有莲花、牡丹花纹，"有没搞错啊？穿古装拍戏吗？"

小燕扑哧一声笑了："曦辰少夫人，这是您今天要穿的礼服，这可是明朝贵族的服饰，宗政家族的人新年第一天都要穿的哦！"

天，真够BT的，宗政家族的人竟然比她还要自恋！

顾曦辰眨了眨眼，异常配合地让小燕帮她穿上礼服，映照在镜子中恍若绝代佳人，长发高高盘起，发髻正中插着五彩宝石溜金凤凰头饰，凤凰嘴里衔着的莲花翡翠吊坠在额际摇摆，她的心思却飞到天外，想像着宗政煌他们穿上古装是什么样子。

……

穿戴好好，顾曦辰迫不及待地下楼，刚踏进客厅，就听到苗苗清脆的问候声。

"曦辰阿姨，新年好！"

"HAPPY NEW YEAR！"顾曦辰看到苗苗小金童一般的装扮露出灿烂地微笑，随即看到客厅中央站着的宗政煌，一下子惊呆了，傻傻地微笑，"新年好，宗政大哥！"

天哪，真是帅呆了！

只见他一身银白色古装长袍，雾金色镶边，盘领、窄袖、前后及两肩绣有金丝盘龙纹样，俊眼修眉，英姿无铸，比影视里的君王皇子还要尊贵矜持，那神韵，那气质，真真谛仙似的人物，仿佛刚从画里走下的神仙哥哥。

权相佑帅什么？李俊基太阴柔！只要跟面前的宗政大哥一比，偶像巨星们通通被遗忘抛弃到外太空！！

顾曦辰脑子当下死机，只余下句经典雷句在耳边回环荡漾——"这位哥哥我好像在哪见过！"

真的好像在哪见过！

"新年好，小曦。"宗政煌露出浅浅的微笑，看她一笑倾城、仪态万千地向他走来，只是目光怪怪的让他心里发毛，于是低头查看是否自己哪里出糗了。

"喂。小曦，新年好！"被冷落的宗政华耶跳到他们的中间，一手在顾曦辰的面前挥动着，"念叨什么'在哪见过的'？没看到我吗？"

"啊？新年好，小耶。"顾曦辰眨了眨眼，宗政华耶的衣服式样虽然与宗政煌一样，但是不同于宗政大哥给人惊艳的感受，他这身淡黄色古装配上他超现代感的气质尤显突兀，于是忍不住偷笑出声。

"有什么好笑的？"宗政华耶被她看得不自在，倒退了好几步，拉拉袖子咳嗽道，"难道不帅吗？你看，我和我哥穿的可是正宗的皇室服装哦！"

"拜托，你就不要臭美了！"顾曦辰对着他神气活现的样子放声大笑，回望着宗政煌的眼神越来越梦幻，说话的语气温柔的快要滴出水来，"宗政大哥的古装扮相才是帅呆了，白衣翩跹，谛仙似的人物，看着多养眼，就好像在哪幅画里见过一样！"

宗政煌被他说得赧颜，默然低头。

宗政华耶却是气绝，哼了一声抬高下巴斜睨着她："什么画里，我看是在你白日梦里见过吧！好色的而又没眼光的女色——狼！"

女色狼？

竟然当着宗政煌的面说她是色狼！？

果然，冲动是魔鬼啊！

轰的一声，顾曦辰直接崩溃，气血上冲脸色红得吓人，她咬牙切齿挥着拳头向他扑去："宗政华耶，我扁你个猪头！"

宗政华耶一见她凶神恶煞地扑来，赶紧侧身避过。

"啊——"一声，顾曦辰不知是刹不住脚步还是被绊到，整个人向大地扑去。

扑通一声，超级震撼有力的声音！

她悲痛地捶打着地板，汗啊，找个沙堆把自己埋了算了，真是丢人丢到家了！

看到她狼狈地倒在地上，漂亮的脸蛋因为悲愤扭曲成变形的包子，宗政华耶哈哈大笑起来，朝着她挥手调侃："爱卿无须行此大礼，快快平身吧！"

呼的一声，心中怒火的气焰陡然提高八丈。没心没肺的家伙，穿了皇服真当自己是皇帝？丫整一个腹黑、女王受的小样。她恶毒地腹诽着，然后抬头瞪向他，冷笑两声拖长声音说："那还真是谢——猪（主）龙恩，祝（猪）你万寿（受）无疆！"

事发突然，宗政煌援救不及，还没来得及开口询问，就听得他们两个唇枪舌剑地彼此揶揄，他皱眉制止了宗政华耶即将出口的回击，大步跨到顾曦辰的身边蹲下，目光忧虑地来回打量着她："小曦，有没伤着哪里？身体能不能动啊？"

"没事！"顾曦辰赶紧回了个笑容让他放心，然后在他的扶持下慢慢站了起来，不好意思地整理凌乱的衣裙。

突然，她低下头环视，然后皱眉。

"怎么了？"宗政煌关切地问。

顾曦辰嗯了一声，抬头看了他一眼，然后又低头，双手提起拖地的裙摆，露出双脚——一只脚上穿着华丽精致的凤首绣花鞋，另一只脚上只套着雪白的袜子，她很小声地嘀咕："我的鞋子不见了。"

宗政华耶忍不住又吃吃地偷笑起来。

"曦辰阿姨，你的鞋！"被众人忽略的小人苗苗突然出声，他喜滋滋地捧着华丽的绣花鞋跑到他们的面前炫耀，"苗苗刚才捡到的。"

视线下，鞋头镶嵌珠玉的黄金凤首微微颤动着，与宗政华耶偷笑中身体颤抖的频率完全一致，顾曦辰的脸色红了又红，看是看到小朋友圆溜溜的大眼睛忽闪着等待夸奖的眼神，还是苦笑着表扬："苗苗真的好乖，真是太谢谢了！"

宗政煌的眼里浮现笑意，他弯身从儿子的手里接过鞋子，然后在她的身边蹲下，抬头轻声地开口："脚抬一下，小曦。"

他……他……他竟然在为我穿鞋吗？

顾曦辰无法置信中她微微抬起脚，低下头看着他半握着她的脚，心跳得异常激烈，他手掌中的温暖即使隔着羊绒袜子也能感受到。顾曦辰目瞪口呆地望着他，那专著的神色，轻柔的动作，流畅而又自然，就好像曾经在哪发生过一般。

……

　　她脚步蹒跚地在大厅缓慢移动着，拿着抹布有气无力地擦拭着墙壁上巨大的水晶镜框，一幅又一幅，镜框里的画上俱是华丽古装、神情肃穆的俊秀男子。

　　特别是她现在所擦的这幅，画幅中古装男子好看得几乎让她失了魂、忘了痛，沉醉中她的手在水晶上缓缓滑过：男子一袭银白色古装长袍，雾金色镶边，神色宁静如水，眉如浓墨晕染，眼如星子坠落，远淡的笑容，如浮云缥缈不定……

　　"小曦——"低沉带着磁性的悦耳男声之后，她闻声转头，朦胧光影中，有着与画里一般无二容颜的男子奔跑着从大门外跑到她的眼前，正是宗政大哥！他的脸上满是焦急："你怎么了，哪里不舒服吗？！"

　　"还好，就是有点痛，可能感冒了，好想睡觉。"她笑了笑，凝望着宗政煌清瘦疲惫的面庞，笑容有些恍惚有些忧伤，声音沙哑仿佛从喉咙里挤出来一般，"还有，脚上有点痛。"

　　"脚痛？"宗政煌疑惑的蹲下，撩起她的裤脚顿时脸色突变，"不好，估计是扭上了，脚踝都肿了一大圈！"

　　她身体摇晃着倒了下去。

　　"喂！小心！"宗政煌胆战心惊地猛力站起接住她倒下的身体，一手抚上了她的额头，霎时热烫的感觉穿透了掌心，顿时变了脸色，他打横抱起了她的身体，转身便要向门外走去。

　　"不可以——我还没擦完，回去老巫婆肯定会想出更多的法子折腾我。"她坚决地阻止他前进的脚步，"宗政大哥，等我擦完再走好不好？"

　　"好吧！"宗政煌微微叹息，转过身环视大厅墙壁上还有数十幅没有清理的镜框，然后又低头看了一眼她潮红的面庞，想也没想抱着她走到沙发边把她放下说，"你就坐边这边不动，剩下的我帮你擦完。"

　　一边说着，他一边褪下她的鞋子，然后从旁边的茶几上拿了块干净的毛巾，又在冰水中浸泡了一会，拿出拧干，然后弯身把她的腿平放在沙发上，冰毛巾裹在她脚上红肿的地方："小曦，现在只能简单的冷敷一下，我会尽快帮你擦好。"

　　说完，他拿起抹布走向擦拭到一半的镜框。

　　她痴痴地微笑着，看着他动作麻利擦拭镜框的背影，四周慢慢浮现出无数透明而又绚丽的泡泡。

　　……

"喂！小曦，人家发财你发什么呆啊？！"宗政华耶看到她注视宗政煌的迷离笑容，心里酸涩的气泡翻滚着，气哼哼地嘟嚷道，"再不去祠堂磕头时间就来不及了！"

"磕头？不会又是几个小时吧？"顾曦辰一个激灵从幻想中清醒过来，不知道怎么她竟然想到那些画面，不会真的是做白日梦了吧？她脸色微红赶紧甩甩头，改想去祠堂磕头的事宜，"会不会又是昨天那样漫长得吓人？"

宗政煌笑容淡然，慢慢从地上站起。

"拜托，只是给祖宗磕头、上香！"宗政华耶敲了她一记，"赶快停止你头脑中可怕的想像，明明昨晚就告诉过你了！"

"那就好，快去吧！"顾曦辰舒了一口气，抬脚就向前大步走去，下一秒胳膊被人拽住，她疑惑地望向宗政华耶，"你干吗拉着我？"

"咳——"宗政华耶咳嗽了几声，脸颊上一抹可疑的红晕，朝着她的脚下看了一眼示意说："本来你走路就经常摔倒，再加上今天穿的这拖地长裙，为了不再丢我宗政家的脸面，我就勉为其难扶着你走去好了！"

切，看那施恩的得意的模样儿！顾曦辰眼珠转了转，然后狡黠一笑，手伸到他面前，摆出女皇的架势，悠然地开口："那还等什么，小耶子，起驾吧！"

……

祠堂。

案上整齐地排列着祖宗的牌位。

烛火缭绕，香烟阵阵，檀香的味道弥漫了整个房间。

宗政夫人神情肃穆，等他们来了之后，无声地取出香点燃，依次递到他们手中。

顾曦辰拿着香照着宗政煌他们的样子，一拜、再拜……

礼成！

炷香稳稳的插在香炉里！

"煌，等一下家族里的人会陆续过来给祖宗磕头，你留下随我一道接待。"宗政夫人吩咐着，"小耶，你和小曦还不经事，就不用留下了，带着苗苗回去随意玩吧！不过，小耶，不许偷偷带着他们跑出去玩。"

回去玩？

哪有什么好玩的啊？

大年初一街上才热闹嘛，可惜又不准出去。

唉，只能回去看碟打发时间了！

客厅里，超大屏幕的家庭影院正在使用中。

"爱一个人需要理由吗？"

"不需要吗？"

"需要吗？"

"不需要吗？"

"需要吗？"

"我是跟你研究研究嘛，干吗这么认真呢？需要？"

……

好无聊的对白，顾曦辰嗤笑着按了停止键，换了部韩剧播放，起码韩剧里基本能保证俊男美女连路人角色都不会出现丑八怪的面孔。

"你痛苦得想说谎、想逃脱，我都知道。以后会不会轻松惬意，我也不能保证，但是……"

……

感人的音乐声中，屏幕里英俊的男主角深情告白，微微忧郁的眼神，恍惚中好似宗政煌，小曦怔怔出神，屏幕里的男女主角自动换成她和宗政煌的身影。

"……现在开始，我可以只看着你一个人了，所以你能不能只看着我？只相信我？只跟着我？"

……

"没说不行，就当你答应一半了，剩下的一半，你自己快点决定吧……"

……

恶，哆嗦中，太煽情的对白。

超级没有营养的电视剧啊。

就说新年无趣嘛，又不能出去玩，只能闷在家里面看碟打发时间。

顾曦辰心不在焉地看着屏幕，播放的碟看没多久就浮躁地看不进去，抓了把瓜子无聊地嗑着，心思却飞到了天外，猜想着守候在祠堂里的宗政煌是不是跟她一样感觉无聊，还是忙得想不起来他们被"流放"的三个人。

早知道就厚着脸皮留在祠堂那边凑热闹了，看看宗政家族的人有哪些过来磕头上香，是不是每一个前来的人都穿着明朝的古装，都初二了，怎么还有人会过来呢？

一把瓜子嗑完，顾曦辰感到口渴，直起身体倒了杯水喝起来，一边喝一边看向沙

发两边这么长时间怎么没个人出声，一看之下不由笑出了声，被水呛得连连咳嗽。

左边，小苗苗蜷缩在沙发里呼呼大睡像只可爱的猫咪，右边，宗政华耶依靠着沙发打瞌睡，头一点一点地向扶手靠去。

顾曦辰赶紧放下杯子，拿了张面纸擦去嘴边喷出的水滴，看了看打瞌睡的宗政华耶，眼睛笑得弯成一轮新月，她拿了包湿巾，轻手轻脚地走过去，抽了张冰凉的湿巾贴放在他的额上。

然后屏气凝神等着他被冰醒跳脚。

晕，怎么半天没反应。

再接再厉，顾曦辰又抽了张湿巾，很坏心地塞到他的脖子里。

"啊？冷死了！"宗政华耶身体一哆嗦，猛然从沙发上站了起来，额头上的湿巾随即落了下来，他嘟囔着伸手抓向脖子里，"你放了什么，湿湿粘粘的？"

顾曦辰闷声吃吃地偷笑着，看着他气恼而又无奈地从脖子里拽出湿巾，笑呵呵地说道："哈哈，谁让你睡着了。"

"可恶的臭丫头！看招！"宗政华耶喝骂着拎着那张拽出来的湿巾向她扑过来，拼命塞进她的脖子里。

"啊！不要，恶心死了！"顾曦辰拼命挣扎着，一想到贴着肌肤的湿巾刚从他脖子里拿出来，鸡皮疙瘩都冒了出来，双手阻挡在脖子间尖叫着，"不要，快拿开啊——救命啊——"

打闹中，旁边冷不丁传来苗苗好奇的童稚声音："小叔叔，阿姨，你们在玩叠罗汉吗？"

"啊"的一声，两个人吓得彻底分开，端端正正地坐直了身体。

宗政华耶想起刚才两个人的身体纠缠在一起，尴尬地呵呵笑了起来。

"没啊，我们只是在沟通问题。"顾曦辰对着苗苗敷衍地微笑，然后技巧地转移话题，"苗苗啊，你刚才看电视怎么睡着了啊？"

苗苗无辜地瞪大眼睛，茫然望了一眼电视屏幕："苗苗看不懂嘛。"

"那苗苗要看什么啊？"顾曦辰循循善诱地望着可爱的小朋友。

"耶少爷，兰雅小姐过来拜年了，她说等一下要过来见您。"小燕突然走近客厅，向宗政华耶请示。

"兰雅过来了？"宗政华耶一想到那粘人的表妹过来，脸立即垮了下来，望了眼顾曦辰说，"算了，还是我去见她吧！"

　　苗苗眨着圆滚滚的眼睛看着宗政华耶随小燕，然后拽了拽顾曦辰的衣服说："粘人的小鸭子姑姑来了，我们上楼去玩游戏好不好？"

·♛·

　　夜幕微垂。

　　宗政家族旁系过来给祖先磕头的人大都已离开，宗政煌忙碌一整天也疲惫不堪，出了祠堂准备回去看看一天没见的儿子，还有小曦。

　　回到别墅客厅，宗政煌看到用人在打扫，便开口问道："苗苗和小曦在做什么啊？"

　　"曦辰少夫人陪着孙少爷在楼上游戏间玩呢。"用人恭敬地回答着，这个家里他们一怕宗政夫人，感觉太过疏离冷漠；二怕宗政煌，总是异常严肃冷凝。

　　宗政煌听完眼里浮现淡淡笑意，没想到小曦失忆后反而跟苗苗相处得融洽，不再是他口中提到的"喜欢捏苗苗脸蛋的坏坏小婶婶"，而是变成"苗苗喜欢的阿姨姐姐"。

　　不知道他们两个在做什么，是不是小曦这个大小孩领着苗苗这个小小孩四处"搞破坏"。

　　想着母亲见到又会是如何头疼的画面，宗政煌上楼的步伐变得轻快了许多。

　　三楼，昏黑而寂静，没有任何声音。

　　不是说小曦和苗苗在游戏间的吗？怎么一点声音都听不到。

　　宗政煌微微诧异，开了走廊上的灯，向游戏间走去。

　　因为窗户上的窗帘都没拉上，房间内半明半暗，靠窗的地方，摆着一条加厚的长绒羊毛地毯，小曦和苗苗蜷缩着躺在上面静静地睡着了。

　　他轻轻按了房间内的一个光源开关，顿时朦胧而温暖的黄色光芒布满了整个房间。

　　小曦身体蜷缩着侧躺着，雪色肌肤，睡颜恬静，弯弯的睫毛随着她清浅的呼吸声音微微颤动，她的手轻轻搭在怀中小人儿的胸口上。而他的宝贝儿子头枕在她的肩上，双手亲热地勾着她的脖子，小胸口微微起伏着。

　　就好像睡着的天使一样——他生命中最重要的天使！

　　宗政煌靠着门框，凝视着他们静静地微笑，心中缺失的部分这一刻似乎完美了，满满的温暖和柔情把他整个人包围，微微的笑容宛如盛开的花一般幸福。

　　熟睡中的苗苗不知道梦到什么开心的事绽开恬美的笑容，呓语喃喃："爸……爸，苗苗……"

听着含糊不清的稚嫩童音，宗政煌只觉得自己的心都快融化了。害怕他们俩这么睡着会感冒，他轻轻走过去，在他们身边蹲下，轻轻抱起苗苗站起，悄悄地走出去，把苗苗送进他的卧室里继续睡，然后又返回游戏间。

小曦依然沉沉地睡着，似乎并没有因为怀中少了只"小肉球"的重量而惊醒。

宗政煌慢慢地走过去，又一次在她的身边蹲下，动作轻悄地抱起她入怀，然后微一用力站起来，淡淡的栀子花香从她的发际传了出来，从他的鼻间一直萦绕入心。

望着她美丽的睡颜，疲惫甭紧的神经似乎也可以放松下来。

抱着她，就好像拥有了整个世界。

心中满满的幸福，宗政煌抱着她的双臂充满了力量，凝视着她的时候，连他自己都没有发现自己深邃眼睛里的爱恋。

行走间，他的呼吸微微急促起来，忍不住又看了她一眼，转身走出游戏间，向楼上她的卧室走去。

为了不吵醒她，宗政煌脚步放到最轻走上了楼，走进了她的房间，再小心翼翼地把她放到床上，脱了鞋，细心地帮她调整了睡姿，盖上被子。本来做完这些他就应该离开的，但宗政煌难得有与她独处的机会，更何况是小曦睡着了，他舍不得立即离开，于是在她的床上坐下，静静地看着她。

看着她此刻安静恬美的面庞，

想到她笑容灿烂时的明艳妩媚，

想到她淡淡微笑时显露出的俏皮慵懒，

甚至她伤心难过时流泪，依然充满了吸引人的魔力，

……

"小曦！"宗政煌低低地呼唤着，伸出手缓缓抚摩她的额前的发丝，柔柔滑滑的触感让他的心也更加的温暖柔软，就像靠近了诱惑人的罂粟，他的手忍不住又抚上了她光洁的额头，慢慢移动着向下，眉、眼、鼻子、脸颊，最后落在了她的唇上，"小曦——"

触摸到她唇上的温暖，他的手指微微颤动着，不知道是满足还是紧张，他深呼吸了一下站了起来，望着她，良久声音温柔地开口："晚安，小曦！"

然后转身走了出去，关门。

怦！怦怦！

刚才不是她做梦吧？

宗政煌那几声充满了诱惑力的温柔呼唤还在耳边萦回。

宗政煌竟然一路抱着她上楼、回房，他们两个人是那么亲密地靠在一起，在他的怀中，她甚至可以清晰地听到他每一声的心跳和呼吸的微微喘息声，感受到两人身体接触的肌肤是多么的温暖。

刚刚他好似偶像剧里男主角宠溺女主角时的深情呼唤她的名字，他是不是也有点儿喜欢她呢？还是她的直觉出了问题呢？不然他充满温柔地抚摩过她的额际、眉眼、脸，甚至最后好似暧昧地抚上了她的唇……

顾曦辰一想到那个画面心跳得越发急促有力，似乎下一刻就有可能跳出胸口似的紧张。

其实，先前在宗政煌出现在游戏间准备抱苗苗离去的时候，她就迷迷糊糊地醒来了，但是不知道为什么在他弯身抱苗苗的那一刹那，她决定继续装作没有醒的样子，任着他抱着苗苗离开，然后依然闭着眼睛胡思乱想着，再后来，被他抱进怀里，她更打定主意在他放开她之前，在他离开之前，坚决不"醒来"。

他来了，心乱了。

他走了，心更乱了。

顾曦辰猜想着他到底是不是喜欢她，可惜实在没办法像做数学证明题步步推算最后得出正确结论。

患得患失间，她在极度的欢喜和极度的烦恼中彷徨着。

最后，她只是微微地叹息。

不知道他是不是喜欢自己，但起码，他应该是对她有好感的吧！

· ☺ ·

雪花纷纷扬扬飘了一夜，到了第二天的早上这才停歇。

一夜过来房子外面所有的一切都覆盖上了厚厚一层积雪。

顾曦辰是在不停的敲门声中醒来。

"曦辰小姐，外面下了很大的雪啊！"小燕的兴奋声音。

"小曦，快点起床啊！外面下雪了。"宗政华耶砰砰地踢着房门，"懒猪，快点起来，睡球，听到没有？"

苗苗也学着坏榜样的叔叔用力地踢着门："阿姨，下雪了，起来陪苗苗一起玩好不好？"

下——雪——了——吗？

顾曦辰的睡功终于在他们不折不挠的"骚扰"破了，无奈地爬下床，倩女幽魂一般"飘"到窗口，掀开窗帘一看，窗外白皑皑一片雪的世界，心情一下子飞扬，微微开了窗，冰冷的空气夹带着雪絮灌进来，吹在脸上凉飕飕的。

"懒丫头，快点开门，听到没有？"门依旧砰砰响。

"等一下！我就来开门"顾曦辰大吼着回了声，关了窗，赶紧穿上衣服开门让那两个魔头进来。

"小曦阿姨，我们出去堆雪人好不好？"门一开，苗苗拖着宗政华耶的手冲了进来。

"好。等我梳洗一下好吗？"顾曦辰抱了他一下，顺便丢了个白眼给宗政华耶，然后飞快地冲进梳洗间。

五分钟之后，梳洗完毕的顾曦辰已经被这一大一小拖着冲下了楼，冲到了别墅门口。

大地、建筑物、树木都是银装素裹，晶莹剔透好似神话里的仙境。

"小叔叔，好漂亮的雪啊！"苗苗出了门就好似出了笼的鸟，兴奋地向雪地里冲过去。

扑通！

没走几步，小苗苗被厚厚的积雪绊倒，不仅没哭还乐的咯咯直笑，扑在地上非但不起来，干脆在雪地里滚了好几下，整个人滚成了雪人一般。

顾曦辰呵呵大笑，笑的腰都快直不起来，宗政华耶虽然也是放声大笑，但是作为人家小叔叔，还是很有良心走过去把地上的那颗"小雪球"捞起来。

"小叔叔，去树林里玩好不好？"小雪人苗苗搂着宗政华耶的脖子奶声奶气地提出要求。

"好咧！"宗政华耶抱好他向远处的林子走去，走的时候还不忘回头大男人地关照，"傻笑什么，快点跟上，小曦！"

顾曦辰望着面前笑闹着前进的叔侄两个人摇头，雪地上慢慢出现一行深深的脚印，严重破坏了洁白无瑕的美感，不忍心再制造另一行脚印，她小心地踩进面前的脚印，循着他的脚步向前走去。

"喂，顾曦辰，我发现你不但像猪一样贪睡，动作还跟蜗牛一样——"宗政华耶

好一会儿没等到顾曦辰追上来，大声嘲笑着回头，望到顾曦辰歪歪斜斜地踩进他留下雪地里的印子摇晃着前进，即使每一步都很艰难，她都没有踩到其他地方，依然小心翼翼地踏进他踩下的脚印一步三摇地前行，嘲讽的笑容顿时凝固，心底酸酸的，却又感到温暖，这样全心全意追随着他，即使只是脚步，也是第一次。

"蜗牛！蜗牛！"苗苗在他怀里咯咯笑着。

"小心一点，慢慢走也没关系！"宗政华耶望向她，声音温柔地关照，然后转身慢慢地向前走去，看着阳光照在树间积雪上映照出美丽的光芒，唇边绽露出幸福的笑容。

哪怕一辈子都是这么走下去，他也心甘情愿。

而路却总有尽头，就好像顷刻间到达了目的地。

"小叔叔，快放我下来！"苗苗一看到林子里的空旷地方，立刻扭着小身子要下地，"小曦阿姨，快点，堆雪人！"

"好，我们堆一个大大的雪人！"顾曦辰被他雀跃的声音感染，笑容灿烂，堆一个大大雪人！

"苗苗要堆一、二、三、四，四个雪人！"苗苗扳着手指头数数着，"苗苗、爸爸、小叔叔、小曦阿姨。"

"好！那我们现在就让小耶叔叔挖雪堆好不好？"顾曦辰挥手驱使唯一的劳动力干活。

"好啊！就知道使唤我干活！看招！"宗政华耶坏心地抓起树上的一团雪泼洒在她的身上。

"喂，你这家伙！"顾曦辰气愤地双手挖起一大团雪朝他头上砸过去。

苗苗也咯咯地笑着揪起一团雪砸到他的腿上。

笑闹中，雪人一点点地堆起来。

"小耶哥哥，我总算找到你了！"突然间，兰雅气急败坏地闯了进来，"昨天我们不是约好了吗？顾曦辰，不是说你在休养吗？你怎么也在？"

顾曦辰站了起来，莫名其妙地望向怒瞪着她的美丽少女："你，有事吗？"

"关你什么事？"兰雅高傲地抬高下巴。

"小雅，怎么一点礼貌没有？"宗政华耶不耐烦抓抓头发，冷冷地看向她，"你找我有什么事？没事的话就离开。"

兰雅被他凶得垮下脸："不管，小耶哥哥，我要跟你一起。"

"小叔叔，雪人还没有鼻子、眼睛，怎么办？"苗苗拉着宗政华耶的手说。

"小雅，你去厨房找点胡萝卜和葡萄过来。"宗政华耶立刻抬着下巴吩咐兰雅回去拿点东西过来。

"我不回去，为什么不让顾曦——"兰雅在他的怒视中改口，"让曦辰姐姐回去拿！"

"我也要去，找最漂亮的萝卜。"苗苗眼珠子骨碌地转动着，"小雅姑姑，我要你抱我回去找！"

"还傻站着干什么？还不快回去？！"宗政华耶双手插在口袋里，恶声恶气地呵斥着皱着眉头不情愿离开的兰雅。

顾曦辰偷笑着目送兰雅抱着苗苗往回走。

嘿嘿，真是恶人自有恶人磨！

恋兄情节严重的嚣张少女，遇上没心没肺的哥哥只能算她倒霉！

顾曦辰擦了擦手上的雪水，然后笑着用肩捣了下他："宗政华耶，如果不是知道她是你表妹的话，我还以为遇到喜欢你的女生呢！很有成就感吧？！"

"不许胡说！谁喜欢她了？！"宗政华耶听了犹如被踩了尾巴的猫，气急败坏地转身，双手抓住她的肩头，"小曦，我喜欢你，我喜欢的人一直是你！"

顾曦辰愣了几秒，然后用力挣开他的牵制，用着若无其事的口气说："好了，刚才我只是说笑，你不要当真，你也不要开玩笑！"

"我没有开玩笑！"宗政华耶被她无所谓的口吻激怒，脸涨得通红，在她耳边大吼着表白，"我真的很喜欢你，顾曦辰！"

顾曦辰的耳朵被他的声音震痛，心跳得厉害，她倒退几步，深深地吸了一口气说："再胡说我就要生气了，宗政华耶，我一点都不喜欢你，甚至对你没有印象！"

宗政华耶被她冷漠的语气刺伤，心底难以忍受地撕痛，激怒之下他冲动地吻了一下她的唇："这样，你会不会印象深一点？不管你接受不接受，我都要告诉你，顾曦辰，我爱你。"

心一下子乱了，宗政华耶的告白不能假装没有听到，顾曦辰苦恼地长声叹息。

一连几天顾曦辰不是见了宗政华耶就躲，就是借口闭门静养，不踏出房门，一直

到初五那天下午，她的爸爸顾仲宪过来宗政家拜年，无法推脱之下，这才跟宗政华耶一起去见她的爸爸。

客厅里，顾曦辰沉默地看着她爸跟宗政煌和宗政华耶寒暄着，那奉承讨好的声音不绝于耳，却始终没听到他关心地询问她一句。

想到她从车祸中醒来这么多天，他竟然一次都没来看她，心更加冷了。于是趁着一时的冷场，顾曦辰开口："宗政大哥，我有些事想单独跟我爸爸谈谈。"

"好。"宗政煌点头，然后微笑着跟他的爸爸道别说，"你们父女好久没见，肯定有不少话要说，我们就先离开了。"

顾曦辰听了会心地一笑，抿着唇看着他和宗政华耶离开客厅，留给他们父女安静的空间。

"小曦啊，身体恢复得还好啊？"顾仲宪笑呵呵地看向他的女儿，"我看你气色很不错嘛。呵呵，对了，小曦，你说你失去记忆了，真的假的？"

顾曦辰深呼吸，抑制住心底的酸涩，淡淡地开口："爸，在你眼里我真是你的女儿吗？"

顾仲宪一听脑门上冒出汗来，他的闺女不是撞傻了吧？！

"小曦，你不要吓爸爸，你怎么不是我的女儿呢？你到底忘了多少东西啊？宗政家的人有没有因此嫌弃你啊？小曦，你可千万不要被他们家赶出来啊！我的生意可都靠着宗政家支撑啊！"

"我就知道——"顾曦辰握紧拳头，自嘲一笑，自从妈妈死了，爸婆了阿姨进门、生了弟弟之后，不是早就知道在他的心里生意排第一，阿姨和弟弟排第二，他根本就不在意她的死活，"为什么我从车祸中醒来这么多天你都没来看我呢？是阿姨不让吗？"

"咳咳，小曦啊，爸也想天天照顾你，只……只是——咳咳。"顾仲宪脸色微红，尴尬地咳嗽着。

"只是你很忙，对吧？"顾曦辰轻声接下来，然后笑了一下问，"我只想问你一件事，爸，我怎么会嫁给宗政华耶的？"

"小曦，你真的忘了吗？"顾仲宪试探地问，眼睛眯成了一条缝小心翼翼地看着她的脸色。

她脸上毫无表情，只是微微点了下头。

"嗯，小曦你和宗政……宗政华耶是因为一见钟情。"顾仲宪脸色不变一下，越

说越滑溜，"对，就是因为一吻定情，宗政家的人又满意，你们就结婚了。"

"是嘛，挺浪漫的。"顾曦辰一笑，掩不去唇边的凄楚，她沉默了一会，然后抬头看向她的爸爸，"爸，我累了。"

"累了？那好，我就回去了。"顾仲宪抬起了胸膛，"你就好好休息吧，以后有时间我再来看你，小曦啊，你帮我跟宗政理事长提一下，我生意上有点小问题请他帮忙。"

原来这才是您来的主要目的。

"我知道了。"顾曦辰叹了一口气，站起来送他走到门口，然后转头，看了眼客厅里的电话，想着林小猫今天应该回到家了，然后走过去。

她拿起听筒，拨了号码过去，等电话那边接通了，缓缓开口："新年好，我是顾曦辰，请问林乐岚在吗？"

"新年好，小曦！"电话那边传来来林乐岚的声音，"我回老家过年了，走得匆忙没来得关照你！后来在电视上看到你去找我的新闻，又无法联系上你，对不起哦，小曦！"

"没事！"顾曦辰听到她道歉的声音眼睛酸涩起来，想到刚才问过她爸爸的问题，轻声地开口，"小猫，你知道我是为什么嫁到宗政家的吗，不是我爸说的我跟宗政华耶一吻定情吧？"

"嗯。小曦，我不知道宗政家为什么一定要娶你过门，但是——"电话那边林乐岚稍稍沉默了几秒，然后小声地说完，"我知道你爸——公司陷入困境，所以他逼——游说你嫁人，然后拿到他们家巨额聘金和商业援助。"

游说？ 原来要说的是逼迫吧！

果然，还是不应该存在美好的幻想。

爸，他根本就不曾在意过我是不是幸福吧！

"猫猫，那我当时怎么就答应他的荒谬提议呢？"顾曦辰心里凉凉的，怎么都想不明白当时自己是怎么答应她爸的提议的。

"嗯，这——"电话那边林乐岚迟疑不答。

"你就直说吧，我能接受。"她叹息了一下，笑容微微有点冷，"我爸他——我早就知道，还有什么好介意的？"

"小曦——"林乐岚听到有些难受，又迟疑了几秒咬牙说，"你刚开始也是坚决不同意，然后你爸和你弟趁你不备敲晕了你关在小房间里，两天两夜你爸他们一大群

人轮流在你耳边狂轰滥炸，什么不懂仁义礼孝、不知感恩，还没有你弟弟懂事，你冷了心，一赌气便答应嫁了。"

"果然是这样。"她的声音很轻，轻得就像阳光下细细流水经过假山流淌而下的呜咽声音，她爸够绝情，她也够任性，对不起的人却是宗政华耶，她无力地一笑，"小猫，我去找你的那天，无意中我看到了电视里有关我的一些报道！"

话筒那边呼吸声音急促："你……你知道了什么？"

顾曦辰好像没有听见一样，声音清如云烟，仿佛那个声音不是从她的体内发出的："猫猫，你知道我——失忆之前有喜欢的人吗？他是谁？"

沉默良久，电话那边传来林乐岚艰难的声音："对……对不起，我不——"

"不知道吗？"小曦轻轻地接口，想到她看到的那些乱七八糟的报道，心底那把尖锐的刀，又跑出来狠狠剜绞着，"的确，报道里那么复杂的男女关系，你不知道也正常的……猫猫，你能不能把有关我的报纸杂志搜集起来给我？……有时间你来找我玩好不好？我很无聊……一个人在这里。"

"嗯，好……好吧。"明明知道把那些可怕的报道给她看可能会有刺激到她的危险，林乐岚无法拒绝她的哀求。

挂了电话，她仰起头，闭上眼睛，眼泪从眼角流淌了出来。

"小曦，你为什么都躲着我？"宗政华耶得知她爸爸走了，赶紧跑进客厅去找她，不然迟了她又该躲着他了，"不要躲我好不好？小曦，就当我那天说的胡话。"

顾曦辰嘘了一口气，转身看到他哀求期盼的眼光，再想起刚才林小猫告诉她的自己赌气嫁给小耶的糊涂事，心里滋生出的愧疚让她无法说出任何否定的字眼："这——嗯，好的。"

"哈，那就好。"宗政华耶听到她的答复本来很开心，但是突然发现她红肿的眼睛，心立刻沉了下去，"你哭过了？怎么了？"

"没事，只是有点想家。"顾曦辰摇头，勉力挤了个笑容，"我累了，上去休息一下。"

回了卧室，她关上房门，拉了窗帘，房间里阴沉沉的，没有多少光芒。

没有旁人，压抑的悲伤全部从身体里爆发出来，眼泪肆虐地从眼睛里而下，顾曦辰趴在床上，脸埋进被子呜呜大哭起来。

没多久门外传来了宗政煌的声音："小曦，是我！开门好不好？"

宗政大哥？

顾曦辰坐起来，抽了面纸赶紧擦了眼泪，然后走过去开门。

宗政煌走了进来，房间里阴沉黑暗甚至连她的神情都看不清楚，于是开了灯，灯光下，看着顾曦辰的眼睛、鼻子都是红红的，心疼得厉害，轻声开口问："小曦，你爸爸说了什么让你不开心了？"

顾曦辰心里酸涩得厉害，眼一热眼泪差点又流了出来，但是她却紧紧地咬着唇，一言不发。

宗政煌故作轻松，轻轻拍了拍她的肩膀说笑道："不是被责骂了吧？小曦，是不是不好意思说啊？"

"宗政大哥！"顾曦辰克制不住眼泪簌簌地流了下来，宗政煌不舍地抱住了她，任她滚热的眼泪穿透衣服，一直沁染到他的心底，听着她哽咽地哭诉，"如果他肯责骂我，说明他还关心我。可是我爸他，根本不在意我的死活，不愿意来看我就算了，为了他的利益，竟然还骗我！宗政大哥，你说，我爸他还把我当作他的女儿吗？"

"小曦，不要再伤心了。或许只是你们之见产生的误会。"宗政煌手指温柔地触摸着她的头发安慰着，心底却对她的父亲产生了熊熊怒火，看来他得重新评估对他父亲生意上的支援计划了，"小曦，哪怕你的爸爸真的不是很关心你，你也不要太过伤心，想想，这个世界，还有其他很多的人关心你，爱你，会因为你的流泪而心痛。"

顾曦辰泪眼朦胧地抬头看向他，"可是，他是我的爸爸啊，他怎么可以这样对我？！是不是我做错了什么，连我的爸爸才如此漠视我？"

宗政煌心底大恸，在她的额头轻柔地印下了一个安慰的吻："不是的，小曦。你很好，没有做错什么，只是他不知道珍惜。"

顾曦辰紧紧抱住了他，就像一个寻找依赖的孩子，在他的怀抱里她感受到了寻觅良久的安全感。

第八章

■ 无力招架的漫天绯闻。

公主夜未眠

The Sleepless Princess

我相信上巷一切的安排
我也相信如果你愿与我
一起去追溯
在那遥远而谦卑的源头之上
我们终于会互相明白
爱与幸福

　　虽说过了初十才正式上班，但是这些天大宴小宴的应酬却比上班还累，明明深恶痛绝却还要装着若无其事的样子，谈笑风生着去应付一切的人或事。

　　随着一群所谓的商业精英在健身场泡了一个下午，敲定了几宗预案，这才借着回来准备一下参加晚上的慈善酒会得已以脱身。

　　车子一直开进主宅别墅的前面才停下，宗政煌拖着疲惫的身体下车，顺手把门卫交给他的文件袋拿下，凭着门卫给他的描述和帖在提包外面的留言，他估计是小曦的那个好友过来找她被门卫拦下后委托他们转交的东西。

　　他打开稍微看了下，里面装着的都是小曦的那些绯闻报道，大致都是小曦已经知道的消息，只是这里面的更详细而已。

　　只要没有她妈妈的……

　　这些给她看，应该没有什么问题吧！

　　宗政煌眉头紧锁着，然后长声叹息了一下，加快步子向别墅走去。

　　"大少爷，回来啦！"小燕看到看到宗政煌进门赶紧迎了上来。

　　"嗯。不过等下还要出去。"宗政煌见了她便顺口问了一声，"其他人呢？"

　　"夫人在祠堂，耶少被兰雅小姐拖出去参加派对，曦辰小姐和苗苗孙少爷在后院堆雪人。"

　　宗政煌点了点头上楼换了下衣服下来，急着离去参加慈善酒会，一时忘了把提包交给小曦，直到第二天下午才得了个空，提前从一政商联姻的婚宴悄然离开，赶回到家才有机会把林乐岚送来的提包拿给她。

　　在他和宗政华耶紧张的目光下，顾曦辰接过来打开，一份一份拿出来，面无表情地慢慢看下去，一看一个下午，只有看到实在无法忍受地消息才稍微皱皱眉头，不屑地嗤声扔到一边。

什么《一吻定情，喜结良缘》、《麻雀变凤凰，平凡大学生嫁入豪门》、《昔日顾家"灰姑娘"今日宗政"太子妃"！》、《最令人羡慕的"灰姑娘"》云云，配上她和宗政华耶跌倒压在一起的图片；

什么《新婚浓清转瞬空，一枝红杏出墙来》、《豪门秘史——一枝红杏出墙来》、《深夜香闺情人幽会》、《恨不相逢未嫁时》、《HOTNEWS！豪门劈腿！》等等，配上她和温涵湫拥抱一起的画面；

什么《近水楼台先得月！宗政家不伦之恋？》、《豪门秘密——太子妃恋上家主？》、《百尺竿头更近一步——"灰姑娘"的野心暴露！》之类，绘声绘色地描述她与宗政煌的不伦之恋；

……

想像力之丰富惊人，哪怕前后矛盾，以子之矛攻子之盾的情况都能花言巧语地自圆其说。

八卦啊，还真是打不死的蟑螂，不管怎么禁都有其强悍的生命力。

看完了所有，顾曦辰早已从开始的紧张、惶恐、到生气、愤怒、到最后无奈、释然，注意到宗政煌和宗政华耶担忧的面孔，自嘲般地朝着他们微微一笑说："如此曲折复杂而又精彩绝伦的四角之恋，他们真应该写成一部小说，或者拍成电视剧，当然女主角一定要找跟我差不多漂亮的明星来演，肯定会大红大紫。"

"你——不觉得生气吗？"还记得小曦刚知道她的绯闻时闹得鸡飞狗跳的剧烈反应，宗政华耶听了她刚才的话不由得瞪大眼睛小心翼翼地望着她，在他的臆想中，她看完应该是悲痛欲绝或愤怒异常的样子，而不是现在看似很平静地微笑。

不生气？！怎么可能……

但是生气到了极点，反而觉得不知道怎么表达心底的愤怒，就像身心的伤口太过疼痛，痛到了极处反而从那极至的疼痛里弥漫出快意又似麻痹交错的知觉缠绵入骨，到最后反而麻木得没有任何的感觉。

"生不生气有分别吗？能因为我生气它们就消失不存在吗？虽然一直对自己说不要难过，不要在意，那些都是过去的事，但还是忍不住会伤心，不知道究竟过去的我到底有多么绝望才会忘记一切。一直都迷茫着，不知道以后去何从。"顾曦辰收敛了表情，长长叹息了一声，微笑了一下继续说，"但是从某一刻，想到能活着，能够站在阳光卜感受到它的温暖，已经是件很幸福的事；与死神擦肩而过，哪怕是连过去

的记忆都失去了，都已经是上天对我的恩赐了。"

听完她的话，宗政煌的眉宇间的忧郁之色稍稍淡去，他揉了揉眉心，眼底是和煦的暖意："的确，过往已经成为现实存在，无论快乐的悲伤的都无法改变。与其把以前的不开心通通背负着，不如全部抛弃。所以，小曦，我希望你从现在开始每一天都开开心心，即使有什么风雨，我们都会陪你一起度过。"

顾曦辰听了为之动容，心中激荡，凝视着他良久，又看了一眼宗政华耶，然后绽露灿烂的笑容："谢谢！一直忘了对你们说谢谢。现在，我能不能提一个请求？"

能看到小曦的灿烂笑容，就是要他摘天上的星星也甘愿，宗政华耶抢着保证："当然可以！只要我能做到。"

"就是——你们家的卫星电视线路什么时候才能'整修'好？没有电视，没有网络，没有报纸杂志，总是与外面的世界失去联系我感觉整个人都快发霉了！"顾曦辰半开玩笑地看着他们两个说，"你们就放心吧，我脸皮够厚，神经也粗，再看到跟你们如何劲爆的绯闻我都会挺住。"

宗政煌脸色微赧，见小曦并没有因为这些东西勾起过去的任何回忆，心中犹如吃了定心丸一般平定下来，咳嗽了一声调侃着说："倒是我以小人之心度君子之腹了！我会吩咐下去，明天上午之前一定让人整修好。另外，明天上午我让秘书帮你挑好一款最新手提送来怎样？"

"OK！真是太好了！"顾曦辰吐了下舌头点头，然后厚着脸皮继续要求道，"还有——我能不能出门？很久没见到小猫、哦，就是林乐岚了，如果不可以的话，能不能请她过来？"

"好，可以。"宗政煌想了一下，细心地叮嘱着，"不过，她来之前要关照一下门卫，不然肯定进不来。小曦，虽说你身体恢复得不错，但我还是不放心，起码再好好休养一阵，以后再出门好不好……"

"哎呀，哥，就不要啰嗦了，跟唐僧似的，一听就烦。"宗政华耶一听他洋洋洒洒地说教就头疼，赶紧做了个暂停的手势抢白说，"实在放心不下呢，我倒有个好主意，反正我现在在没什么事，小曦要出门我当她贴身保镖好了！"

一箭双雕，既能保护小曦，又能趁机培养感情！

"才不要！"顾曦辰摇头大声反驳，好不客气地打破他的幻想，"要你跟着还不如不出门！"

到底是族长说的话有用啊！

第二天，顾曦辰将近中午起来，一看到桌子上摆放着的全新的手提电脑、手机，阳光下发出迷人的闪耀光芒，不由得发出这样的感慨。

她兴奋地跳下床，几步跨过去，激动地摸着电脑沁凉的粉红色金属外壳，小心翼翼地双手抱起来掂了掂重量，不错不错，很有质感。

小心地把电脑放回桌上后，她又开心地拿起新手机，推动滑板，大略翻看了里面的设置，功能多的眼花缭乱，有些功能甚至一时之间也弄不清楚，的确是最新版的智能手机。

顾曦辰兴奋地跑向窗口，开了窗户，打开手机的拍照功能，对着院子里的景色试拍了一张。果然像素很高，拍出来的画面非常清晰。

有了电视，有了电脑，有了手机，有了好友聚会，顾曦辰成了上述的"四有新人"后，看电视、上网、玩游戏、陪苗苗玩耍等，失去的记忆暂时抛在一边，日子过的还是很滋润，身体康复速度比年前在医院的时候还要迅速。

期间，宗政煌已经上班，天天早出晚归见不到人是正常。

宗政夫人据说过了正月半就打算带着苗苗回欧洲长住，所以从大年初三开始一天到晚都忙着参加新年聚会、饯行宴会等等。

宗政华耶倒也算是宗政家的半个闲人，一直打着"近水楼台先得月"的主意，每天殷勤地围绕在顾曦辰的身边，但是——

在被她经常性不自觉的言语"荼毒"下，摸摸鼻子灰溜溜地走开……

于是山中无老虎，猴子称大王！

几天后，顾曦辰对于如此悠闲的日子还是滋生出不满足：万般皆好，唯有一样很是介意——她就像养在金丝笼子里的鹦鹉，被困在一方小天地里半点自由都没有。

这天上午，天晴日暖，顾曦辰坐在阳台上，心不在焉地浏览着网页，很是无聊，叹息着抬头看看蓝天白云，一群鸽子扑棱着翅膀在空中飞过，不由感慨万分："生命诚可贵，爱情价更高。若为自由故，两者皆可抛！"

宗政华耶在她背后轻手轻脚的走来，又一次听到她"幽怨的感慨"，心里有了谱，不由轻笑出声："小曦，你今天有没有空啊？"

"干吗？"顾曦辰转过身体，闷闷地开口："有事吗？"

宗政华耶笑容满面，彬彬有礼地做出邀请的手势："美女，有没有兴趣跟我一起出去逛逛呢？"

出去？

"真的吗？"顾曦辰眼睛一亮，激动的站起来抓住他的手臂问："去哪逛啊？"

宗政华耶颇是得意，神秘地微笑说："跟我一起去不就知道了！"

……

这是去哪啊？

一路上，顾曦辰看着车窗外的景色由繁华而慢慢变得荒凉，心底的疑惑也越来越深，实在忍不住转过身体捣捣宗政华耶的胳膊问："喂，你是不是故意想整我啊？宗政华耶，你到底想把我带到什么鬼地方去啊？"

他一脸好心没好报的痛心解释："还不是你嫌天天在家里闷得难受，就想带着你去乡下走走解闷，你倒好，以小人之心度君子之腹！"

"去乡下？"顾曦辰一听到乡下两个字顿时亢奋起来，两眼里满是星光闪烁，"哎呀，你怎么就不早点带我出来呢！"

"刚才谁还在责怪我带她出来的用意呢！"宗政华耶骄傲地抬高下巴，眼角余光注意到窗外前方几百米远的加油站，连忙探过身体再一次提醒开车的中年人，"江伯，车到前面加油站停下加满油再走哦。"

一分钟后，车子在加油站停下。宗政华耶迫不及待地下车，留了句等一下他便回来后，整个人跑得无影无踪。

"哎——"顾曦辰下了车，望着他跑走的方向瞥了瞥嘴，转身看到江伯熟稔跟加油站里的人一边寒暄着一边请他们给车子加油。她却不好意思走过去，只能无聊地拿出手机玩游戏。

十分钟过去了，车子的油早就加满了。

顾曦辰合上手机，焦急地来回向远处路的拐角处张望着，那家伙到底跑哪去了，怎么还不回来？

呼——

呼啸声中，一辆超炫耀眼的银色重型摩托车拐过拐角箭一般的驶来，车上的男子戴着红色头盔，几秒钟后车子在她面前5米处停下，摘下头盔，露出骄傲灿烂的笑容："小曦！怎么样？帅呆了吧？"

只见他跨在车上，一手扶着车把，一手抱着头盔，另有一脚撑在地上，一身黑色的皮装勾勒出修长俊美的曲线，脖子中挂着的子弹头项链在胸前晃动，增添了几分洒脱不羁。

"天！你？你——哪弄来的车了啊？"顾曦辰张口结舌，一刻钟的工夫他倒好似换了个人回来，虽然帅但是她才不要让他得意，所以故意地哼了声嗔道，"切，臭美什么？"

宗政华耶唇角上扬，对着她招手："过来吧，小曦！"

"干嘛？"顾曦辰虽是不解地问，但还是向他走去！

"头盔戴上，快点上来吧！"宗政华耶神采飞扬地拿出另一只红色头盔给她，随后转头向江伯挥手大声说，"江伯，我和小曦先去了，等下你去找我们。"

顾曦辰挑了挑眉暗想还好今天穿够休闲，戴上头盔后毫不费力地爬上摩托跨坐好，微微用力抓住他皮衣的口袋。

"抓牢一点啊！"宗政华耶的声音戴好头盔后低吼，"LET'S GO！"

车子好似离弦的箭飞一般地向前行驶，风在耳边呼啸而过。

宗政华耶的声音微微有些兴奋和得意："怎么样，小曦？是不是感觉特别HIGH？"

"嗯，感觉就像鸟乘着风自由飞翔一样。"顾曦辰心中一暖抬头望天，透明的阳光犹如水晶一般璀璨明亮，天空蓝得那么柔和，却又如同山涧的溪流一般明澈纯净，无边的田野中满是葱碧绿意，空气中飘荡着草木清香，远处鸡犬相闻。没有污染的乡村啊，自然美好的如同世外桃源。她深深的呼吸后，笑容比阳光还要灿烂明亮，"天蓝地阔，连心情也分外开阔明朗。小耶，真的是谢谢你哦！"

宗政华耶得意的笑声在田野间飞扬，她贪婪地看着眼前充满了生机的自然景色忘了今夕何夕。不知道过了多久，他们上了通向村庄的路，车子又快又稳继续向前开去。

"郑哥哥——"

"啊！是郑哥哥来了！"

在村外玩耍的一大帮孩子远远地看到宗政华耶的车子，兴奋的欢呼着蜂拥过去。

车子还没停稳，顾曦辰惊讶地看着一大群孩子们围在他们车子周围争着同宗政华耶说话。

"郑哥哥，这个漂亮的姐姐是谁啊？"

"笨，还用问吗？肯定是郑哥哥的女朋友呗！"

"才不要，我长大了要当郑哥哥的女友！"

"切，小丫，你又没这个姐姐漂亮！"

……

即使是争执，一张张童稚的脸上洋溢着的都是抹不去的兴奋、快乐笑容。顾曦辰偷笑着从车子上下来，看着宗政华耶下了车子，安抚地摸摸这个的头，拍拍那个的肩，不由笑意吟吟地在他耳边低语："喂，人气满旺的嘛？！老实交代，这个郑哥哥是怎么回事？"

"这位漂亮姐姐啊，你们叫她小曦姐姐就好了。"宗政华耶大哥哥般对着孩子们笑得一脸亲切关爱，在她耳边小声而又得意的关照，"人气旺就是没办法嘛。还有啊，小曦，我在这里叫郑耶华，不要给我穿邦了！"

郑耶华？宗政华耶！？顾曦辰扑哧的笑出了声，小声揶揄："拜托，你取的名字也太没技术含量了吧？"

宗政华耶哼了一声，手机音乐响起，也就不跟她计较赶紧接电话："……好的，江伯，我就在村头等你，快点过来吧！"

挂了电话，他看着孩子们笑眯眯地问："你们期末考试考得怎么样啊？考得好哥哥有礼物送哦！"

"郑哥哥，我考试有得奖哦！"那个被叫做小丫的女孩子骄傲地挺起了胸膛。

"切，有什么好骄傲的，海哥哥还考了全校第一呢！"一个胖胖的男孩把旁边很腼腆的男孩推出来。

"哼，总比某人考60分强吧！"小丫不屑的揭他的底。

"你、你——"胖胖的男生脸涨的通红。

宗政华耶安慰地摸摸他的头，鼓励地说："小胖啊，偶尔考失误没关系，但是以后可要好好用功！"

男孩憨厚地嘿嘿一笑点头。

正说着，江伯开的车子过来了。车门打开，江伯从里面出来。

"江伯！"宗政华耶迎了上去，随他一起打开车的后盖，把里面的箱子、包里的东西搬下来，然后微笑地道谢，"谢谢你帮我送过来。我跟小曦在这边玩半天再回去。回头我们自己回去，你就不要过来接我们了。"

"嗯。小耶少——"江伯机警停住没有泄露他的身份，然后对着顾曦辰道别，"小曦小姐，我就先回去了。"

"再见，江伯！"顾曦辰礼貌地挥手道别，看着他离开。

"好了，你们都过来啊，送你们的新年礼物！"宗政华耶招手让孩子们都过来，自己弯下腰拆开箱子的封口，露出里面包装精美的一套又一套书，"刚好一人一套，不许抢，看完了再相互交换着看。"

这群小孩子围着宗政华耶唧唧喳喳的瓜分着礼物，他的笑容是那么的灿烂，那么的神采飞扬，跟小孩子说说笑笑的时候，亲切和善如同邻家大哥哥一样。

顾曦辰打量着他的目光微微有些诧异，在她的印象里，宗政华耶一直是一个有钱人家的臭屁而又别扭爱面子的二世祖而已，没想到他竟然还有如此平易近人、乐于助人、善良可爱的一面。她微笑着看着阳光下他的身影，心底就如同阳光一般温暖柔软。

不一会儿，每个孩子的手里都抱着厚厚一套文学名著，考得好的几个孩子手里还多了一盒巧克力，他们的脸上的笑容是那么的快乐满足，纷纷邀请着宗政华耶去他们家里吃午饭。

"郑哥哥，去我家吃饭吧！"

"去我家啦！郑哥哥，小曦姐姐，我妈今天煮了很多好吃的。"

又是一阵争吵，宗政华耶赶紧调停，拉着顾曦辰的手说："好了，都不要争了。我和你小曦姐姐还有事，就不去你们家吃饭。下午我们在这里集合一起玩！好了，现在都快给我回家吃饭去！"

一声令下，小孩子们恋恋不舍的互相道别，然后像撒开蹄的小马纷纷向村里的方向跑去。

"喂，你推辞所有的邀请，不会打算让我中午饿肚子吧？"顾曦辰看着他手里提着的大包东西，迟疑地问，"还是你打算野餐啊？"

宗政华耶把包放进车厢，然后跨上车骄傲地说："上来吧，小曦！我带你去吃天下最棒的大餐！"

……

车子缓缓地在一栋两层小洋楼面前停下。宗政华耶下车，一手提着包一手拖着顾曦辰就向里冲："三叔，三婶，给你们拜年咯！"

"是华子吗？"一个中年妇女从里面快步走出，看到宗政华耶牵着一个漂亮的女孩子，脸上满是惊喜，"这位姑娘是——你女朋友吗？"

宗政华耶嘿嘿地笑着答应："是啊，我女朋友！"

顾曦辰被看的有些尴尬，靠近了宗政华耶低吼："你胡说什么？"

宗政华耶在她耳边无辜地回答："那好，我就老实说你是我老婆好了。"

"别——女友就女友吧！"她赶紧阻止，尴尬地抬头对着中年妇女笑笑，打招呼，"三婶新年好。"

"长得真水灵啊，不错不错。华子啊，你可要好好对人家！"赵三婶朝着宗政华耶语重心长地叮嘱，然后又笑开了，"你看我糊涂的，你们快进屋里坐。"

如同宗政华耶说的那样，顾曦辰吃到了天下最棒的大餐——三婶特地在大灶上坐的饭菜，真正自然的东西，自家种的菜，养的鸡鸭，三叔特地去河里捞的鱼。当然，更多是听到了有关宗政华耶的糗事。原来好几年前冬天，宗政华耶在大雪中迷了路，又冷又饿的狼狈时刻被赵三叔"捡"回了家住了几天，一村的小孩都跟着他疯啊闹的。从那以后，宗政华耶不时的来村里玩，每次都给小孩子带不少的书啊，文具啊，糖果啊什么的，每次也带很多礼物送给三叔三婶。

嗯，原来还是挺懂得感恩的，不是只白眼狼。顾曦辰在心里如是评价着。

那个下午，宗政华耶拖着她跟村子里的一大群孩子又疯又闹的野了一个下午，那样的时光惟有用一句话来形容——玩得真是痛快淋漓，所有的烦恼和不快在那些个时刻烟消云散。

顾曦辰相信自己这辈子都不会忘记的，那一天恣意飞扬的快乐时光，以及在夕阳下宗政华耶载着她回去时说的那些话——今天真的很幸福，对他来说世界上最大的快乐，就是又看到以前那个恣意飞扬、快乐无忧的顾曦辰！

· 👑 ·

时间过的飞快，一转眼新年的半个月快过去，迎来了元宵节，既是热闹的节日，又是分别的伤感日子，同时也是凤煌大学开学的日子。

这一天，宗政家的气氛显得非常压抑，活泼可爱的苗苗从早上起床就眼泪汪汪的，一张小脸可怜兮兮的，趴在爸爸的怀里抽噎着撒娇，扳着指头说不要走，不要离开亲亲爸爸，不要离开耶叔叔，不要离开小曦阿姨，不要离开小燕姐姐……任谁看着听着心里都不好受。

宗政煌因此也没上班，紧紧地抱着怀里的宝贝，听着苗苗稚嫩的小声音一直说着不要走不要离开自己却无法开口保证让他留下，作为一个父亲他的心如刀割般的疼痛，心底的痛苦快要把他的神志湮灭，脸面上却强迫自己微笑着不断吻着宝贝儿的额

头，吻去他的眼泪。

躲在门外偷偷看着他们，顾曦辰死死咬住下唇不要发出任何声音，心里对宗政夫人的愤怒超过对她的恐惧，最后实在看不下去，冲着宗政华耶哽咽着说她去找宗政夫人，请她把苗苗留下的话后掉头就向楼下冲去，

"没用的！"宗政华耶赶紧追过去，在楼梯口拽住了她，眼圈周围一圈也是红红的，"如果有用的话，我早就去说了。"

"你说过吗？！"顾曦辰气愤地冲着他怒吼着，"太残忍了，不管你是不是在意，反正我不能眼睁睁地看着他们分开！"

砰！

宗政华耶一拳倒在墙壁上，附近墙壁上的镜框也微微震动，额际的青筋都冒了出来，他咬牙切齿地低吼反驳："谁说我没去说过？！但是说的后果是促成他们更长时间的分离，你还要去做吗？！"

中午12:30点的飞机，宗政华英早就决定好，谁都无法更改！

"对不起！"顾曦辰泄气地垮下脸，"那我们现在还能做什么？"

宗政华耶望着她丧气的表情，伸出双手在她的脸蛋上挤压着，挤出微笑的表情："不能留下苗苗，起码设法逗他开心，让他稍微快乐一点离开。"

"好。"顾曦辰颤抖着答应，眼睛里满是泪水，却拼命挤出微笑的表情，不停回想着苗苗的喜欢的游戏、故事，等一下进去怎么哄他开心。

……

早早吃了一顿谁也没有胃口的午餐加饯行宴后，上午半天的时间一下子没有了，再怎么不愿意分别，还是到了分别的时间。

11点55，宗政辉煌和小曦他们看着宗政夫人牵着苗苗的手一步一步向门外的轿车走去。进车子之前，苗苗眼泪汪汪却依然乖巧地回头对着他们三个挥手，带着小哭腔哽咽地说："爸爸……呜……再见，呜呜，叔叔再见、曦辰阿姨再见！"

顾曦辰听着他的尖尖细细的小哭声，有种心肝都疼了的感觉，在看看左右的两个宗政家的男人也是红着眼圈强忍悲伤的样子，不由得难过的问："为什么不送他们到机场呢？起码可以陪着苗苗多一点的时间！"

"跟着他们一道去机场，还狠得下心让他哭着走吗？"宗政华耶烦躁地蹂躏着他的金黄头发，看着他们的车子消失在墙院外，一边催促着一边拉起顾曦辰的手向车库

冲去，"快点走吧！"

"干嘛？"顾曦辰一头雾水的问。

"抄近道赶去机场！"宗政煌的眼睛里闪烁着亮光，一边解释着一边奔跑着向车库冲去。

20分钟后，他们比宗政夫人的车子还提前赶到了机场。

到了那，宗政华耶拉着她熟门熟路地躲在角落一柱子后，可以看到所有旅客进出，但是一般人不容易发现的隐蔽处。

焦急地等待后，他们看到宗政夫人和苗苗走进来的身影。

他们挨得很近，顾曦辰甚至可以感觉到宗政煌见到他们出现的那一刹那身体微微的颤抖一下。

宗政夫人牵着苗苗慢慢地走着，后面跟着的两一个人一个提着所有行李，一个人去服务台办理上机前的手续。

很希望那个人的动作慢一些，再慢一些，可是还是很快地那个人办理好了手续，一行四人向旅客专用通道走去。

短短的通道，他们一直看着苗苗瘦小的身影，一边走着一边回头，似乎在期待着什么的，但是每每又失去地转回头继续向前走，直至走到通道那边……

"他们应该上飞机了。"良久，宗政煌冒出了一句，"不知道，下一次妈什么带他回来！"

顾曦辰和宗政华耶都沉默着，不知道用什么话安慰他才合适。

这个时候，宗政煌口袋里响起了手机音乐的声音，看了手机号码他脸色一整，按了通话键："喂——"

顾曦辰眼巴巴地看着他接电话。

……

"一起走吧！"宗政煌挂了电话，做着离开候客厅的手势，一边向外走一边对小耶说，"本部急电，小耶，你先送我回公司！"

"哦，好！"

到了宗政集团豪华雄伟的本部，宗政煌一下车，大门外等候的几人匆匆迎上来。

"走吧！我们回去。"宗政华耶看着他们进去，对着小曦说了一声，准备发动车子回去。

"那么急干吗？"顾曦辰被他飞速的车技弄得胆战心惊。

"今天开学，你不会忘了吧？"宗政华耶车子开得跟野马似的。

· ♛ ·

凤煌校园。

开学的第一天，人来车往，几乎到处都是沸腾的寒暄声，迟到的新年祝福声布满了每一个角落。

宗政华耶巴巴儿贴在顾曦辰的身后走着："小……小曦，你真的不用我陪你一起进去吗？"

顾曦辰朝天做了个无奈的表情，又听到林乐岚的窃笑声，狠狠瞪过去做了个秋后算账的眼色后，她勉力扯出一个微笑的表情："不用了，谢谢你一直帮我办理好所有的开学手续。现在去女生宿舍，真的确定不用你陪我一起去！"

"那好吧！"宗政华耶点头，想到他早就亲自动手把小曦宿舍里贴着的所有跟大哥有关的照片、海报全部清理干净了，这才稍微放下心，看着她们拐向另一条铺着鹅卵石的道路，又忍不住关照了几句，"我手机一直都开着，有事就打电话给我，我马上就过去！我等你一起回去！"

顾曦辰被他的大吼惊得脚下一个趔趄，无奈地回头朝着他挥挥手："知道了！你忙你的事去吧！"

初春的下午，已经给人天气非常和暖的感觉。

风微微的吹拂，路两边常绿树木葱郁，阳光穿过繁茂的枝叶，落下细碎如星的光芒。视线过处，大片大片的茵绿草坪，草坪当中似乎随意地种着一些花木，水红、粉白、嫩黄或淡紫的细小花朵儿迎着日光绽放，空气中也似乎弥漫花草的淡淡香气。

顾曦辰慢慢地走着，感受着校园清新自然而又充满青春活力的气息。

"小曦，你怎么都不说话？"林乐岚从在校门口见到她的那一刻，就觉察出她情绪上的低落，"有什么不开心吗？"

"没什么，就是不喜欢分别的怅然感受。"顾曦辰脑海中浮现苗苗哭得可怜兮兮的小脸，眼底又酸涩的难受，她低低叹息了一下，然后勉强地一笑，刻意转移话题，"对了，小猫，我想不起来我的宿舍钥匙在哪，等一下怎么进去啊？"

"放心，整个学校都是你们家的，您顾大美女要进去还不容易？"多少年的好友，林乐岚哪能不明白她不愿意多说的意思，很配合地做出夸张的表情骄傲表情，

“等一下你只要往楼下一站，管理宿舍的阿姨还不颠……颠——”

她愣住了，夸张的笑容凝固在脸上，直直地看向拐角的另一条路。

顾曦辰莫名地听着她话说到一半，然后就直愣愣地看向右方，好奇地顺着她的目光看过去。

凤凰树下，一道纤细清俊的身影依靠在树边。银蓝色的西装，茶褐色的头发，额发微微蜷曲，清远淡泊的眼神，他在望着她们，淡淡的微笑，逆光下看来有点朦胧。

温涵湫，他怎么站在女生宿舍的必经之路上？

顾曦辰也愣住了，不明白头脑里怎么冒出了这一句话……

温涵湫微笑着向她们两个走来，淡淡的光线穿过树隙落在他的脸上，映衬的他的肌肤白皙柔腻，一种纤细清雅的味道。

在她们面前停下站着，他声音清脆温柔，好像温润晶莹的珠玉相互碰撞发出的轻冷悦耳声音：“小曦，新年好。新年好，林同学。”

“温……温老师，新……年好！”林乐岚头脑里一片空白，脸色通红，明亮的眼睛中只余下他的身影。

林小猫喜欢他！

顾曦辰注意到她异常的神色，脑子里立刻浮现出这个结论，在温涵湫清澈好似水晶般透明的目光下，想起那么绯闻报道中他们“暧昧”的亲密身影，虽然心里有些尴尬，但是面上她却无法保持沉默，回给他一个同样淡的微笑：“新年好，温老师，好久不见。”

“的确是很久没见了。”温涵湫细细地上下打量着她，目光沉静如水，看着她的眼睛轻轻地说，“看你气色好像还不错，身体康复得还好吧？”

“嗯。”顾曦辰在他的打量的目光中嗯了一声点头。

“那就好。”温涵湫轻盈的声音中有着叹然般的满足，“年前因为远行，所以一直无法再去看你。现在看到你的气色不错，终于可以放心了。”

顾曦辰睫毛微微颤动着听着他说话，他的声音淡淡的，清冷得有种出尘无心的感觉，但仔细听着却也能听出那淡然的嗓音下温暖的味道，就像他的微笑，淡淡的，却有让人有宁静安详的感觉，默然注视了几秒后，她又想起没有道谢，于是又轻声跟他说了句“谢谢”。

温涵湫神色微微诧异随后又恢复向来的清远淡然，他的声音刻意放软，笑着调侃

着："这样温柔多礼的小曦还真是让人无法适应呢，即使亲眼看着也以为是自己认错人了！"

以前的我对他很凶很没礼貌吗？顾曦辰脸色微红，不去看他眼睛里的笑意闷闷地说："咳，我和林小——乐岚去宿舍了！"

"啊？"林乐岚听到她说要走的话啊的一声愣愣的还没缓过神来。

"等一下！"温涵湫看到她拽着林乐岚的胳膊作势要走，赶紧出言让她们等一下，"有东西要送给你们，算是迟到的新年礼物吧！"

"去了华山的一座古寺，里面的主持送的开了光的玉佩。"他从袋子里两个包装很古典的盒子，分别递到顾曦辰和林乐岚的手中。

"我也有？"林乐岚惊讶地问出声，因为太过惊喜，拿着玉佩的手都微微颤抖了起来。

顾曦辰也惊讶地"啊"了一声，不就是有点倒霉出了一场"小小"的意外嘛，怎么大家伙商量好似的争着送玉给她避邪。宗政夫人是，宗政煌和宗政华耶也是，送她的新年礼物都是什么白玉长生盒、玉荷花笔洗之类的羊脂玉制品。

温涵湫以为她们觉得过于迷信，所以声音放得更加温柔："虽然说比较迷信，但是我还是希望你们能收下！"

"没有啦！"顾曦辰连忙摇头，吐了吐舌头笑着说，"我只是奇怪，怎么大家都一窝疯地送我避邪的玉呢，宗政家的人是，你也是。"

"是嘛？！"温涵湫叹息似的呢喃，掩下眉笑得云淡风轻，然后从袋子里拿出另一个盒子，朝着她扬了扬，笑容和暖如四月的微风，"其实，这才是我最想送你的礼物呢，希望你能一直戴在身上。"

"什么东西？"顾曦辰疑惑地望向那个盒子。

温涵湫把手里的袋子放在身旁的石凳上，然后小心翼翼地打开盒子，一条华美雅致的珍珠项链显露出来，中间的坠子是漂亮的紫色的心型贝壳，贝壳上面有着一圈圈的心型花纹，就好像无数颗心紧紧地圈在一起。

粉白的珍珠粒粒温润晶莹，阳光下隐隐流转着五彩的光晕，淡紫色的心型贝壳散发着不亚于珍珠的光华。

顾曦辰愣住了，几秒钟之后缓过神来，微笑着摇头说："对不起，我不能再收下了。这么贵重的珍珠项链我承受不起。"

望着她明媚的笑容，温涵湫凝视着她的目光却似看向了远方，恍惚中穿透了时

空，落在让他无法忘记的情景中。

……

她灿烂地微笑，侧身指着翻腾的海浪对他说："你听说一个传说吗？"

"什么传说？"

"就是希望之心。小鱼告诉我这里流传的故事。只要有人在海边拣到美丽的淡紫色的心型贝壳，拥有了它就会拥有幸福。"

"哦？！"他淡淡地微笑，看着风吹乱他的，和她的长发，然后靠近的两个人的发丝在风中飞扬飘舞、交缠在一起。

"拜托，'哦'是什么意思啊？不相信吗？"她回头看他一眼，然后伸出左手，让他看她手里的东西，"你看。"

小小的淡紫色贝壳，心形的优美形状，在阳光下散发着柔和的淡彩色光晕，上面的花纹也很漂亮精巧，一圈圈心包围在一起。

她开心兴奋的说着："它就是希望之心。"

……

他只是伸出右手，打开，手掌心里托着小小的紫色贝壳。阳光下，心型贝壳上晕染着薄薄一层淡彩的光晕："你的贝壳。"

希望之心啊！

她的眼中闪过黯然，摇了摇头，苦笑："你留着吧，我已经不需要了。"

……

"喂！温老师，你在想什么？"顾曦辰看着他清澈的眸子渐渐氤氲，不会是凝聚的泪吧，她小心翼翼地伸手在他的面前挥了挥，"你……不会是——很难过吧？"

"对不起，想起一些事，是我失态了！"温涵湫收敛了眸中的雾气，朝着她疑惑的表情，微微而笑，"我只是物归原主，除了你，谁还有资格戴呢？"

"我？"顾曦辰一头雾水，怎么总是听不懂他的话呢，"它——是我的吗？"

我怎么可能送一条珍珠项链给不相关的男子呢？她苦恼地想着。

"你忘了，还是你告诉我的。"温涵湫清浅微笑着，静静地叙说着，"它叫希望之心，拥有了它就会拥有幸福。现在我把它还给你，小曦，戴上好吗？我希望你终能得到你所希望的幸福。"

他手里拿着项链向她走近，贴近她的跟前站定，拿起项链轻轻靠近她的脖子，小心翼翼地帮她戴上。

他那澄净透明的眼神，

他那云淡风轻仿若无绪的清浅微笑，

他那清冷淡然的如同的冰泉破碎的轻冷嗓音，

明明没有任何忧伤，顾曦辰却感觉眼睛里难忍的酸涩，莫名地就是知道他心底隐藏着无尽悲伤，看着他靠近忽然想到在网上看到她主动拥抱浅吻他之后转身离开的视频，周围似乎飞舞那夜的雪花，身体冰冷刺痛，沉默地任他走近，双手环绕在她的脖子上，看着他轻柔地帮她戴上项链，然后缓缓后退，微微而笑说：“很适合你。”

微带着冷意的体香随着他的离开而骤然消逝。

不知道为什么，看着他淡淡的微笑，明明没有流泪，却倾泻出无尽的忧伤。

顾曦辰脑子里不由得想到一句诗“还君明珠双泪垂，恨不相逢未嫁时。”脸色不由微暗，一时涌出连她自己都说不清楚的复杂感受。

“等一下学校要召开年度教学计划研讨会议，我先走了。”温涵湫深深地看了她最后一眼，微笑中淡淡地道别完，然后转身离去，“再见，小曦！”

望着他飘然远去的背影，顾曦辰感慨良深。

温涵湫，为什么看着你我会感觉心痛得难受，是我曾经伤害了你还是……

“小曦，我们也走吧！”林乐岚恋恋不舍地看着温涵湫的背影消失在下一个拐角，收回目光神色复杂地看着顾曦辰，很害怕她的鲁莽会再次伤害到她，所以一直都不敢再试图改变他们之间的关系。

“嗯，好。”顾曦辰长吸了一口气，甩了甩身后的长发好似甩去一身的酸楚，“快点带路吧，我也想早点过去歇一下，都走累了。”

两个人相携而去后，在她们身后不远的一处假山后转出一纤细的身影，神色黯然，垂下的手中紧紧握着手机。

这就是我的宿舍吗？

顾曦辰走进她的寝室，怀疑而又好奇地到处看一看，摸一摸。

15平方米大小的房间，墙壁一片空白没有任何的装饰。房间干净利落，或者说是简洁明了，光可照人的竹地板、色彩明艳的床铺、窗帘，镶嵌金色花纹的白色家具，白色的真皮沙发，除了枕头旁边一只肥大的加菲猫毛绒玩具，橱窗里的几个精致摆设，其他的就没有多少累赘的装饰了，甚至连书架上都是空空的。

啧，啧，荒芜得都快长草了。顾曦辰摇了摇头，看着橱窗里的几样小摆设，水晶沙漏、带有音乐功能的首饰盒、竹子雕刻的笔筒、晶莹剔透的清瓷花瓶、还有一个彩绘木刻御守。的确是她一眼看着就喜欢，感觉亲切的东西，在她现有的记忆中一点印象都没有，看来是在她失忆的那段时间拥有的。

她一样一样拿出来把玩，看完又放在原来的位置上，只有分量颇重的彩绘木刻御守双手捧着翻来覆去地看，边看边苦思着：

它明明是守护爱情的御守嘛，

我买下它是要守护我与谁的爱情呢？

以前的我，喜欢的到底是谁呢？宗政煌？还是温涵湫？抑或是她目前还不知道的无名人氏？

· ♛ ·

《旧情难忘——"师生"绝恋？》、《太子妃的情人》、《车祸后XX豪门少夫人不甘寂寞，新年校园内激情相拥》、《冰山一角——太子妃热恋昔日老师》，夸张的题目配上温涵湫好似暧昧拥抱着顾曦辰的照片……

一天之后，诸如此类的报道突然铺天盖地地袭来，大有"忽如一夜春风来，千树万树梨花开"的气势，一下子占领了电视报纸的焦点新闻上。

这一天学校还没正式上课，顾曦辰依然是舒服睡到将近中午，梳洗了吃点东西，蜷缩在靠窗的沙发上玩电脑，一连接网络进入新闻页面，温涵湫与她暧昧相拥的照片立刻映入眼帘。

她一下子蒙了，好似一声惊雷炸得她整个人傻了，头脑里一片荒芜。

明明只是温涵湫帮她戴上项链而已。

为什么这上面的图片看起来如此暧昧呢？

再看着上面血红的标题《车祸后XX豪门少夫人不甘寂寞，新年校园内激情相拥》，她的心犹如坠入了冰窟里，冰寒的感觉蔓延入骨。

"怎么会有这样的报道？"因为极度的镇静和愤怒，刹那间她的唇没有一丝血色，苍白得惊人，双颊却红得如滴血一般。

难道前天去学校报名的时候一直有人跟踪她吗？偷拍如此暧昧的照片的目的是什么？那个偷拍的人是谁？是那些无聊的八卦记者吗？

顾曦辰竭力地想着，头都开始隐隐地疼痛，好像有谁拿着一把锯子在她脑子里来回锯着。她恍惚中放下手提电脑，脚步轻浮地走向桌子，倒了满满一大杯水，双手颤巍巍地捧起杯子大口大口地喝起来，哪怕是呛着了，咳嗽之后依然不停地喝着，直到喝完整杯的水。

可是即使一大杯子的水喝下去，她依然觉得双颊热烫似火，心中憋闷得慌。

即使前些天看林小猫给她的所有绯闻报道，那里面更加露骨的照片，尖酸刻薄的报道，也没有她此刻心中的愤怒。

因为虽然那些照片是真实的，但是在她的脑子里一点印象都没有，所以她心里没有太多的委屈和愤怒。

可是，

可是这次不同，被偷拍的事情正活生生地发生在她的身上，歪曲的报道污蔑她的人格！

她是招谁惹谁了吗？这些人为什么一定要盯着她，难道就没有其他事做了吗？！

受不了，实在是无法忍耐下去，恨不得扁死那个偷拍的人！

顾曦辰越想越气，心情因为被侮辱和伤害而变得异常难受和暴躁，再不找个方式宣泄一下，她认为她肯定会疯掉。

随手拿了提包，她向楼下冲去，一路大呼小叫："小燕，小燕！请你帮我跟司机说一下，我现在要出去！"

"好的！"小燕赶紧放下手中的小说，打电话通知司机开车过来，然后放下电话问了一句，"小曦小姐，你要去哪啊？怎么感觉你好像不开心耶？"

看来小燕还没看到那么乱七八糟的报道，顾曦辰特意看了下她的表情暗忖，于是勉强笑了一下粉饰太平说："嗯，还好啦，我去找我朋友，哦，你知道的，就是林小、林乐岚处理点事。"

"哦，这样的啊！"小燕点头，然后想了一下又说，"那你回来吃饭吗？"

"不了。"她随口说着，心里想着她还吃得下吗？气都气饱了。

正说话间，外面传来车子的声音。

"好了，不说了，我走了，拜拜！"她听到声音赶紧跟她说了再见，然后快步走出去。

一看就很精明干练的司机站在车外，看到顾曦辰出来，就开了车门等她上来。

"谢谢。"她微笑了一下道谢，然后轻声地对他说，"麻烦你去一下西城区东方

花苑。"

车子沉稳地向外开去，她看着窗外缓慢倒退的景色，风景如画。

车子缓缓向宗政家的大门行驶。

顾曦辰长长地呼吸了一下，想起还没跟林乐岚没有联系，赶紧掏出手机联系一下，看看她在不在家。

拨了电话过去，手机传来周杰伦《千里之外》的彩铃，良久那边才传来她含糊的声音："喂，小曦啊，怎么舍得打电话啊，哈欠，我都快困死了，昨天一亲戚家的姐姐结婚，我被拉去当伴娘，折腾到凌晨才到家睡下，才睡几个钟头就被你骚扰……哈欠，你有什么事啊？"

电话那边，林乐岚唠叨了半天才想起问她打电话来有什么事。

听了半天絮絮叨叨不着边际的闲扯，顾曦辰越来越觉得林小猫有唐僧的倾向，听着她不着边际地说话，想到那么气愤的报道心情更加的烦躁憋闷："嗯，是有点事，可是又不知道怎么跟你说……嗯，怎么停下了？……喂，猫猫啊，不是对你说的！"

车子停在宗政家的大门口50米远的地方。

叩叩！

车窗被敲的咚咚响，顾曦辰稍一转头，车窗透明的玻璃上映出宗政华耶愤怒而扭曲的面孔。

"小耶，先等一下……哎呀，小猫，我先挂了……什么事？唉，就是开学那天的事被偷拍了，你上网去看，拜！"顾曦辰长话短说，赶紧说完挂了电话，开了车门，然后下车，略带不耐地冲口问他，"拼命拦我车有什么事啊？"

"什么事？小曦，那一天你为什么不要我跟着你去宿舍？"宗政华耶愤怒地拉扯过她的手腕，咆哮着低吼，"说啊，你快说啊！"

"宗政华耶，你给我放开！"顾曦辰用力地挣扎，手腕被他恐怖的手劲拉扯得钻心般疼痛，耳朵也被他吼得发麻，生气地朝他大喊，"你神经病啊，快点松开，痛死我了！"

"你给我说实话，那天你是不是去见姓温的那家伙了？！"宗政华耶置若罔闻拼命摇晃她的身体，胸口剧烈地起伏，英俊帅气的面孔也因为嫉妒和愤怒而变形恐怖，恨恨地怒瞪着她，眼底带着无比的恨意，"你就那么不知羞耻吗？一定要跟他搂搂抱抱！"

不知羞耻？

"是，我见到他了。"顾曦辰被他的口不择言伤到，又痛又怒，身子剧烈地颤抖，眼泪也忍不住也落了下来，她崩溃般地朝他大吼，"我不知羞耻？！是，我高兴，你怎么着？"

宗政华耶瞳孔一黯，脑子里绷到了极限的那根弦断了，心脏纠结般地缠搅疼痛，声音也不觉颤抖："小曦，你想起什么了是不是？你想起他了？你怎么可能去喜欢他？你不是爱——"

他失控般地紧紧抱住她的身体，力气大得似乎想要把她整个人揉进他的身体里，半是专制地命令半是脆弱地请求："小曦，我不准你这样，不要离开我好不好？"

"你到底要发什么疯？"被他突然抱住，顾曦辰惊恐慌乱得拼命挣扎，她不知道他究竟是怎么了，一会儿愤怒得像要杀了她，一会儿又可怜地像个小孩子，她都不知道怎么应对，烦躁地叹气，"你到底要我说什么，小耶，先放开我好不好？"

"不，不放！你是不是又想骗我去找那个家伙？"宗政华耶在她的耳边声音嘶哑地咆哮着，"我告诉你，顾曦辰，我不准你再去见那个温涵湫！"

管你去死！我见谁是我的自由，你管得着吗？顾曦辰怒极反笑，冷冷地想着打算反驳。

咔嚓！咔嚓！

四周传来相机的咔嚓声音。

"谁？"一直尴尬地站在旁边的司机突然听到相机的声音，立即警觉地大声呵斥，"快点出来！"

四周角落里出现好几个身影，远处有两三个因为他的喝斥而拔腿就跑，剩下的几个看样子是记者，反而大大方方地向他们走过来。

"我是XX报纸的记者，宗政先生你能不能接受我们采访？"其中一个不怕死的装模作样地说道。

宗政华耶死死抓住小曦的肩膀，然后朝他们冰冷地大吼："都给我滚！谁让你们来的！"

"您先冷静一下，听我说——"

"门卫，还不赶快过来赶走他们？！"宗政华耶转头拉着她进车，"王叔，开车回去。"

被愤怒抓狂的宗政华耶拖回客厅当犯人一样地被逼问，曦辰也愤怒得无可忍受。

两个人针尖对麦芒的结果就是吵闹升级，骄傲任性的宗政华耶当场失控地砸起了

东西，同样服软不服硬的顾曦辰也硬着脾气呛上了，闹得家里鸡犬不宁。

最后，一个愤怒地抓着跑车钥匙冲出门，准备去健身找对手练练拳。

一个余怒未消冲上楼，关了门谁也不理，拿了纸墨一头扎在书法的世界。

偌大的一个宗政家，没个人劝得了两个坏脾气的主儿，于是有好事者赶紧打了电话进公司联系宗政煌。

其实，那个时候宗政煌正在召集集团安全部门和新闻发言部门开会，会上就是在讨论怎么处理这个突发事件以为研究未来如何杜绝此类事件的发生。

所以，他一听见到秘书转达家里的情况，小耶和小曦不但都已知道并且为此大吵一架不欢而散的消息后，交代了两部门部长支持会议后，赶紧起身匆匆离开。

出了公司，宗政煌在车上权衡了下，决定先去小耶好好谈谈，打了电话得知他在集团附属的健身房后，吩咐车子直接向那驶去。

· 👑 ·

每个人都有心情不好的时候，心情不好的时候总会用一些方式宣泄情绪上的不满、伤痛。有些人是喝酒喝到酩酊大醉了事，有些是大吃一顿，也有些人是逛街花钱等等。

顾曦辰心情不好的事情，就会发狂地练字，在挥毫泼墨之中寻求心底的平静。

"谁翻乐府凄凉曲？风也萧萧，雨也萧萧，瘦尽灯花又一宵。

不知何事萦怀抱，醒也无聊，醉也无聊，梦也何曾到谢桥。"

她意兴阑珊地书写着，写几个字停一下，无意识地怔怔发呆，胡思乱想了很久很久之后又烦躁地提笔继续写。

时间不断流逝，她一直把自己关在房间里，不停地写着，从王羲之、欧阳询、虞世南、褚遂良、颜真卿、柳公权到宋代苏轼、黄庭坚、米芾、蔡襄等等历代书学名家他们的书法名贴，她一字字、一篇篇不断地写着，写得烦躁了，又挥毫随意地写一首曾经喜欢的诗词。

天气很好，阳光暖洋洋的，透过玻璃窗子直直地流泻进来，几乎洒落整个卧室，透明的光线中，金色的尘埃舒缓舞动，有一种宁静温暖的美丽。

可是，她的心却一直安静不下来。

咚咚！

烦死了，都说不要过来吵她。

顾曦辰听到敲门声手里一顿，握在手中的毛笔尖上一滴墨水沾到了桌子上，白与黑形成鲜明的对比，她烦躁地用左手抓抓头发。

"小曦，是我，宗政煌，开门好吗？"温柔低沉的男子嗓音好似柔和的清风。

宗政大哥——

她的心顿时一紧，怦怦地跳得厉害，赶紧放下笔，起身快步走过去开门。

门开了，宗政煌顿时闻到房间里幽幽的墨汁香，微微而笑，温和地望着小曦说："你在练习书法吗？"

"呃，是的。"顾曦辰不好意思地点点头，有些局促，"宗政大哥，请进。"

宗政煌走了进去，目光立时被她桌子上堆放的书法练习作品吸引，顾曦辰的字骨骼清秀，潇洒飘逸，每一字都姿态殊异，圆转自如，融合了各家所长，却又有其自己的特色。他快步走了过去，拿起了几张细细地看了不由出口赞美："小曦的字很好呢，每次看了都让人感觉很惭愧。"

"过奖了，过奖了。"顾曦辰听到他的称赞，心跳得更快了，脸颊也更红了，又是喜欢又是惶恐，喃喃地说，"宗政大哥的字才写得好呢，我的不过是班门弄斧。"

宗政煌听到她的客气的自谦，不禁哑然失笑，转头看着桌子正中她刚才写了一半的诗词，低声地念着："一生一代一双人，争教两处销魂。相思相望不相亲，天为谁春？"

听着他低沉而又似乎饱含深情的嗓音，就好像在对着她倾诉一样，顾曦辰好似醉了，轻飘飘的好像踩在梦里的云端。

"你也喜欢钠兰的词吗？"宗政煌抬头，看到她脸色红红的，略显羞涩的小女儿情态，心头一暖，整个心也暖了，眼中划不开的温柔，伸手取了搁在砚台上的狼毫，声音微暗，"我帮你把下阙写上好吗？"

"嗯。"

宗政煌又微笑着望了她一眼，然后低头一气呵成写下下阙的词：浆向蓝桥易乞，药成碧海难奔。若容相访饮牛津，相对忘贫。

小曦，就像你已经失去的记忆，你忘了我们曾经多么痛苦地相恋。

就好像我们之间，我知道你曾经深深爱过我，现在你却不知道我爱你。

……

顾曦辰怔怔地望着纸上完整的情词，两种并不相似的笔风，却奇异地相映成辉，就好像天生该如此一般。怔忪间她骤然又想起那些烦恼的报道，脸色不由暗了下来，心下猜想宗政煌大概也是看到了那么乱七八糟的报道才过来找她，不由垂下了头，轻声问："宗政大哥，找我有事吗？"

"嗯，其实也没什么，只是——"宗政煌点头，看着她难过的样子，寻思着找什么合适的词语开口。

"没关系，你要说的是今天刊登的关于我跟温涵湫亲密的照片和报道吧。"小曦的声音更轻，但还是强忍着心里的悲哀说了出来，"宗政大哥，你是不是也认为我和他，和他……"

"我相信你，小曦！"宗政煌打断了她的话，坚定地说，"不管外面的报道怎么不堪，我都相信你，小曦！"

那么只是拙劣的陷害手法！

"你——真的相信我？"她的声音颤抖，凝视着他坚定的表情，这一刻她的眼睛湿润了，想到那么报道，想到宗政华那愤怒的指控，她忍不住哭出了声，"谢谢你，宗政大哥，我不知道报纸上为什么说成是我和温涵湫私会，明明那天林乐岚也在旁边的。"

"小曦——"宗政煌的心也随着她的哭声颤抖，他伸出手轻柔地擦去她脸上的泪水，柔和地劝说，"不要伤心了，不是你的错。身为名门望族之后，本来就是媒体追逐报道的对象，而媒体和被曝光者之间的矛盾不可避免。更何况这些媒体就是喜欢曝光所谓的绯闻热点，那些只是他们取悦大众的谎言，也是他们生存的手段。小曦，你就忘了吧，就当它们不存在。"

"忘记？怎么可能嘛！"顾曦辰身体微微颤动着，听完他的话还是沮丧地垮下脸来，"即使我可以装作没有看到，但它们还是存在的，我不看，其他人还是会看到的啊！"

"那好吧，小曦，这些麻烦就交给我处理。"宗政煌回想起他看到的报纸上捕风捉影的露骨刻薄言辞，眉头纠结成川，声音颇是冰冷，"那些个不实报道的媒体，通过法律途径，我会让他们后悔胆敢冒犯我宗政家人的下场。"

……

第九章

■揭开谜底的密码。

公主夜未眠

The Sleepless Princess

人生中有很多种失去的形式
我选择最安静的一种，
不是因为不在乎，
而是知道，
留不住。

"对你的思念， 是一天又一天，孤单的我，还是没有改变——"熟悉的音乐铃声由远及近地流泻过来。

小燕抓着手机怯怯地从门外探进头来问："曦……曦辰小姐，您的电话响了，接不接？"

"拿来。"顾曦辰吸了下鼻子，颇不好意思地抬头问，"谁打来的？"

"嗯，林小姐的，她已经打了十几次了，但是先前您——"小燕吐了下舌头没有说明她先前把自己关在房间谁也不理的事情。

顾曦辰接过手机，按了通话键："喂——"

电话那边顿时传出林乐岚怒喉的声音："顾曦辰！你丫搞什么鬼，我的电话一连多少次你竟然也不接？！"

"我……我……手机没带身边——"她底气不足的解释完，然后赶紧转移话题问，"什么事儿？"

"哎！我没空跟你废话！小曦，告诉你，温老师被学校辞退了！"电话里传出她愤怒的声音。

"什么？"顾曦辰惊讶地愣住，下意识地望了下宗政煌，他也同样是疑惑茫然的神色，"你再说一遍？"

"我说——学校以个人作风不正的理由，把温老师给辞退了！"

温、涵、湫、被、学、校、辞、退、了！？

得知了温涵湫要离职的消息，夏薇发疯了一般跌跌撞撞地跑到他的办公室，砰的一声推开门，看到他收拾东西准备离开的画面，脸色变得惨白，心中疯狂滋生出的嫉妒痛恨让她顾不了任何风度和气质，狂怒地朝他大吼着："温涵湫，你为了那个贱人宁愿被辞退，也不愿跟她保持距离吗？"

温涵湫闻声身影陡然僵住，缓缓转身，神色淡漠清冷，目光清冽地看向她，语气

虽缓却掩不住漠然："夏老师，这里是校园，言辞间请注意您的个人形象！"

"形象？我现在还有什么形象吗？"夏薇为他的指责心寒，她冰冷地笑出声，望着他的目光已是刻骨的仇恨和绝望，"在你为了她，把我一个扔在订婚宴上，我的声名已经毁了！"

温涵湫暗叹了一口气，神色稍微和缓下来："对不起，夏薇，一切都是我的错，我愿意尽全力弥补你受的伤害。"

"弥补？温涵湫，你愿意娶我吗？"夏薇冷笑着，目光冰冷似箭，"我要你从此跟那个贱人一刀两断你能做到吗？"

温涵湫默然地站着，神色宁静没有任何波动。

"温涵湫，你清醒一点好不好？"夏薇心痛得厉害，嘶声竭力地朝他大吼着，"她到底给你灌了迷魂汤，让你宁愿失去一切也要向着她？"

"对不起。"温涵湫依然是一副清远淡然的表情，他抱起了整理好的小纸箱，里面装满了他个人的教学讲义和用具，然后朝着她礼貌却又疏离地微笑着道别离去，"我走了，再见，保重！"

在她不敢置信的呆怔中，他抱着纸箱轻轻地从她的旁边走过，向门外走去。

温涵湫，你怎么可以——可以无视我到如此地步？！

夏薇身体剧烈地颤抖着，绝望冰冷的窒息感让她感觉快要疯狂，疯狂地恨不得亲手杀了那个可恨的顾曦辰，她以为把拍下的照片送到报社、送到学校领导那里可以逼着他因为个人作风问题收敛，没想到他决绝到宁愿辞职也不肯妥协。

她抑制不住大声痛哭，转过身摇晃着走出房间，半瘫倒在门框上满面眼泪狰狞，朝着走廊上他远去的背影歇斯底里地诅咒着："温涵湫，为什么你要去爱一个根本不喜欢你的人，为什么老天没眼，没让那个贱人在车祸里死了算了！"

温涵湫停下脚步回头，阳光投过廊檐斜斜照在他身上，白墙灰柱，映称得他整个人的气质冰冷漠然，清冷的声音萦回在走廊上："夏薇，你恨我，是打是骂亦或是其他，我都不会有任何意见。但是，你我之间的恩怨，请不要牵连无辜！不要让我觉得你面目可憎！"

面目可憎……

温涵湫，我爱你如斯，却让你如此厌恶吗？

夏薇心痛如绞，望着他决绝转身离开的背影，怒极反笑，悲怆凄楚的声音在空旷的走廊上久久不息："温涵湫，你会后悔的，你会后悔的！"

阳光斜照下，金色的尘埃在他身后飞舞，背影似乎也因此多了迷离瑟然之色，可他依然一步不停地向前走去。

大学的校园里洋溢着青春的人文气息，随处可以看到抱着课本匆匆行走的学生或老师。

温涵湫抱着纸箱施施而行，回顾着校园熟悉的一草一木，淡墨般的眉间，似有水雾氤氲，他淡淡的笑着，极清极浅的笑意之后，隐藏着极深的淡淡眷恋和伤感。

一路上，不停地有学生热情地对着他打招呼。

"新年好，温老师！"

"温老师，好久不见。"

"老师好。"

他都是淡淡地微笑，点着头轻声地说"新年好"三个字，然后再继续向校门边的停车场走去。

温涵湫，你会后悔的，你会后悔的！

夏薇的声音在他耳边不停回响着。

他微微出神，神色淡淡的，也在心里问自己，后悔吗？

衣带渐宽终不悔，为伊消得人憔悴。

何况从来没有想着一定要拥有，自己既然不能给她幸福，就退一步希望她能得到幸福。

恍惚中，一个人悄无声息地出现他的面前，挡住了他的道路。

他缓缓抬头，看着眼前神色肃然的男子，微微而笑，笑意却未及眼底："你好，理事长！"

你也是来问罪的吗？

"留下吧，你不用辞职！"宗政煌目光深沉，面色看不出喜怒，声音也是淡淡的，"刚我已经联系过校长和人事科，让你辞职离开，是学校的损失。"

"哦？谢谢理事长厚爱！"温涵湫轻哦一声，依然沉静地微笑着道谢说，"不过，我已经下定决心辞职了。当时选择老师的工作是因为个人兴趣，三年的时间逍遥够了，也该找份专业工作！"

"也好。"宗政煌深呼吸了一下，开口邀请他进宗政集团，"那来我公司吧，温

涵湫！做我的特助可以吗？"

温涵湫神色微微诧异，目光落在他的脸上，看出他不是开玩笑后，神色恢复淡然："温涵湫自认愚笨，何德何能让宗政集团的理事长另眼相待？请您收回成命，恕我不能接受。"

"温涵湫——"宗政煌望着他，长长地叹一口气说，"爸临走的时候都跟我说了，你也是我的弟弟。宗政集团本来就应该有你一席之地，为何一定要推辞呢？不管你相信也好，不相信也好，我都是诚心希望你加入！"

温涵秋抱着纸箱的双臂微微抖动，沉默半响，他淡淡说："理事长，我没有认祖归宗的意思，也没有瓜分你宗政家财产的打算。"

"我知道！"宗政煌伸手轻轻搭在他手臂上，真挚地说，"温涵湫，从知道你是爸——遗落在外的孩子后，我就真的把你当作自己的弟弟看，就像小耶一样，我希望能尽到一个做哥哥的责任，照顾好你们。"

一向独立自主惯了的温涵湫，现在突然跑出个哥哥说要好好照顾他，这样的感觉真的很复杂，他望着宗政煌严谨的神色，突然出声轻轻地问："理事长，你把所有的责任都揽在自己身上，不会觉得累吗？"

"啊？"宗政煌没有听清，"你说什么？"

"我说好。"温涵湫微微一笑，一只手把箱子抱在怀里，腾出另一只手伸在他的面前，"那以后就麻烦理事长了。"

"好。"宗政煌的眉头松开，眼里浮现纯然温煦的光华，伸手握住了他的手。

· 👑 ·

此次的绯闻事件在宗政集团通过法律途径告倒了那一家小报社后，杀一儆百，对所有的媒体起到了威慑作用，所以报道又一面倒的揭开内幕，说明真相，有人故意拍下暧昧的照片，通过电子邮箱发送给各大媒体，据查邮箱地址是国外的，但不排除嫌疑人是凤煌大学师生的可能性。

宗政华耶也从温涵湫那得到满意解释，所以虽说对他被学校辞退反而被大哥邀请加入宗政集团的事感到迷惑，但在他企业管理博士的头衔和大哥的坚持下无从反对。默认了他进入宗政集团，同时也离他们生活更近的事实。

事情可以说是比较完美的落下帷幕，但是对宗政华耶还是有小小的遗憾：当时有

胆莽撞找小曦大吵一架，现在知道了真相反而扭捏着不好意思找她道歉——就为了他那小小的男性尊严啊！

一天拖过一天，都开学了一个星期，他还是见了顾曦辰就下意识地躲，眼睁睁地看着自己的"老婆"和大哥谈笑风生，两个人的默契越来越好，又悔得肠子都绿了。

不能逃避了，再逃老婆就是人家的了。（哈，宗政华耶，忘了小曦从来都没真的属于过你的吧！）

终于，宗政一千零一次鼓起了勇气，趁着夜色敲响了顾曦辰的门进去——道歉。

顾曦辰正对着墙壁上挂着的唯一一幅非自己照片的书法作品，她与宗政煌合写的情词想入非非中。

真的很喜欢他的一颦一笑，哪怕是看着他的字也会感觉心跳加速呢。

每天都能够看到他，看到他对自己的微笑，他温柔地说过的每一句话，都感到非常非常的幸福。

这就是爱情吧，从醒来后见到他的第一眼，就知道自己一见钟情，心动了，沦陷了。顾曦辰傻傻地想着露出幸福的微笑。

"小曦！在吗？"宗政华耶轻轻地敲门。

"啊？——在。"顾曦辰美好的梦想被敲门声打断，她应了一声赶紧过去开门，门外站着的竟然是见了她就躲的宗政华耶，忍不住露出惊讶的表情，"你有事？"

"咳，嗯。"宗政华耶清了清嗓子说是，然后在她诧异声中不请自进，在沙发上坐下，"我来，我来。咳，小曦，我能不能先喝点水啊？"

顾曦辰看到他扭捏的样子暗自好笑，难得好心顺手倒了一杯给他。

宗政华耶咕嘟咕嘟地接连喝完，放下杯子，一手挠着自己的头发说："我，我是来……的。"

"什么？"顾曦辰眉头皱着，他刚才说的就关键的几个字没听到。

"我是来……的。"他依然是很小声的嘟囔。

嗯？她一脸黑线，实在不明白他说什么："我还是没听到你说什么啊！"

"我说！"宗政华耶吸了一口气吼道，"我……我是来道歉的！我误会你跟温涵潃了。"

道歉——

顾曦辰一下子沉默了，幸福背后被她故意忽略的烦恼，冷不丁全部摊在了眼前，头疼得要命。

　　"对不起，小曦。那天是我错了，太莽撞了，没了解事实就吼你……"宗政华耶低着头看着脚下的淡雅的地毯自顾地说着，"希望你能原谅我。不过那天也不能完全怪我，任谁到看那样的照片都会误会的……"

　　"我们离婚吧！"顾曦辰突然小声说。

　　"好。你能原谅我就好——啊？"宗政华耶听到她说话刚以为她是原谅她，但是突然发现不对劲，惊栗抬头质问，"刚……刚才你说什么？"

　　不知道为什么她刚才会提到那句话，顾曦辰嘴唇动了动，但一想到那些乱七八糟的事情又鼓足了勇气，朝着他勉强挤出微笑地说："小耶，我们离婚好不好？"

　　"我不！咳……咳……"宗政华耶又惊又怒，被自己的口水呛着连连咳嗽了好多声才喘过气来，"小曦，凭什么你说要跟我离婚？"

　　"小耶，我一直很恐慌，感觉自己就好像生活在噩梦中一样。"顾曦辰重重地依靠在沙发上，神色恍惚，声音中浓浓的失落无助，"我从醒来后发现自己失忆，然后得知自己已经嫁人了。可我怎么回想一点印象都没有，小耶，你不明白这样的感受，就好像站在悬崖边上。所以，小耶，既然我们不是因为相爱结婚，现在我喜欢的人也不是你，拜托你同意离婚吧！"

　　"不要！我不要！"宗政华耶闻言双拳愤怒地握起，脸色涨得鲜红欲滴，胸口剧烈起伏着，眼睛里流露出痛苦的神色，拉下面子他低低哀求，"如果我有地方做得不好，只要你说出来我一定改。小曦，给我一次机会好不好？我喜欢你，真的很爱你！我会证明给你看，只要给我时候，你会有喜欢我的一天。"

　　怎么可能，如果从来没有见到宗政煌，或许有一天我会喜欢上你。

　　但是，这个世界，从来没有如果……

　　对不起，宗政华耶，我只是一个自私的人，不会勉强自己爱上一个人。

　　顾曦辰咬住嘴唇，心底无声的叹息，既然他激烈反对估计一时之间也无法说服他，于是无奈地抬头看向他说："算了，就当我没有说过吧！"

　　"那，不离了？"宗政华耶的喉咙涩涩的，声音干哑，小心翼翼地问，然后等待她的宣判。

　　她心乱如麻，有些喘不过气，她烦躁地甩了甩长发叹气："以后再说吧！"

　　"那我走了，小曦，晚安。"宗政华耶鸵鸟般地装作没听到她后面说的半句，讪讪地说了晚安然后闪人。

　　唉，如果他能再凶恶一点，她肯定会坚决地要求离婚，可是……

委曲求全的宗政华耶，真的无法让她狠下心拒绝。

他天生就应该是一个骄傲恣意的人，是跟她属于同一类人，所以她真的无法爱上一个男版的自己当作恋人。

而面对温涵湫，她会感觉心疼，但是她也可以确定那只是一种无法言明的深深的歉疚之感。

只有看着宗政煌，哪怕是他的一颦一笑都让她不可克制的心动。这才是她现在喜欢一个人的反应，是一种爱人的本能。

可是，现在的状况，岂是一个乱字了得。

顾曦辰关上房门，心情低落地躺在床上，望着架子上摆着的御守，那个被她从学校带回来的爱情御守，长声叹息着。其实，她很害怕，害怕自己忘记了失去的那段记忆里的爱和恨，害怕忘记了曾经对她很重要的东西。

如果所有的问题无法在短时间内解决，那些烦人的问题就先放在一边，走到哪步算哪步吧。

屋漏还逢连夜雨，本来生活就已经一团糟了，开学后不久，顾曦辰再看到她的成绩单，竟然有好几门的成绩低空飞过，实在辜负她三年仁和高中"天才美少女"的美名，让她郁闷到不行。

本来她还想发愤图强，决定天天泡在图书馆努力K书呢。可是这个想法还没来得及实施，就遭到了身边所有人的反对。

虽然说学业很重要，但是身体未完全康复前不宜思虑过重，劳心烦神——来自医生的专业建议。

一般人好好学习，不就是为了以后找个好工作嘛！而小曦你哪怕门门被当，大学肄业，宗政集团的大门也为你敞开；其实不工作也行，反正宗政家钱多的发霉，你要怎么花都行——来之宗政华耶的堕落建议，竟然诅咒她门门不及格，安的什么心啊！？

学习不是朝夕的事，听医生建议的，先把身体养好，以后再努力补上，如果不会的话，他们可以帮忙——来自宗政煌和温涵湫的诚挚建议。

所以，每天一两节课上完，剩下的时间她都要挖空心思地安排着怎么打发，不然真的会无聊死。

上网？天天去上没什么事做，听歌看电影聊天混论坛，时间久了也会感觉空虚；

逛街？倒是拉着林小猫逛过一次，可走没多久她就会感到难受，到底身体还没完

全康复；

娱乐？去KTV唱歌嫌太吵，去娱乐城闲晃又总被人认出，不大不小的上了几次报；

……

得，还不如呆在家里，当御宅一族得了，起码现在流行！

况且自从宗政夫人去了欧洲，宗政家也就剩下顾曦辰一个女主人，天大地大，她最大，家里要怎么折腾就怎么折腾。

想着春风四月，日光明媚百花绽放，春日最是繁华春光却又最易逝，转眼间好像春天就过了大半，顾曦辰思量着找个空闲把她卧室的装饰换一换，让房间也多停留一点春天的气息。

所以她找了个周日上午，宗政华耶被宗政煌叫去公司实习，家里只有她一个主人的时候，怂恿着小燕跟她一起更换卧室里的装饰。

新年换上的喜庆色彩的丝缎床上用品全部撤下，换上碎花图案的浅粉色系列的纯棉被套、床单、枕套。

天暖了，厚重的羊毛地毯看着就觉得闷热，把它们全部撤下，露出下面洁白如玉的地板。

厚重的大红绣金丝的窗帘也换下，换上她新买的薄纱一般的樱花图案的窗帘，房间一下子变得明亮了，窗户全部打开着，微风吹进来，窗帘漫卷，朦朦胧胧好似樱花飞舞。

还有……

顾曦辰手舞足蹈地指点着，让小燕换这弄那，有些时候忍不住亲自动手帮忙，让家具摆放达到她所想要的效果。

忙碌中，时间似乎也变得快了，一上午的时间转眼就过去了。

"好了，差不多了！"顾曦辰看着焕然一新的房间，流淌着春天般的气息，风格明快唯美，她露出灿烂的笑容，"真是太谢谢你了，小燕！现在看起来房间真的是清新明艳了许多。"

"嗯，嗯，我也觉得！"小燕擦擦额头上的汗水，看着经过她们重新布置过的房间，心里真的是喜欢的不得了，"你好棒哦，都可以当设计师了！小曦小姐，帮我的房间也设计一下好不好？"

"谢谢！我一定也帮你好好设计一下房间。"顾曦辰沾沾自喜地点头，她环顾了整个房间，莫名觉得总有点别扭，皱着眉头思索了好久，终于发现还有哪边不适合了，她拍了下头说，"小燕啊，你看那个古董花瓶摆着是不是有点不协调啊？"

虽然说是询问，她却忍不住踩上凳子，把架子顶端的那个大花瓶抱下来。

小燕惊慌地看着她穿着尖细的高跟鞋踩在凳子上，摇摇欲坠搬花瓶，忍不住尖叫："小心啊！"

顾曦辰反而被她的尖叫吓到，花瓶从手中滑下，她的身体也向后倾倒去，她下意识地双手抓木架子想支撑住身体。

"啊——"

架子上的不少小摆饰哗啦啦地落下，随后哐当一声花瓶落在地板上砸得粉碎。

"小曦！"电光石闪间，小燕下意识地扑过去，接过了她身体，两个人尖叫着跌撞着倒向了床上。"啊——！"

"吓死我了！"顾曦辰惊魂未定，挣扎着从她身下的"肉垫子"小燕身上爬起，"小燕。你没事吧？"

"还好。"小燕龇牙咧嘴地爬起来，动了动被压到的四肢，"曦辰少奶奶啊，您是不是该注意体重了啊？"

"怎么啦，少奶奶你还好吗？"在外面楼梯上的警卫听到第一声尖叫声就拼命地冲过来，推开了门问发生了什么事。

"没什么，只是东西掉了下来。"顾曦辰看着地上一大摊的碎瓷片、玻璃碴赶紧解释，摆出我很好的微笑表情，"你请回吧！"

"我去拿东西过来清扫掉。"小燕赶紧说找清洁机器来，走的时候顺带拖着警卫大叔一起离开。

顾曦辰目送着他们的背影吐了下舌头，然后把地上完好的小摆件拣起来。

"咦，怎么裂了一条缝隙？"顾曦辰拣起彩绘木刻爱情御守，无意中发现底部松动裂开了，开始还以为坏了，哪知道用力一拔，外面的一层被拔了出来。

露出里面色彩造型完全相同大小却缩小一圈的御守。

这是——套娃！？

"哈，竟然是套娃！"她蛮有兴致地拿着它们坐到了沙发上，细细看着里外差一圈的套娃，突然发现小一号的御守下面有字迹，她倒过来转了转，转正了，看清楚了上面是她的字迹：G@H。

G@H——这是她隐秘的爱情宣言吗？

顾曦辰震惊地望着它，心跳到了嗓子眼，身体抑制不住地微微颤抖着。

G是她名字顾曦辰的缩写，@是爱的意思，那么H是谁呢？

是宗政华耶（ZZHY）？

是宗政煌（ZZH）的缩写吗？她的心跳动得更加剧烈，神经紧张的异常难受。

还有可能是谁呢？ 温涵湫（WHQ）？还是某个未知的男子？

空气里充满了令人窒息的紧张气息。

希望如她所愿。

顾曦辰深地呼吸，双手颤抖着转动着小一号的御守，转动着掰开了它，露出第三层的御守。色彩造型与外面两层分毫不差，只是大小更小一号。

呼吸屏住，她翻看第三个御守的底部，果然上面有一排细小的字迹：520ZZH1314。

520ZZH1314。我爱你宗政煌一生一世。

这一刹那，天大的狂喜袭卷她身体的每一个细胞，顾曦辰感觉自己高兴地快要死去，她咬着唇，眼泪簌簌地流下她的面颊。

视线朦胧，哽咽声中，她转开了第三层套娃露出最里面一层的实木爱情御守，御守的背后贴着小小的大头贴，王子一般高贵，而又微微带有忧郁气质的宗政煌的大头贴。

原来，无论我有没有失去记忆，我爱的人，从来都没有变，从头至尾爱的都是你一个人，宗政煌！

顾曦辰痴痴地看着爱情御守背后宗政煌的相片，此时此刻她的心一半激情澎湃，一半又为之唏嘘不已，过往的记忆消失了，心中的情感却依然不变！

"不管我的记忆有没有失去，不管有没有忘记你，我动心的人，喜欢的人都是你一个人吗？"

如果说冥冥之中自有定数，那么宗政煌，爱上你便是我的宿命！

· ♛ ·

夕阳终于消失在地平线上。

小曦昏昏沉沉地蜷缩在楼下的客厅里，魂不受舍地熬了一个下午，她迫切地等待宗政煌下班回来。

车响过后，第一个冲进来的又是宗政华耶，他一进门见到小曦的身影就大声嚷嚷

着："小曦，你爸说下个星期你的生日要到了吗？真的吗？不会是他迟到的愚人节玩笑吧？不然他说的日期跟你身份证上的生日不同啊？我记得是5月份的呢？"

"啊？生日？你不说我都忘了。"顾曦辰被他吼得表情茫然，看到在他后面走进来的宗政煌后，心中一激动，脑子一热人也跟着稍微清醒了点，"哦，那个啊，是当时登记户口的人弄岔了，我爷爷去报户口的时候说是4月16生的，那个人以为是阴历，就很热心地换算成阳历登记，阴错阳差之下，当时谁也没注意，等到后来上学发现的时候，他们又怕麻烦就没去改。不过，我每年的生日都是按照4月16号过的啊。"

宗政华耶听到她的解释，咻咻地窃笑起来："天哪，也太搞笑了吧，我还从来没听说过有这类的事发生呢？"

"笑死算了！"顾曦辰被他笑得脸色尴尬，气愤地朝他哼了一声。

"好了，小耶！"宗政煌也出声支援，他想了一下16号是周末，刚好有时间举行一个私人宴会庆祝一下，于是他高兴地出言建议说，"小曦，你生日那天刚好是周末，为你举办一个小型宴会，邀请一些至亲好友过来参加好不好？"

"啊？哥，你不会是想通知妈回来吧？！"宗政华耶第一个提出疑问，"不要啦，有妈在，哪还能有乐子啊！"

"嗯，我觉得，也不是什么大事，就不要惊动她老人家了吧？"顾曦辰也恳求地望着宗政煌。

"你们啊！"宗政煌摇头莞尔一笑，望着她温和地说，"那就等你生日那天我和母亲提一下，这样的话，计划要稍微变一下，那天中午我们请你爸爸他们去酒店吃饭，晚上再在家举行宴会。"

顾曦辰为他的细心安排感动，但是也不想他们为她的小生日太过破费："宗政大哥，大家一起吃顿饭就行了，就不用在家举行宴会了啊，省得收拾起来太麻烦啊。"

"哎呀，不举行宴会就不好玩了！"宗政华耶赶紧揽下话头，出主意说，"如果你怕在家麻烦的话，那宴会也一起在酒店举行好了。"

"小曦，你就不要推辞了。"宗政煌看她还想推辞，就说，"中午先请你家人一起吃顿饭，晚上再在酒店开个小型宴会，邀请的人也不会多，都是你认识的。"

"那——我就先谢谢你们了。"顾曦辰朝着他们点头致谢。

"哈哈，谢就不必了！小曦，我在苦恼要送什么生日礼物给你好呢？"宗政华耶特意做出苦恼的表情，然后朝着她挤挤眼说，"要不你提前把你的生日愿望告诉我吧！"

生日愿望？

顾曦辰抬头望向宗政煌，刚好看到他也在看她，脸上热烫，心跳骤然急剧，瞬间对视中，她的眼睛眼睛亮得迷迷蒙蒙。

希望生日那天，早点到来。那一天，我想……

灯火辉煌的夜晚。

崇华大酒店的上空不断绽放绚丽的烟花，酒店顶楼最华丽的一个餐厅，装饰得喜庆漂亮。顾曦辰打扮得如同高贵的公主，站在门口欢迎客人的到来。

林乐岚是同温涵湫一起来的，顾曦辰事先就拜托他接林小猫过来。他们一起说着生日快乐，一边把包装好的生日礼物递给她。

"生日快乐，小曦！"

"生日快乐，小曦！"

"谢谢！"顾曦辰眉开眼笑地接过礼物，放在门后的柜台上，做了个里边请的手势让他们进去，"小猫，那边有餐点，我就麻烦你招待温老师咯！"

目送着他们向里走去，又有一个清秀的女生进来，她穿着蕾丝的白色长裙，更显得端庄贤淑，看到顾曦辰露出开心的笑容："曦辰学妹，生日快乐！好久不见你了！"

顾曦辰微微一愣，想了一下，知道她就是小燕说的那个曾经被她"救过"的慕莲，露出礼貌的微笑说："谢谢，请进！"

……

人来得差不多了，就差小耶和一个叫依雪儿的女生。

顾曦辰站得脚疼，见门口没人于是姿态颇是不雅地半坐在门口的柜台上。

"小曦，小耶和依雪儿还没来吗？"身后突然传来宗政煌的身影。

宗政煌？！

赶紧站起，抚了下裙子，姿态优雅地转身微笑："还没呢，宗政大哥！"

"对不起，宗政哥哥，我和耶哥哥来迟了！"门口响起女孩子娇俏婉转的声音。

顾曦辰一转头，果然看到一个漂亮可爱的女孩子挽着小耶的手臂进来，看到她转身，立刻绽开甜美的笑容，并送上她的礼品盒："曦辰姐姐，生日快乐！"

依雪儿，宗政家世交常家的小女儿，一向与宗政煌和小耶走得近，从今天宗政华耶亲自去接她，而其他人包括跟宗政家关系很好的世叔女儿静瑶都是独自前来，由此

可见一斑，他们的感情有多好了。

她赶紧点头道谢接下礼物，并且微笑地说了声："谢谢！"

人终于到齐了。

宴会可以开始了！

欢快的音乐声中，宗政煌作为宗政家的主人首先致辞，欢迎大家参加今晚小曦的生日宴会，在所有人热烈的掌声中，华丽的多层蛋糕上场，上面插满了点燃的蜡烛。

音响里也应景地换上所有人都熟悉的生日歌曲，不知道哪一个人带头，现场所有人都唱了起来。

一曲结束，所有人异口同声的一起大喊，"小曦，生日快乐！"

"快来许愿！"

顾曦辰感觉自己好像正在做着一场幸福的美梦，衣香鬓影，灯火辉煌，烛光闪烁，有着王子与灰姑娘的浪漫爱情，她下意识地转头望着身边站着的俊秀挺拔的王子，宗政煌也正注视着她流露出喜悦地微笑，她绽露出一个更加灿烂的笑容，如果这是一场美丽的梦，那么我希望它能梦想成真，无论开心还是悲伤，有一个我爱的人永远陪在身边。

她回头望着闪烁的烛光，闭上眼睛许下心愿，然后睁开眼睛深呼吸一下，然后一口气吹熄蛋糕上所有的烛火。

现场又一次响起热烈的掌声，其中又夹杂着小耶"分蛋糕咯！"的起哄声，大家笑声一片。

……

觥筹交错，酒足饭饱，大家最期待的生日舞会终于开场。

欢声笑语当中，

璀璨的灯光一下子变暗，舒缓的华尔兹舞曲音乐声蔓延在大厅中，好似春日夜晚微风过处无处寻觅的缥缈香气。

身为宗政家的两位男主人，宗政煌和宗政华耶在音乐声刚起的时刻身边变包围满了邀请跳舞的女生。

顾曦辰怅然若失的望着宗政煌因为无法拒绝而绅士地挽着装扮冷艳的静瑶缓缓走向舞池。

"美丽的寿星大人，我可有荣幸邀请你跳舞吗？"身后突然传来男子清泠悦耳的邀请声。

"温老师——"顾曦辰转身，正对上温涵湫清俊优雅的身影，仿佛童话里走下的王子优雅地行礼邀请。

说不清再次见到他的复杂心态，尴尬地低头一笑后，她微微不自在地点头同意："嗯，好啊。"

两个人走进舞池，随着音乐缓缓起舞。

跳舞的时候，顾曦辰显得漫不经心，一直注意着宗政煌和那个静瑶的动向，温涵湫也就没有说话，只是默默地看着她，此刻他的脸上虽然一直挂着清浅的笑容，却无法掩饰其中的哀伤。

一如他心中的微微叹息。

小曦，即使你的记忆刻意封锁，忘了伤心的过往，你的潜意识里还是记住了这个你最喜欢的，或者可以说是你最爱的人。

温涵湫感觉自己的胸口纠结般地隐隐作痛。

他转过头，好似首次见面一般细细地打量着舞场中央的宗政煌，只是注视他的目光淡淡的，清远淡然地好似看到路上偶然遇见的路人，那里面隔着永远无法逾越的距离。

宗政煌啊……

这个人身上有着天生的领袖气势，眉眼中却又蕴藏着令女人心怜的贵族式的忧郁，或许这些就是小曦心动的原因吧。

异性相吸，不单单指性别，有时候也指的是性格。

输给这般的人，虽不甘却又心服，更何况……

他无声地叹息，收回目光低头望着顾曦辰，笑容依然是前刻那般淡定温暖，却又多了点什么，好似被水滴溅上的墨迹，一笔一画缓慢地被晕染化开。

总想着有一天你的专注的目光能落在我的身上。

可是，即使你失忆了，这依然是我奢侈的梦想。

吸引你所有目光的人依然不是我。

一舞完毕后，温涵湫虽是不舍却依然礼貌地退场。

跳完一场后，顾曦辰婉拒了不熟识的男生的第二场邀请，满场寻找宗政煌的身影，赫然发现那个女人缠着他已经开始跳了第二场舞。

那个女人脸皮怎么可以那么厚！

霸着宗政煌两个人翩翩起舞，就好像傲视天下的国王与皇后一样！

强烈鄙视中！！！

顾曦辰眼睛里冒出愤怒的火花，嫉妒的虫子噬咬着她的心，目光化成千万的锐箭射向他们相拥的身影！

呼——

受不了了！

她愤怒地抓起餐台上的一杯果汁，仰头一口喝下！

扑哧一声，她被口里的液体呛着。

她弯下身体剧烈地咳嗽起来，脸上热辣辣的，原来喝的是混合的水果酒。

"咳，咳，咳……"

"小曦！"林乐岚跑了过来，赶紧拍着她的背，帮她顺气，"你喝了什么啊？"

"水果酒！"顾曦辰缓过气，心里憋着的火气让她无处发泄，放下空杯子，又端了两杯果酒，一杯递给她，一杯留给自己，"来，小猫，干杯！"

"哦，好！生日快乐，小曦！"林乐岚不明白她怎么口气有点冲，好像不高兴的样子，她接下酒杯乖乖地喝下去。

再来一杯！

再喝一杯！

为我们的友谊干杯！

……

不知道喝了几杯，终于让人焦急的第二场舞曲结束，第三曲热情的拉丁舞曲响彻全场！

可恶——

那个女人太过分了吧！竟然拉着宗政大哥的手不放，直接拖着他跳起了热情的拉丁舞！

麦霸可耻！

舞霸更加可耻！！

何况还是那么热情地"贴"在男人的身上！！！

"受不了了！"顾曦辰气得头发热，她低吼了一声放下酒杯，转头就向前冲去。

"喂，小曦！你去哪要？"林乐岚吓得赶紧放下杯子跟过去！

"出去吹吹风！你不要跟着来！"

……

好伤心！

阳台之上，用巨大的玻璃防护屏幕封闭以策安全。

透过玻璃墙壁，顾曦辰看着窗外万家灯火闪烁，蔓延着一直到视野的尽头，灯光与星光连在一分，模糊着分不清楚。

头似乎也开始晕乎乎地转起来，难道水果酒喝多了，也会醉？

她拉开了阳台角落的一扇窗子，沁凉的夜风吹了进来。

砰！

隐隐传来礼炮的声音，随后灿烂的烟花在夜空绽放。

今天是什么好日子，是有人跟我一样今天生日？还是有新人结婚？

顾曦辰失落地叹息了一口气，依靠在墙壁上，眼睛微微闭着呢喃着宗政煌的名字，微微苦涩的感觉好似随着酒精一起在身体内蔓延。

……

"小曦！"

真的是醉了吗？竟然听到宗政煌的声音？她的眼睛依然闭着，身体动也没动。

"小曦，你喝了多少酒？"宗政煌担忧地走了过来，靠近她的身旁，观察着她微熏的脸色。

虽然说他被静瑶缠着一直无法脱身，但是他也是时刻注意着顾曦辰的动向，看到她不停地喝酒，看到她跑进了大厅的阳台。

不是幻听？

顾曦辰感觉身边有人靠近，陡然睁开眼，对上宗政煌挂着忧虑的面孔，怔怔地呢喃："宗政煌——真的是你吗？"

"是我！"望着她迷梦的眼神，宗政煌脸上的担忧愈深，"小曦，你喝醉了！"

"醉？或许！"顾曦辰嗤声一笑，仗着酒劲，她转身站在他的面前，双手抓着他的手臂，痴痴地仰望着他的面庞说，"但是即使醉了，我还是很清醒，还知道自己喜欢的人是你，宗政煌！"

"小曦——"宗政煌震惊，所有的理智似乎也一下子被她的话炸飞，说不清心中更多的是欢喜，还是茫然，他反手抓住她的肩膀，声音干哑地问，"你醉了，知道不知道你在说什么？"

"醉了又怎样？宗政煌！"顾曦辰弥漫着水雾的眼睛，刹那燃烧出勇敢的火焰，

她豁出一切，暂时把自己的理智，所有的矜持通通抛弃，大声地告白，"我喜欢你，很喜欢很喜欢，我想——我是真的爱你！"

我喜欢你，很喜欢很喜欢……

我想——我是真的爱上你了……

夜风中，小曦的告白似乎涟漪一般随风荡漾。

"你爱我？"宗政煌紧紧地抓着她的双肩，身体控制不住地颤动。太多的苦难厄运之后，让他生怕这只是他的错觉，只是他做的另一个白日梦。

"是，我爱你，从我醒来看到你的第一眼起，我就心动了，喜欢上你了！宗政煌，我真的爱你，不但现在爱你，我还知道失去记忆前的我也爱你！"听到他茫然而又怀疑的声音，顾曦辰心中又酸又涩，虽然说做好了告白失败的准备，但还是忍不住要哭了，"对不起，如果我说的话对你造成困扰的话，请你忘——"

宗政煌拥住了她的身体，猛地低头吻住了她的唇，低喃的声音温柔如醉："我爱你，小曦！"

仿佛整个世界爆炸了，无数幸福的泡沫在身边围绕。顾曦辰脸颊红艳如霞，眼睛轻轻闭上，睫毛微微颤抖着。

宗政煌在吻她……

宗政煌说他也爱她……

她不是在做梦吧！

宗政煌的双唇轻轻地吻在她的唇上，细细地啄着，呵出的气息吹拂在她的脸上，痒痒的，她觉得身体软绵绵地快要融化成水，眼前眩晕着点点的星光……

"小曦！"宗政煌突然觉得她的身体软塌在他的怀里，抬头定睛一看，原来顾曦辰不知不觉睡着了，他不由哑然失笑，伸出指头刮了刮她的鼻子，"小醉猫！"

真是煞风景的丫头，平时又尽喜欢折腾出不少麻烦，真该好好地打几下！

虽然如是想着，他却温柔地打横抱起了她，送她回去休息。

阳台通向大厅的帷幕后面，一个人默默地看着他们离去，眼睛里闪露出沉思的光芒。

既然宗政煌和顾曦辰是这种关系，那么……

头好痛！

就好像有无数个蚂蚁在里面啃噬着。

顾曦辰呻吟地睁开了眼睛，软绵绵地坐了起来，窗外照射进来的阳光异常刺眼，迷糊地想着自己怎么从昨晚的宴会上回来的……

猛然间，她借酒告白，宗政煌吻她的画面在她的眼前浮现。

轰的一声，所有的意识被炸开了，头脑里更难受了，她捂着额头低声呻吟着。

"宿醉的滋味难受吧？看你下次还敢不敢喝多！"一道略带责备的调侃声音伴随着轻轻的脚步声靠近。

顾曦辰抬头，宗政煌含笑着，端着一杯青绿色的液体站在她的面前，想起他的吻，她的脸红若胭脂："宗政大哥——"

"宫廷秘方，专治宿醉！"他把杯子递给她，眼睛里闪烁着熠熠光芒，眉宇间的忧郁之色全部烟消云散。

她讪讪地接过喝完，杯子放在一边，望向他的眼睛如清晨的朝露晶莹明亮："宗政大哥，昨天、晚上……你说的是真的吗？"

他凝视她，就在她眼神慢慢暗淡下来的时候，他俯下身体，在她额头轻轻印下一个吻："是，我爱你！"

他爱我！顾曦辰屏息，身体一动不动。

宗政煌在她面前的椅子上坐下，伸出手握住她的手，轻轻地与她的十指相扣："小曦，我可以问你一个问题吗？"

"嗯。"顾曦辰头微垂，睫毛颤动着，不想让他看到她因为太过欢喜而湿润的眼睛。

"为什么你说你还知道失去记忆前的你也爱我？"宗政煌一直把她说的这句话放在心上，忐忑不安了一夜，又不敢怀疑这句话背后的含义，小曦，小曦是不是已经想起什么了。

顾曦辰扑哧一声笑出来，他的话好像绕口令一般，她站了起来，快步走向架子抓起御守然后走回来站在他的面前，扬了扬御守说："它告诉我的！"

"它？"宗政煌听了更加迷糊，接过不起眼的木刻玩偶，看了看没什么特意的地方，眉头皱成了川。

"不错，就是它。"顾曦辰呵呵笑出了声，笑声清脆若铃，得意地拿回它说，"它是守护爱情的御守。"

"御守？守护爱情？"宗政煌呢喃着眉头微微松开，但是还想不出这个御守是如何让小曦知道她喜欢的人是他。

"你看好了！"顾曦辰笑靥如花，对着他眨了眨眼睛，双手轻轻地转了转，把御守拆了下来，露出里面稍微小一号的御守。

宗政煌含笑地松开眉头，一边看着她继续拆一边点头轻声说："原来是套娃。"

顾曦辰把四个一模一样的套娃装好后一字排开，放在梳妆台上。做完了这些事她看向的微笑稍稍多了点羞涩："你再看看里面的三个御守。"

宗政煌拿起第二个御守，细细地打量，终于在底部发现几个字符：G@H。

再拿起第三个，在底部发现一行数字和字母：520ZZH1314。

最后拿起第四个御守，他一眼看到后面他的大头贴。

"除了大头贴之外，那些字符是什么意思？"宗政煌还是不明白小曦怎么从这些东西上得出她爱他的讯息。

"不是吧！这就是所谓的三岁一代沟？"顾曦辰大吃一惊，耐心地解释说，"G是我名字顾曦辰的缩写，@是爱的意思，H是你名字的缩写；520ZZH1314就更简单了，是我爱你宗政煌一生一世的意思。"

"我还以为是什么密码！"宗政煌哭笑不得，在她出院之前，他和小耶亲自动手把家里和学校宿舍她的房间里所有留下她字迹的东西全部清理保存起来，千防万防，没想到她竟然在套娃里留下爱的宣言。

"呵呵，那是因为你不了解流行嘛！"顾曦辰吐了下舌头，在他深邃含情的目光下，她的脸上慢慢浮现樱花般淡淡的红晕，"宗政大哥，你说你爱我，什么时候开始的呢？"

"什么时候？或许从看到你的第一眼就放在心上了吧。"宗政煌想到他们第一次相见时好笑的情景不由展颜一笑，还从来没看到一个女生迷糊到那种地步，竟然骑车撞上网球架，整个人像皮球一样被弹开，撞到他的身上。

笑得那么欢快，也是一见钟情吗？顾曦辰望着他含笑入迷的神情，好奇地问："那你是什么时候见到我的呢？可惜我不记得了。"

"刚开学，我去学校视察，你不小心撞到我。"宗政煌用最简洁的语言叙说。

"就这样吗？"顾曦辰略嫌失望，她还以为有多特别呢，于是再接再厉问，"那后来你怎么喜欢上我的呢？"

宗政煌叹息了一下，微微怅然地说："后来再见到你，妈已经决定让你嫁给小耶，就因为你和小耶跌撞在一起的报道，而你嫁给小耶后，我也没有多想，至于后来为什么非要爱上你，我自己也说不清楚了。"

天，那还真是被那些报纸说中了，他们两个真的是那个什么什么之恋。

她想起在报纸上看到的有关他们的绯闻报道，恍然大悟地说："所以那些报纸上说我和你的——是真的？"

宗政煌沉默了几秒，陷入那么惨痛的回忆，眼睛里的光芒也暗淡了许多："不，并不像上面说的夸张。后来我和你虽然明白彼此的心意，但是因为一些人和事，我们选择逃避没有在一起。"

选择逃避？

因为一些人或事，顾曦辰眉头皱的更深，脑子中浮现出宗政夫人冷峻的目光，她试探地问："这样的啊，也是，你妈肯定第一个反对。"

宗政煌安慰地抚抚她的头发，给她一个温柔的笑容："放心吧，小曦，你车祸昏迷不醒的时候，我请求妈她同意我们在一起，她默许了。只是后来你清醒过来却失忆，我就没有跟你提。"

"真的吗？！"顾曦辰听完眼睛一亮，没想到宗政夫人竟然会默许，兴奋之后又想到还有一个关键同时也让她头疼的人物，"不过，还有小耶，前一阵子我跟他提到离婚，他很不愿意。"

宗政煌深深地叹息，手从她的发上拿下，久久才怅然地说："作为哥哥，我一直希望小耶快乐幸福，没想到最后，我却是要伤害他最深的一个人。小曦，他喜欢你，很喜欢你。"

"或许不会呢！"顾曦辰勉强地朝他笑了一下，试图用最轻快的声音说，"或许到最后我们都有一个幸福的结局呢，宗政大哥，你知道吗，依雪儿好像很喜欢小耶！"

"依雪儿？"宗政煌怔怔出神，竭力回想起多少年前的一些旧事，"我记得小耶小的时候，依雪儿常来我们家找他玩呢，当时我爸妈还打趣说让她做小耶的小媳妇儿。小曦，如果不是你嫁给他，说不定还真能是他们两个在一起。"

"所以啊，宗政大哥，你就不要内疚了！"顾曦辰举手发誓说，"就让我努力让他们相爱，凑成一对后，我和小耶再离婚，这样不就是皆大欢喜的结局吗？"

■寻回丢失的记忆。

The Sleepless Princess

公主夜未眠

爱，
就是断不彻底、
痛不彻底，
就是离不开、
抛不掉、
舍不得，
就是咬牙切齿、
伤透五脏六腑；
某天蓦然发现，
已不离不弃，
无怨无悔。

bad boy……

怎么样才能让宗政华耶和依雪儿相爱呢？

先得让他们两个经常见面吧！

可是怎么让他们经常见面呢？路上偶遇？几率不大。校园相会？好像依雪儿念的不是凤煌大学吧。唉，还不如邀请依雪儿在家中长住呢，这样的话见面的机会更多了，不过这样做得太明显了。

顾曦辰趴在床上烦恼地想着方法，嗯，要不多邀请依雪儿过来玩吧，嘿嘿，再把林乐岚和那个暮莲叫上，就不会让宗政华耶发现得太明显。

……

周日聚会——郊区一日游。

宗政煌、顾曦辰、林乐岚、小耶、依雪儿还有暮莲六个人两辆车开往城郊感受自然的风光。

到了一处风景还不错的地方，车子停下，所有人下了车开始布置场地。

顾曦辰和林乐岚两个人铺塑料桌布，趁着其他人都不在的时候，林乐岚捣了捣她的胳膊，指着被依雪儿拖去河边提水的宗政华耶压低声音问："小曦，你是不是想把他们凑成一对啊？"

"啊？有那么明显吗？"顾曦辰呆了一下，迟疑地问。

"拜托，你有几根花花肠子我不知道？又是BBQ又是KTV联谊又是游乐场一日游的，每次都有意无意地把他们两个凑成一对。"林乐岚嗤笑着数落着，然后神秘地说，"别人知道不知道我是不知道，不过我敢肯定依雪儿非常了解你的意图，很积极地在配合。"

"小猫，那你说他们能成吗？"顾曦辰转头看了他们两个一眼，左右没人，悄悄地问。

"我看哪，悬！"林乐岚摇头，白了她一眼吐槽说，"就你这点伎俩，我看还是

算了吧！"

"小曦！"宗政煌从农家买了许多的木材和一些新鲜蔬菜，又借了人家的自行车拖了回来，看到小曦就喊她过去帮忙。

"我过去一下！"顾曦辰一听到宗政煌的招呼赶紧站起来向他那奔跑过去。

唉！林乐岚望着她欢快的背影摇头叹息道："可怜的宗政华耶啊，可怜的温老师啊！"

"乐岚学妹，你在叹息什么？"暮莲不知什么时候走过来，微笑着问她。

"没有啦！"林乐岚呵呵笑着一语带过。

暮莲望着远处顾曦辰灿烂的笑脸，唇边露出氤氲的微笑，轻声地说："很羡慕曦辰学妹呢，总是活得恣意飞扬！"

……

· ⚜ ·

可惜计划赶不上变化，还没来得让他们之间和平演变，某个短短3分钟视频晴天霹雳一般彻底毁坏了顾曦辰原有的计划！

某天深夜，网上某个大型论坛上一个化名为"凌波仙子"的网友贴出她与宗政煌告白、拥吻的3分钟视频。

一夜之间，网络点击疯狂攀升，点击亿万，无数人疯狂转载，让宗政集团安全部门杀个措手不及，风头甚至健过前一阵子炒得热翻天的某政坛大佬包养影视界当红小生的绯闻。

在这样的情势下，被宗政集团打压甚久的新闻媒体于是扬眉吐气了，纷纷以头版头条的方式重点刊登。

惊爆新闻！

证据确凿——"诉情门"事件！

兄爱弟媳，豪门逆情——本年度最疯狂惊骇的不伦情爱！

"本报讯：近日网上广为流传宗政家不伦视频。据知情人士透露，4月16日正是宗政家的'太子妃'21岁生日，宗政家族举行了小型的宴会庆祝。宴会中，'太子妃'确与宗政煌理事长先后进入阳台，许久之后，有人亲见宗政煌理事长抱着她离开，所以视频确是那一日生日宴会上传出，但是否有更加'精彩'的视频未发还不得而

知……"

报纸中间配的巨大的彩色照片正是宗政煌与顾曦辰拥抱热吻的镜头，虽然背景昏暗，但是所有人依然可以清晰辨认出是他们两个人。

……

宗政华耶震怒了。

他抓着一份报纸冲进了顾曦辰的房间。

报纸上"兄爱弟媳，豪门逆情"这几个鲜红的字如同匕首一般深深刺进了他的身体里。

报纸上，顾曦辰和大哥紧紧地拥抱着缠绵地吻着，他瞳孔紧缩，抓着报纸的手用力太过微微颤抖："小曦，为什么会这样？"

"对不起，小耶！"顾曦辰脸色黯然，这一刻她不知道怎么跟他解释。

"你明明答应我的，"宗政华耶的声音干哑，额头上的青色经络蜿蜒浮现，他的喉头颤抖着，努力压抑胸口的怒火，"你说要给我一个机会，让你喜欢上我的机会，小曦！"

"对不起。"顾曦辰脸色苍白，不敢去看他的眼睛。

"对不起有什么用？"宗政华耶的声音冰冷而又愤怒，"我来不是要你说对不起，为什么是大哥？"

"为什么？"顾曦辰忽略掉心底深深的歉疚和不明的杂乱感受，她低声说，"爱上了，所以无法抗拒！"

宗政华耶的身体变得僵硬起来，咬牙切齿地问："顾曦辰，你还知道你的身份吗？你是我的妻子啊！"

"真的是吗？"顾曦辰恍惚失笑，她静静地望向他的眼睛，"小耶，除了夫妻的虚名，我们没有任何关系。像这样下去，只会彼此痛苦，我们离婚吧！"

我们离婚吧！

一个月之间第二次听到她的提议，宗政华耶的心又一次血淋淋地被撕裂："不，我不要！"

他愤怒地撕碎手中的报纸，然后紧紧地按住她的肩膀，目光森冷，就好像瞧着刻骨仇恨的敌人，毫不温柔地低头吻上她的唇，死死地抵着她的唇。

"放开我！"突然被他袭击，顾曦辰惊恐地挣扎，用力地挣扎，慌乱中，她一脚踩到他的脚上，靴子尖细的铁跟踩在他的脚面上。

宗政华耶脚瞬间痛到极点，双手下意识地松开。

顾曦辰趁机挣脱，倒退了好几步，胸口剧烈起伏着说道："宗政华耶，请不要让我恨你！"

"恨？反正你已经不可能会喜欢上我！恨就恨吧！"宗政华耶说完转过身体决绝地离开。

顾曦辰烦躁地躺在懒人沙发上，虽然说她设想过和宗政华耶直接摊牌的事，但没想到事情到最后以最糟糕的方式上演。

失神中，手机的音乐铃声响声大作。

她下意识地拿起按了通话键。

"小曦！宗政煌十二点召开新闻发布会，他亲自发言解答视频事件！"林乐岚焦急的声音传了出来。

"什么？"顾曦辰嗖的一声立刻站起，下意识地看了下墙壁上的时间十一点四十五分，她呼吸急促地问，"小猫，你知道他在哪开？"

"宗政集团本部新闻发布厅！"

顾曦辰摔下电话，拔腿就向楼下冲去："小燕，快点给我叫车，去公司总部！"

· 👑 ·

宗政集团新闻发布厅。

十一点五十五分。

现场人声沸腾，几十个保安维持着秩序，大厅里挤满了赶来的新闻媒体记者，把整个大厅挤得水泄不通，彼此低声交流着，等待着宗政煌的到来。

十二点整。

新闻发布会大厅的侧门打开，在数十名全副武装的保安护送下，宗政煌缓缓踏进会场。

"来了，来了！"

"快，宗政煌出来了！"

下面的记者们顿时沸腾了，手中的相机不停地闪烁着，有些记者为了拍摄到最好的角度，从位置上站起来，有些甚至推搡着向前面冲去。

顿时场面开始失控，早有防备的保安们立即相互挽着胳膊，用身体筑为一道坚不可摧地人墙，新闻部的主持人急得满头大汗，举着麦克风对着下面兴奋过度的记者们大吼："大家请安静下来，回到自己的座位上去，再有破坏现场的同志，我们不得不请您离开以保证新闻发布会的准时召开。"

在有被赶的危险下，记者们渐渐安静下来，不情愿地坐回自己的座位。

"好的，谢谢大家配合。"新闻部的发言人松了一口气，然后收敛的表情，正言宣布，"发布会正式开始，现在请我们理事长宗政煌先生讲话。"

无数闪光灯疯狂闪烁着对着台上正中央坐着的宗政煌按着快门。

在无数道刺眼的白光下，他神色平静，面对着如此不堪的绯闻，出现在公众面前的他，一身银灰色西装，敛容肃颜，周身流露出让人不可亵渎的尊贵气势，他缓缓地开口："就如大家所猜测的那样，我与顾曦辰相恋。确切地说，我们彼此相爱。"

"啊？"

"他竟然承认了？！"

现场的气氛顿时又一次的沸腾，记者们几乎不敢置信地交头接耳，他们本以为这次依然想以前的发布会一样粉饰太平，澄清所谓的绯闻完全是一场"美丽的误会"。

同时通过直播，守在电视机前、电脑前收看的人们也震惊了，没想到宗政集团的理事长竟然承认自己爱上弟媳。

震惊过后，现场大厅里的一个女记者站起来质疑说："宗政先生，与自己的弟媳发生恋情，你不觉得自己做错了吗？"

宗政煌神色平静，缓缓地说着："即使错，也不悔！"

所有的记者怔住。

他继续倾诉着："曾经我也挣扎过，但是去年末经历了小曦车祸昏迷不醒，生离死别的恐惧之后，外界的一切责难我已经无法顾及。问世间情为何物，直教人生死相许！"

现场短暂的沉默，另一个记者站了起来不客气地说道："宗政先生，即使你们是真心相爱，但是无论从法律和伦理上来说，你们都应该受到谴责。请问你与顾曦辰小姐将如何面对呢？"

"所有的罪过，我愿意一人承担。"宗政煌目光坚毅，面对着所有人声音铿锵有力，"在小曦昏迷多日清醒之后，我们一直封锁了她因为车祸失去嫁入宗政家的记

忆。所以，错不在她。"

失去记忆？

底下的记者们又一次疯狂地躁动。

有几个记者不停地叫嚣着。

"宗政先生，这是你们糊弄大众的谎言吗？"

"你以为这样的借口我们会相信吗？"

"是否是谎言，我们可以出示医院的症断来证明。"宗政煌的眉头微皱，他直视那几位叫嚣的记者，看到他们座位上的牌子，正是被公司提出诉讼过的报社。

"医院症断？宗政先生，据我们所知，顾曦辰小姐是在宗政集团下的医院治疗的，要出具假的症断应该很容易吧？！"记者们依然不依不饶地继续攻击。

"我们从不干涉医生的专业症断。"宗政煌没有恼怒，声音依然很平和。

记者们的提问，越来越直接，越来越犀利。

……

不管那些五花八门的提问多伤人，宗政煌始终不气不恼，或详细或简洁始终平静地回答每一个问题。

"宗政先生，你要怎么面对你的弟弟呢？"

"我愿意用我所拥有的一切弥补他。"

"即使他要的是整个宗政家的资产吗？"

"是。"

"如果您弟弟因为被自己的大哥和妻子双重背叛，愤怒之下他死活不同意离婚你要怎么办？亦或者您的弟弟说他非常爱他的妻子，您会怎么办？"

一方是他向来护短的弟弟，一方是他生死相许的爱人，宗政煌会怎么回答呢？

现场所有人抑制着急促的呼吸声等待着他的回答。围坐在电视机前的观众，守候在电脑前的人们的心也都提到了嗓子眼，屏气凝神地等待着他说话。

大厅一片寂静，只听见偶尔一两声相机闪光灯被按下的声音。

宗政煌神色迷蒙，陷入久久沉默中。

这时——

新闻发布会大厅的正门哐党的一声突然被推开，一道纤细地人影冲了进来，一步不停地向前头奔去。

奇异地，没有一个人拦截她。

竟然是顾！曦！辰！——绯闻的另一主角登场。

记者呆怔几秒之后纷纷反应过来，举起他们手里的相机对着她的背影疯狂地按着闪光灯。

"小曦——"宗政煌震惊地站了起来，快步向她走去。

顾曦辰气喘吁吁地看着他走来，抓住了他的袖子，抬头凝视着他微笑："宗政大哥，明明是我的告白才……你怎么可以抛下我一个人独自面对呢？"

"好，小曦！"宗政煌动情凝视着着她，她的坚强微笑也让他的心更加坚定，他伸手轻轻擦去她额头细密的汗珠，然后双臂拥着他面对着所有的记者，宣告般地说：

"无论未来的路如何艰难，我们都会共同面对，不离不弃！"

无数的闪光灯对着他们相拥的身影闪烁不停。

"顾曦辰小姐，您要如何解决你所面临的婚姻问题呢？"

顾曦辰听到下面的提问身体微微晃了晃，吸了一口气，握紧宗政煌的手说："我和宗政华耶虽有夫妻之名，但从结婚到现在并没有夫妻之实——"

她的话还没说完，下面就有一个记者迫不及待地站了起来说："顾小姐，刚才宗政煌先生说您车祸之后失忆，根本不记得你已经结婚的事。但是现在你却有你和宗政华耶先生一直没有夫妻之实，请问，您和宗政煌谁在撒谎，欺骗大众呢？"

如此犀利的问题，全场哗然，所有人的目光聚集在他们两个身上。

顾曦辰感受到宗政煌的身体陡然僵硬，她的脸色微红，却依然平静地说："我们都没有撒谎。我从家里赶来的路途当中，一直在手提电脑里看着现场直播，也知道宗政大哥把我已经失去记忆的事说出来了。"

"那您要如何解释呢？"

顾曦辰的脸上红晕更深，面对着咄咄逼人的记者们，她微微窘迫地低头："在我从昏迷中醒来后我忘记了一切，身边所有的人怕我当时知道了事实接受不了而影响康复，他们一直瞒着我已经结婚的事。直到——新年前几天，我无意从医院游戏间的电视上看到有关我的过往报道，震惊茫然之下我逃开了，跑出去找我的好友质问。那件事大概还有印象吧。"

下面的记者们三三两两地窃窃私语着。

她咬着唇踌躇几秒，然后微微抬头继续说："那个时候我很痛苦，因为我已经很喜欢宗政大哥，无法接受自己却已经嫁给他弟弟的事情。所以……"

她的脸涨得通红，抬头看了一眼宗政煌，然后对着下面的人继续说："我问了宗

政华耶，他承认我们并不是因为相爱结婚，所以我们两个人一直分房睡。"

所有的记者哗然，不过依然还有一些不甘心的记者站起来追问。

"即使如此，你们的行为依然是对你和宗政华耶先生婚姻的一种亵渎，你为什么不先离婚再和宗政煌在一起呢？"

"顾曦辰小姐，如果您丈夫不同意离婚，您将怎么办呢？您真的不爱你的丈夫，即使一点的喜欢也没有吗？"

您真的不爱你的丈夫……

即使一点的喜欢也没有吗……

顾曦辰脸色变白，无言咬紧嘴唇，紧紧地靠在宗政煌身上，恍然失神：

宗政华耶……

……

宗政华耶的身体变得僵硬起来，咬牙切齿地问："顾曦辰，你还知道你的身份吗？你是我的妻子啊！"

"真的是吗？"她静静地望向他的眼睛，"小耶，除了夫妻的虚名，我们没有任何关系。像这样下去，只会彼此痛苦，我们离婚吧！"

我们离婚吧！

宗政华耶声音嘶吼宛如被猎杀的野兽："不——我不要！"

他愤怒地撕碎手中的报纸，然后紧紧地按住她的肩膀，目光森冷，就好像瞧着刻骨仇恨的敌人，毫不温柔地低头吻上她的唇，死死地抵着她的唇。

"放开我！"她惊恐地挣扎，用力地挣扎，慌乱中，她一脚踩到他的脚上，靴子尖细的铁跟踩在他的脚面上。

宗政华耶脚瞬间痛到极点，双手下意识地松开。

她趁机挣脱，倒退了好几步，胸口剧烈起伏着，"宗政华耶，请不要让我恨你！"

"恨？反正你已经不可能会喜欢上我！恨就恨吧！"宗政华耶说完转过身体决绝地离开。

……

宗政华耶听了犹如被踩了尾巴的猫，气急败坏地转身，双手抓住她的肩头："小曦，我喜欢你，我喜欢的人一直是你！"

她愣了几秒，然后用力挣开他的牵制，用着若无其事的口气说："好了，刚才我只是说笑，你不要当真，你也不要开玩笑！"

"我没有开玩笑！"宗政华耶被她云淡风轻的口吻激怒，脸涨的通红，在她耳边大吼着表白，"我真的很喜欢你，顾曦辰！"

她的耳朵被他的声音震痛，心跳的厉害，她倒退几步，深深地吸了一口气说："再胡说我就要生气了，宗政华耶，我一点都不喜欢你，甚至对你没有印象！"

宗政华耶激怒之下他冲动地吻了一下她的唇："这样，你会不会印象深一点？不管你接受不接受，我都要告诉你，顾曦辰，我爱你。"

……

西部牛扒火锅自助店

"那是我的！"她惊叫着滑了过去，宗政华耶一吓叉子上的蛋糕掉落下来。

她连忙手一伸，盘子送到前面。好险，蛋糕刚好跌落在盘中。

"是你？"他转身，火气立刻上来咆哮的大声吼道，"怎么又是你？"

"谢谢！"她装傻一笑，低头凑到盘子边咬了一口蛋糕，好香啊！就不信他会要回去。

"你干吗老是抢我的东西？！"宗政华耶气死了恨不得杀了她。

"哈哈，拜托，上面又没有你的名字！谁抢到就是谁的好不好？"她乐滋滋的笑着，小孩子，咋连这个道理都不知道？

"你，你——还给我？"至今还没人敢这样跟他说话，他气的眼睛通红，伸手就过去抢回来。

蛋糕事小，面子事大！！！

"啊！"她惊叫着抱盘子弯腰躲开。

"臭八婆！"他火的掐向了她的脖子，"快点还给我！"

"喂、喂，公共场合不许打斗！"

咳咳！惨了他要掐死她吗？她连忙拼命挣扎，慌乱中"喀"的一声，蛋糕盘子跌在地上。

宗政华耶一怔，手劲松下，她连忙站了起来，捂着脖子咳嗽，这个混蛋。

地上一坨蛋糕瓷盘碎片点缀其间。

"猪头！混蛋！"她愤怒地扑了过去，目标——他那可恶欠扁的脸。

"喂！你不要过来！"宗政华耶被她的凶狠吓了一跳，连连后退，"啊——"的一声不知绊到什么向后倒去。

"呀？"她冲得过猛收势不及，整个人也倒了下去。

"砰"的一声，宗政华耶摔在地上，又"啪"的一下，她跌在他的身上，两个人，眼对眼，唇对唇，同时惊呆。

这……就是他们的初遇吗？

……

头骤然抽痛。

浮生若梦，记忆就好像梦境一般的碎片胡乱拼接着。

宗政华耶，为什么偏偏此刻我的脑子里突然出现你我初次相遇的画面？

一吻定情？

原来爸爸说的还是有一点真实，我与你的缘分却是从莫名的一吻开始。

小耶，我的心已经陷在宗政煌的身上收不回来，可是我的记忆为什么又不顺从我的心就此忽略你？

想着你，空气似乎也在慢慢窒息，让人难以呼吸。

现场安静地只听见机器运转的声音。

顾曦辰唇边恍似绽开苍白而又凄然的笑容，无论爱恨，始终都无法启唇作答。

……

"这个问题让我来解答！"

——

一道淡若清风的声音后，温涵湫从大厅的侧门走进来，走近台中央，望着顾曦辰微微一笑，笑容淡淡的，却仿佛有安抚人心的魔力。

"这个人是谁啊？"

"他不是那个，那个——"

"快拍！快拍下来！他就是顾曦辰的另一个绯闻男友。"

现场有一些眼尖地记者认出了他就是那个曾经跟顾曦辰多次传出绯闻的男子，立马兴奋了，站了起来对着他们闪光灯又是一阵喀嚓喀嚓地闪烁。

"这是宗政夫人刚才发来的传真——"温涵湫转身，大方地面对着所有的媒体，唇角微微含着笑意，他扬了扬手中的一打文件资料，在现场的躁动过后，才又缓缓地说，"夫人说，她之所有会让宗政华耶娶顾曦辰，并不是因为后来媒体所传的一吻定情，而是先夫遗命。顾曦辰身上戴着的项链正是宗政家传家宝，是她的丈夫在很多年前赠予他预定下的儿媳。"

项链？

那条项链不是妈妈给她的吗？

怎么会说是宗政煌父亲送给她的呢？

顾曦辰茫然，下意识地摸了摸脖子，摸到珍珠链子这才想起那条项链在她失忆醒来后就不见了。她疑惑地想着项链是被他弄丢了还是被宗政家回收了，思考这些问题脑子里就隐隐地痛起来。

温涵湫无视下面的躁动，声音淡然地继续说下去："顾曦辰的母亲曾经当过宗政煌先生的书法老师，宗政云白先生因缘会际之下见过她几次，甚为喜欢便送了她宗政家传家的项链。事隔10几年，曦辰与宗政华耶偶然相逢，宗政夫人为完成先夫遗命便决定让他们两人结婚。虽然宗政华耶持的是外国国籍已达到该国结婚年龄，但是根据我国婚姻法规定没有达到法定结婚年龄，宗政夫人只让他们举办了婚礼，并没有办理相关的结婚手续。婚后，他们也因为没有感情一直分居。所以从法律上来说，他们的婚姻是无效婚姻。"

事情陡然急转，内幕真相大白得让人无法置信。

现场吵闹喧哗声如雷。

温涵湫静静地看着下面的记者，脸上淡淡微笑的表情隐藏着清浅嘲笑，声音清冷好似幽咽冰泉下涓涓而出的流水："所以，既无夫妻之名，也无夫妻之实，这样根本不存在的婚姻还需要离吗？他们还需要背负不伦之恋的枷锁吗？"

再也没有记者站起来反驳。良久，喧哗的声音终于如浪潮般退隐沉默。

母亲，谢谢你！

宗政煌眉间的忧郁之气散尽，他紧紧地拥抱住顾曦辰，头抵在她的额上，露出喜悦的笑容："小曦，你听到了吗！"

"嗯。"顾曦辰恍惚地听完，身上终于卸下了千斤枷锁，她抬头对着他微笑，泪水却止不住流了下来。

宗政煌低下头吻去她流下的晶莹泪水，

他眼中流出的液体却又滴在她的脸上，

两个人脸上都有着同样喜悦的微笑，却又流泪不止，让人觉得幸福而又感动。

温涵湫神色温煦，转头静静地望向小曦，明媚清亮的眼睛，白皙如玉的面庞，灿烂妩媚的笑容，一点一滴把她的身影铭刻进他的心底心处。

每一个瞬间，他都仿佛用整个生命、灵魂专注地看着她。看到她望着宗政煌灿烂

的笑容，她脸上不知道是激动还是因为闪光灯照耀的缘故，渐渐浮现如同被胭脂染上的红晕，他的唇角绽露的笑意淡如云烟。

虽然我不是能够给你幸福的人，但是我会一直守护你的身边。

小曦，希望你永远幸福……

现场绝大部分的人都被感动了，电视机前、电脑前观看的人有些甚至也流下了感动的泪……

某个海边小城。

"可怜的小曦！怪不得她一直都不跟我联系，原来是因为她失忆了！"任瑜专注地看完直播，眼睛里也忍不住流下眼泪，她抽噎着转头看向一直坐在旁边的夏扬说，"老爸，我决定去找小曦！"

宗政华耶看完直播，却是痛彻心扉。极度的愤怒与悲伤让他冲出了家门，驰车进了他最常流连的酒吧。

没有了感情的牵挂，

也没有血缘的羁绊，

甚至连最后的一层夫妻关系都不再存在。

小曦已经不属于他了！

从中午直到天黑，他痛苦地喝下一瓶又一瓶的酒，想要借酒消愁却依然痛苦地清醒着。

之前他还理直气壮地要求小曦给他一个机会，可是到最后他只成了一个笑话，他根本没有任何资格要求小曦不要离开他。

……

"小耶哥哥——"依雪儿看到直播后，担心的打电话给他，总是无法接通后，她心急如焚地赶去宗政家找人，没找到之后她又跑出来满大街地寻找，大半天的时候过去，终于在深夜在这家小酒吧找到了他。

依雪儿看到他烂醉如泥的痛苦模样，她痛心地走过去，搀扶起他的身体呢喃："你就那么喜欢她吗？为什么总是看不到我在你身后追逐的影子呢？"

"呜，走开，我不想……见你，小曦……"宗政华耶含混地呢喃着，挥舞着手臂让她离开。

"小耶哥哥，我知道你没有醉。"依雪儿干脆在他旁边坐下，泪慢慢流下来，她看着他乞求，"除了她，我不行吗？小曦是不可能跟你在　起了，小耶哥哥，给我一个爱你的机会好不好？"

宗政华耶沉默了，在深刻了解他的青梅竹马面前不在装醉，看到她流泪恳求他给她一个爱情机会，联想到自己心底的痛他无法拒绝，沉默半晌问："依雪儿，我值得你喜欢吗？"

"值不值得，我说了算！"依雪儿目光坚定地看着他，"小耶哥哥，你没有反对，我就当你同意了。"

既然她给不了你爱情让你痛苦，不如让我来爱你给你幸福！

随后几天，宗政集团安全部的人根据网上的蛛丝马迹，顺藤摸瓜最后找到了上传视频的人，让所有人吃了一惊，那个人竟然暮莲。

顾曦辰茫然地问她为什么要做这样的事时，暮莲平静地告诉她是因为嫉妒，不但这次的视频是她流传出去的，之前有几次照片也是她提供给媒体的。无关爱恨，她只是妒忌她恣意飞扬的个性，嫉妒她拥有的幸福快乐的生活。

原来看似温柔无害的小家碧玉也会有夹竹桃般的毒性，真是令人不胜唏嘘。

直播过后，所有的内幕都公布出来了，大众的反应并没有像媒体预测的那样那么激烈。

可能因为是他们之间的不伦之情实际并不存在吧，大家都当作普通的三角、四角之恋看待，而如今这个社会最不缺的就是多角痴缠的戏码。

用某些人冷漠的话说，别人的爱情，哪怕惊天动地，也跟我的生活无关。

不过也例外，有时候顾曦辰行走在街道上或者校园里，会冷不丁的跳出一个人对着她大喊："顾曦辰，加油！我支持你和宗政煌的爱情！"

这一天周五下午，上完最后一节课，顾曦辰抱着课本同林乐岚一起走在校园里。

路上经过的一些陌生的女生或者男生，不时地对着她挥挥手大喊："顾曦辰，加油啊！"

"呃，谢谢！"顾曦辰讪笑着点头。

林乐岚在旁边吃吃地窃笑着："还真是人气旺啊！"

顾曦辰不停地长吁短叹着，林乐岚看不过去数落说："小曦，现在你都幸福地跟你家宗政煌在一起了，你怎么还愁眉苦脸的啊！"

"唉，还有一些事没彻底解决啊！"顾曦辰眉头微皱起，想到小耶心里还是很难受，也很内疚。而且，不知道为什么她总觉得眼前的日子太过幸福，幸福得让他有一种莫名的不安，好像有什么东西一直被她忽略。

这时——

"小曦！"

一个帅气打扮的中姓女生突然间挥着手跑过来，热情地抱了她一下："我好想你哦！小曦，你还好吗？"

"呃，谢谢，你是——"顾曦辰莫名其妙地道谢，然后问她是谁。

"嘿嘿，见到你太激动了，忘了你失忆了。"任瑜不好意思地抓了抓头发，然后说，"我是你的好友任瑜，笑傲江湖里任盈盈的任，瑕不掩瑜的瑜。"

"哦，你好，任瑜！"顾曦辰听完她的介绍还是没有任何印象，她尴尬地笑着。

任瑜急了，看她那样子还没想起来，看到她胸口垂着的珍珠项链上的贝壳，眼睛一亮，指着说："小曦，你戴的这个名叫希望之心的贝壳，就是我陪你在我家附近的海边找到的，它可以让人消除烦恼，拥有幸福。你跟我说过你的烦恼，你因为你妈妈和宗政煌的爸爸私奔，没有资格再和他在一起。现在你和他顺利地在一起，烦恼不是解决了嘛！"

你妈妈和宗政煌的爸爸私奔……

脑子里随之开始疼痛，越疼越剧烈，顾曦辰脸色变得苍白，她痛苦地抓住任瑜的手，呼吸急促地问："你说我告诉你——我的妈妈和宗政煌的爸爸私奔？"

任瑜吃痛，被她的悲怆表情吓到，点头老老实实地说："是啊！你说你突然发现早已经'过世'的妈妈和宗政煌的爸爸一起出现——"

她的头里面好像裂开一般地剧痛，一些画面跳跃式的不断闪现着。

妈妈没死，她与宗政煌的爸爸在一起；

妈妈死了，满眼的白幔飘摇若去……

恶心的感觉涌到嗓子眼，顾曦辰眼前渐渐发黑，却又仿佛有无数的金色光芒从眼底飘出，撕心裂肺的剧痛在体内扩散后，身体软得快要瘫下，最后连疼痛的感觉也消失殆尽……

"小曦！你怎么了——"林乐岚注意到她的不对劲，焦急地呼唤地接下她瘫倒的身体，她愤怒地朝着面前傻愣着的女生大吼，"你是谁，为什么要告诉她这件事？"

"还有，帮我抱住她！"林乐岚把小曦放在她的怀里，手指颤抖着掏出电话，拨了号码过去，"温老师——"

在林乐岚她们的惊慌哭诉中，温涵湫一接到电话就从公司赶来。他奋力地摇晃着顾曦辰的身体，大声地呼唤着她醒来："小曦！小曦！"

· ♔ ·

无边的黑暗里，她一个人独自行走。

四周不断的有白光闪过，一些画面紧跟着流逝：

跌倒在宗政煌怀里的她；

偷偷吻宗政煌的她；

穿着婚纱结婚的她；

注视着宗政煌的她；

与宗政华耶打打闹闹的她，

因为妈妈的缘故远行逃避的她；

从厌恶到敬佩温涵湫的她，

因为宗政夫人的反对伤心的她；

与宗政煌黯然分开的她……

失去的记忆潮水一般蜂拥而至，那些熟悉的痛苦似乎也伴随着它们一起向她涌来，将她淹没。

……

最后，落进梦里，一个时常在她梦里出现的场景。

阳春日暖，草长莺飞。

小小的院子里爬满盛开嫩黄小花的绿叶藤葛。

美丽的年轻女子抱着小小的孩儿温柔抚拍着，低声哼唱着哄着哭闹不休的女儿，轻柔嗓音极是宠溺婉转：

"我说你是人间的四月天；

笑音点亮了四面风；

轻灵在春的光艳中交舞着变。

你是四月早天里的云烟，

黄昏吹着风的软，

星子在无意中闪，细雨点洒在花前。

那轻，那娉婷，你是，鲜妍。

百花的冠冕你戴着，

你是天真，庄严，你是夜夜的月圆。

雪化后那篇鹅黄，你像；

新鲜初放芽的绿，你是；

柔嫩喜悦水光浮动着你梦中期待的白莲。

你是一树一树的花开，

是燕在梁间呢喃，

——你是爱，是暖，是希望，

你是人间的四月天！"

……

"妈妈。"她呢喃着靠近，泡沫一般透明的梦瞬间破碎了，白光过后只留下满目的白缦飘摇，无边无际死一般寂静的白。

"小曦，回去吧！"同样一身白的妈妈以一种悲伤的眼神凝视着她，眷恋看着让她回去，然后飘身而去，遗留下她一个人，"我的女儿，祝你幸福。"

……

一夜之间，天翻地覆。

这夜女孩未眠，他就是原来的他，可我还是原来的我吗？

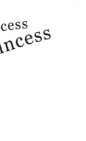

The sleepless Princess

The sleepless Princess

　　就如一只南美洲亚马孙河流域热带雨林中的蝴蝶，偶尔扇动几下翅膀，可能在两周后引起美国德克萨斯引起一场龙卷风。主人公的一次不同抉择都可能导向不同的人生之路前行，从而使故事的结局产生大相径庭的变化。

●结局（一）　无言的告别

　　那么，如果：

　　顾曦辰想起了一切。

　　随着温涵湫的车子，顾曦辰去了九龙台高级公墓，拜祭完母亲，她出了阁楼，暮色中回望母亲长眠的方向，神色黯然良久，心中默默承诺：

　　妈妈，我会再过来看你的。

　　"小曦，请节哀！"温涵湫顺着她的视线看去，声音柔和地劝慰，"伯母曾经跟我说过，她不在了希望你不要太过悲伤。只要你能幸福，就是对她最好的告慰。"

　　"幸福？"顾曦辰眼色朦胧地呢喃着，风吹动着她的鬓发掩盖了她眼底的涩然，"我可以就这么拥有幸福吗？"

　　叹息声中，她回想着：

　　她对宗政煌的一见钟情，

　　她阴错阳差嫁给宗政华耶的始末，

　　她对温涵湫的无心利用和伤害，

　　妈妈"死而复生"，

　　她的妈妈和宗政煌的爸爸诈死私奔，

　　宗政夫人对她妈妈的彻骨痛恨，

　　她的懦弱逃避错过妈妈临终前的时光，

宗政夫人对她的冷漠、厌恶，

宗政华耶对她的迷恋、痴爱，

……

失去的记忆都恢复后，那一切的往事就像沉重的负荷，已经压得她喘息不过来。无论是她有意地逃避，还是无心的伤害，她已经对不起很多爱她的，关心她的人。即使逝去的人可以不计较，但是她怎么可以忽略身边因为她而痛苦的人，假装不知道一切理所当然地享受幸福呢？

起码，在他们拥有自己的幸福之前，我不可以……

顾曦辰转头看着他们轻声地说，"我想离开，一个人静一静！"

"不可以！你又想逃避？！"林乐岚激烈地反对，"小曦，你想想你跟理事长经历了多少坎坷才走到今天？你们不是相爱吗？不要任性了好不好？"

"我知道。可是爱又不能解决一切问题。"顾曦辰轻声应道，唇边的微笑掩不去哀伤，"不是都说'相爱容易，相守难。'嘛，想起一切，我现在很混乱，无法面对他们，甚至无法面对自己，我怕时间长了佳偶变怨偶。"

"小曦——"温涵湫长声叹息，默认了她即将远行的决定，"那么，你什么时候回来呢？"

"或许是一个月，或许是一年，或许是两年。我相信冥冥之中自有天定，"

顾曦辰右手下意识地抚摩胸口挂着的项链，然后望着林乐岚、任瑜和温涵湫他们几个微笑着说道，"不过，我希望我回来的时候，你们都已经找到幸福。"

"疯了，怎么会这样？！"林乐岚望到她的笑容感觉自己的头更疼了，"那你要怎么对理事长说呢？"

"当然是先斩后奏！"顾曦辰望着远处赶来的两个身影——宗政煌和宗政华耶，心骤然抽痛紧缩，尽管眼睛水雾迷梦，她更加坚定了离开的决定。

自此离开，千山万水。天涯海角，独身远行。

一天，两天，三天……

一个月，两个月，三个月……

一年，两年，三年……

三年之后。

X城的春荣旅行社。

尾声

"小齐，中午帮我把传单拿到街上散一天好不好？午饭我请了。"

"嗯，好的！"改名为齐晨曦的顾曦辰一边应着，一边注视着屏幕，一边飞快地敲打着键盘，完成个人工作小结。

三年之前，顾曦辰给宗政煌和宗政华耶留了信说她要出去走走，让他们不要寻找，时间到了她自会回去的消息后，她踏上北下的火车开始随意的旅行，刚开始只是漫无目的从一个城市到另一个城市，后来时间长了，她干脆改名考了导游资格证，在各个城市的小型旅行社打游击。期间，宗政煌他们克制着没有寻找她，慢慢等她解开心结自动回去，他们对外一律统一口径说她出国游学，归期不定。

"小齐，转接下电话！国内团体旅的咨询热线。"

"哦，好的，谢谢！"顾曦辰一手抓过桌上的听筒，咳嗽了一声换上温柔的声音开口，"您好，我是……"

"小齐，老板找，带上下个星期参加团体旅行的旅客名单。"

"啊？没事、您继续说。"顾曦辰听到老板召唤的消息，烦躁地抓了抓头发，捂住电话听筒，转身对着门口的人点头，"知道了，我马上就去。"

……

就在兵荒马乱中顾曦辰结束一上午的忙碌，但是午餐吃的也不安稳，匆匆地吃完同事请的肯德基，然后提着厚厚一袋公司传单跟着同事冲上街头散发。

市中心的广场上，人来车往，好不热闹。

因为已经是寒假，广场上以年轻的学生居多。

顾曦辰换上灿烂的笑容，一手提着袋子，一手分发着传单，并用异常甜美的声音吆喝着：

"美女，我们是春荣旅行社的员工，有没兴趣看一下我们推出的新春假日三日游活动，现在报名，有优惠哦！"

"这位帅哥，过来看一看我们春荣旅行社的假日三日游特惠活动好不好？"

"妹妹，看一看吧，可以去看冰展哦！"

"这位大叔，我们春荣旅行社推出的……好的，您多拿几张没关系，要帮我们多多介绍哦！"

……

半个多小时，顾曦辰手里的传单就散发完了。

"小齐，好了没？"广场另一边的同事朝着她挥手。

"嗯，都发完了！"顾曦辰朝她比了个"OK"的手势。

"快看，快看！是宗政家的两位太子哦！"

广场上不知道是谁大喊了一声，所有人的目光都集中到广场上的超大电视屏幕上：宗政家的两位太子爷！

"宗政集团'希望之星'全国连锁酒店今开业……"

顾曦辰心脏陡然一缩，头下意识地朝着悬挂在高楼墙壁上的液晶屏幕看去。

宗政家的新闻发布会，面对着镜头宗政煌和宗政华耶微露笑意：就如记忆中的那样，宗政煌依然如贵族般俊美尊贵，唯有眉宇间微郁、优雅的成熟气息愈加浓厚；宗政华耶却是与印象中的火暴少年完全不同，在白色的西装，红色的领带的装扮下，亦如白马王子一般的高贵俊美，甚至还带了上位者的沉稳、干练。

"我们'希望之星'酒店力求让所有的宾客感受到家的温暖、幸福……"宗政煌面对着镜头缓缓倾诉，温淳的声音充满了令人信服的魔力，"心中有希望，有爱，便能感受幸福。相爱的人，无论身在何处，心之所念皆如归家。"

真的很想你们了……

顾曦辰心底颤抖着，望着屏幕上的两个人，想要微笑，眼睛里却酸涩着流出温热的液体："心之所念皆如归家，你们还好吗？"

没有已经忘记我吧？

"小齐，快点回去了！"旅行社的同事跑过来拍着她的肩膀说道，"有什么好看的啊？"

"回去？"顾曦辰心弦一震，回头望向同事刻意灿烂的一笑，"好，的确是该回去了！"

两个人挤出围观的人群，慢慢向人行道上走去。

流浪的这么些年，当时铭心刻骨的伤痛、无法负荷的内疚，随着时间的流逝已经慢慢淡化，现在想起来虽然依旧痛苦，但是已经可以忍受。

许多创伤，无论是身体的，还是情感上的，都可以随着时间的流逝愈合，甚至伤痕消失不见。

过去的那些伤心事已经慢慢忘记，现只剩下美好的回忆。

那些人，他们还好吗？

宗政煌，即使分开了这么多年，对你的喜欢、爱恋依然一天天在增加，

林乐岚、温涵湫现在是不是已经拥有幸福了呢？

小耶，他现在喜欢的人是谁呢？应该不再是我了吧？！

顾曦辰一边走一边魂游天外地猜想着，忍不住停下脚步回望，屏幕上正是宗政华耶脸部特写的镜头："饭店的名字来源于一个海滨传说……"

"小齐，怎么啦？"同事疑惑地问顾曦辰为什么停下回头看。

"没事！"顾曦辰回头，微笑，挥手示意继续前行，"你还是叫我小曦吧！刚才发现我还是习惯人家叫我小曦！"

"啊？好！"

"走吧！快点回去！"顾曦辰笑容灿烂，望着前方，她似乎看到回家的道路。

而身后，广场上的街头电视音箱中流泻出的依然是宗政华耶清朗的嗓音：

"传说中，海边有一种名叫'希望之星'的贝壳，只要捡到它的人最终都会拥有幸福……因为心中一直没有放弃希望，一直都在努力，所以现在我可以感受到幸福的味道。我想只要我们心中都存着希望，一定能感受到爱与幸福。"

● 结局（二）守望的晨曦

九龙台高级公墓。

满山葱郁的松木，庄严肃穆。

春夏之交，山坡满山的野花绽放，冲减了墓园的阴森清冷。

顾曦辰寻着记忆缓缓走进了寄存她母亲骨灰盒的小阁间里，进门的刹那看到龛台上有她妈妈名字的牌位，失忆后一直想不起来丢在哪里的项链也放在龛台上。

哽咽中她咬着下唇，死死地咬着，血珠一点一点从紫白的齿痕中渗出。

"小曦！"林乐岚担心地叫了她一声追上前，随即被温涵潄拉住了。

眼泪无声地流着，顾曦辰缓缓地走了过去，满脸悲伤，头发零乱，跪倒在龛台边，声音很轻地说："妈——我来看您了—不孝的女儿小曦来看您了。"

对着牌位，她重重地磕头。

一下、两下、三下……

望着她流泻着无限悲痛的背影，林乐岚捂着嘴忍不住呜咽出声。

"妈妈，对不起，很久都没来看您，您不会生气吧！"磕完头她抬身，哀伤地凝视着骨灰盒，伸手缓缓抚过盒子上面镶嵌的照片，照片里美丽的中年女子清浅温柔地微笑着。

顾曦辰恍惚地望着照片中的女子，耳边似乎还在萦绕着只有在梦里才会听到的浅浅吟唱。

……

静默良久。

守墓的人员进来赶来。

温涵淑走到顾曦辰的身边，低低地劝慰说："小曦，时间不早了，今天天色也晚了，回去吧！以后有空多来看看，我相信齐伯母在天之灵，也会欣慰的。"

顾曦辰眼一热点头，因为眼泪流的太多，眼圈红肿着，她望着照片上的女子轻轻道别："妈妈，我回去了，以后一定常来看您。"

谢过了守护的人员，温涵淑挽着顾曦辰的胳膊出去。

暮色苍茫，他们一行人慢慢地向山下走去。

"小曦！——"

山麓层层台阶之下，宗政煌气喘吁吁地出现，一路呼唤着顾曦辰的名字一面全力向上跑去。

顾曦辰一愣，宗政大哥怎么会知道她过来这里。

林乐岚心虚地在旁边小声报备："先前她打电话问我你在哪，发生了什么事，我就交代了！"

顾曦辰还没来得及说什么，宗政煌已经跑到了他们面前，他的脸上交织着担忧、恐慌、愧疚的复杂神色，声音也因为紧张而干涩嘶哑："小曦，对不起！"

温涵淑望到他们彼此相视眼睛里容不下其他人的痴缠，淡淡的微笑地朝着顾曦辰说："小曦，我先走了，你的朋友任瑜我也先带走了！"

说完，他也没有等着她说话，便眼神示意林乐岚和任瑜一起随他离开。

晚风轻抚，暮色空暝。

"我们说好无论未来的路如何艰难都会共同面对、不离不弃！"宗政煌神色黯然，声音充满了哀伤和恐慌，"小曦，不要离开我好不好？"

"笨蛋，我有说什么了吗？"顾曦辰凝视着他淡淡地说，伸手抚摩他眉头浅浅的愁纹，"傻瓜，你是我好不容易才追上的，不会放手的。"

宗政煌笑容有些恍惚有些忧伤，声音沙哑地仿佛从嗓子里挤出来："我怕你恨我一切不告诉你，我怕你回想起一切，太悲伤而决定再次放弃我。"

"我只是回想起一切，想起妈妈的离开很伤心。"顾曦辰的眸子里一直萦绕着悲

伤清冷，听到他卑微的倾诉，心口好像又被人生生撕裂掏空，她勉强地给他一个类似微笑的表情，"宗政大哥，你放心，经历过一次失去的痛苦，我已经懂得珍惜现在拥有的宝贵了！"

"小曦——"宗政煌似悲又似喜的呢喃，他抓紧了她的双手放在胸口。

顾曦辰出神想起母亲在日记里给她的留言：人生在世，有一个自己爱的也爱自己的人实在不易，遇到了就不要放手，紧紧抓住自己的幸福。她微微而笑，然后轻声地说："我们一起回家吧！"

"好！一起回家！"宗政煌声音柔和似水，握着她的手，十指交缠紧密相扣着，两个人一起慢慢向山下走去。

晚风中，数叶簌簌地发出细细声音，好似妈妈温柔沉吟的祝福声音。

我的女儿，你要幸福哦！

●结局（三）　最幸福的梦想

清晨，微风吹拂着层层半透明的纱帘，温暖的阳光透过舞动的纱帘照射进来，明亮的光线似乎也成了涟漪般一圈圈荡漾开来。

房间很宁静，如果忽略偶尔传出的呼噜声。

床上熟睡的宗政华耶身体几乎横在大床的中央，本来应该盖在身上的被子在他的"蹂躏"下拧得跟麻花似的。

"老婆老婆我爱你,阿弥陀佛保佑你.

愿你有一个好身体,健康又美丽.

老婆老婆我爱你,阿弥陀佛保佑你.

愿你事事都如意,我们不分离.

老婆!下辈子我还爱你!

……"

手机的音乐闹铃一遍又一遍欢快地流泻出来，且有越来越响的趋势。

"老婆，起床了！老婆——"宗政华耶迷糊地嘟囔着，想要推醒身边的人，手臂在旁边挥舞着，却落了个空，他一下子惊醒了，反应敏捷地坐了起来，"小曦，跑哪去了？"

他赶紧翻身下床，顾不上梳洗一路大声呼唤着跑了出去："老婆，老婆……你在

哪啊？"

一夜雨后，空气净爽清香，树林、建筑、院落也是水洗后的澄清，入眼看去，草叶花木上细小的水珠微微颤动，闪烁着淡淡的光彩。

真是一个美好的清晨啊！

"老婆，老婆……"宗政华耶一边舒服地呼吸早晨新鲜空气，一边拖长的声音呼唤着，不提防一颗桃子向他砸来，在他的额头上开了花，甜腻的汁液顿时顺着肌肤流了下来，"老婆——"

"一大清早的鬼叫什么？"结满了桃子的桃树下，顾曦辰踮着脚站在高脚凳子上，一手挎着篮子，一手够着树枝摘桃子，一路听到宗政华耶"老婆老婆"的叫个没完，想假装没听见都不成，"宗政华耶你再叫我一声老婆看看？我有那么老吗？"

"本来就是嘛！"宗政华耶小声嘀咕着，抬头看到她站在椅子上扭转着身体恐吓他，心下不由紧张起来，"老——小曦，你站那么高干嘛？"

"没看我在摘水果？"顾曦辰空闲的一手插在腰上，做出教训他的凶恶姿势，"宗政华耶，再耍白痴，我就修理你！"

野蛮的女人啊！

"那么凶做什么？以前也没见你对大哥凶过，"宗政华耶撇着嘴，越想心里越酸，想到本以为已经"死"了大嫂是被妈妈藏到了国外，这么多年恶疾医治好了之后回来，大哥在大嫂和小曦之间左右为难，宁为玉碎不为瓦全的小曦咬牙黯然退出，他是历经千难险阻万种刁难之后才抱得美人归，但是成为他老婆的小曦对他还是凶恶野蛮的不行，于是吃醋地问，"小曦，是不是你爱我没有爱大哥那么深啊？"

"宗政华耶，你……你竟然怀疑我不爱你？"顾曦辰气得身体发抖，站在凳子上摇摇欲坠。

"老婆，小心啊，不要摔下来——"宗政华耶心惊胆战地提醒着，哪知道一语成谶，大惊失色向小曦坠下的方向扑去。

扑通！

当了人肉垫子的宗政华耶痛得整个脸都皱了起来。

小曦紧张地上下查看："哪摔到了啊，小耶，要不要紧啊？我看看？"

"屁股痛。"

"啊？"

"还有额头疼。"

"额头怎么会疼啊？你骗我的对不对。"

"刚被你砸的。"

"对不起哦，老公——我来亲亲。"小曦撒娇地拖长了声音，在他的额头上轻轻地吻着。

感动，老婆好温柔哦！宗政华耶陶醉地闭上眼睛，被她吻的鼻子痒痒的，好想打喷嚏……

……

"啊——哧"

宗政华耶打了个响亮地喷嚏从梦中醒来，"草"容失色地大叫："爱曦，给我GO！GO！GO！"

"喵——"一只名为"爱曦"的猫不以为意继续用舌头舔着他的脸。

梦里小曦的吻啊，竟然是这家伙制造的？！

"恶心死了！臭爱曦，我的美梦就这么被你破坏了！"宗政华耶推开猫坐了起来，拿了一张湿巾擦去脸上被猫舔过留下的口水，回想着刚才梦里的幸福摇头，他怎么做了如此离奇的梦呢？叹了一口气他拿起床头柜上的一张彩纸，流利地折了一只千纸鹤放进半满的罐子里——床头已经摆了好几只装满了纸鹤。

小曦，每想你一次，我都折一只纸鹤祈祷，希望有一天我的爱情能够实现。

"喵——"猫跳上凳子开始撕咬他的衣服。

"别叫了，我马上起来喂你！"宗政华耶跳下床，从它的牙齿和爪子里争夺他的衣服，"臭爱曦，跟小曦一样任性又野蛮，不讲理的家伙。"

"喵——"

一天啊，就在这动乱的清晨开始了。

• The End •

爱の部落格 落在部落的爱

青春校园经典系列，描绘你我的幻想天空，尽情释放青春的欢笑，飞扬年轻的幻想，在这里，有属于你的爱的部落格。

已出版小说：

《公主夜未眠》
苏婧/著
版别：花城出版社
出版时间：2008年11月
一个属于爱幻想的女孩们
的华丽公主梦

《99分の玛奇朵》
嘻哈宝贝/著
版别：花城出版社
出版时间：2008年9月
一叶走不出重围难辨真
假的记忆

《恋爱NG十七秒》
嘻哈宝贝/著
版别：花城出版社
出版时间：2008年7月
一次羞涩年华的爱之
初体验

《怦怦LOVE爱情巡演》
嘻哈宝贝/著
版别：花城出版社
出版时间：2008年6月
一出糖果般酸酸甜甜的
歌舞剧

《亲亲BAD GIRL》
米童/著
版别：花城出版社
出版时间：2008年4月
一挽呢喃自语携侬同行
的爱之誓言

《怪兽协奏曲》
嘻哈宝贝/著
版别：花城出版社
出版时间：2008年4月
一曲独自摇曳随风传唱
的爱情歌谣

《淘气公主SOS》
嘻哈宝贝/著
版别：花城出版社
出版时间：2008年3月
一杯口味怡人馨香四溢
的爱之清茶

《露希弗的诱惑》
嘻哈宝贝/著
版别：花城出版社
出版时间：2008年3月
一封漂在忘川等待回音
的爱情信笺

《小·女巫的恋爱手记》
炫伶/著
版别：花城出版社
出版时间：2007年12月
一个与青春一起成长的
爱情魔法

《琴弦上的阿狄丽娜》
汤雨亭/著
版别：花城出版社
出版时间：2007年12月
一段关于梦想重生的爱
之旋律

朝爱社
The Young's Love

朝爱社

一套专门打造的青春恋爱秘密读本。

年轻的你、我、她，烦扰着……
现实枯燥，生活无味。
年少的you & me，祈祷着……
期待着王子驾到，憧憬着爱情降临
so……so……
相聚在朝爱社，交汇你我的爱情感悟。
朝爱社，爱梦人的聚居地。

朝爱社陪你走过四季，邂逅你的专属骑
士。
路过春天，暖暖的微风是薄荷叶的寄托，
跑过了夏日，过去的天空像照片里的记
忆，
怎么样都飞不走。
秋日的落叶和我一样怕孤单，
想说的话我欲言却又沉默。
在快要忘记了下雪的样子之际，
你带给我暴风雪般的恋爱。

在这里，
不凋谢的梦想，
年轻敏感的心，动人的青春物语
让我们一起呵护。

朝爱社，The Yong's Love

已出版小说：

《彼得潘的童话》 作者：陌筝
版别：花城出版社
出版时间：2008年9月

每个人心里都有一个小·孩子，在这个
复杂的世界 唱着纯真的歌！
长大的我们是忘记了信任，还是遗忘
了爱。
在世界尽头的归墟，寻找着冷酷仙境
里的童话。

《纯爱之渡》 作者：雪影霜魂
版别：花城出版社
出版时间：2008年11月
（与《公主夜未眠》同期上市）

一段最纯净的情愫，蒙蒙又　　，似
有还若无。
那样的感情，或许从来不曾说出口，
相思却在心头渐酿成酒。也许，只会醉上
一时，又也许，能够醉上一世。于是，有
了这个故事——纯爱之渡。

朝爱社，向往
爱情的你还
等什么？

有更多新书即将登陆爱の部落格/朝爱社，期待你的加入。
空间地址：http://user.qzone.qq.com/554053604

图书在版编目（CIP）数据

公主夜未眠/苏婧著.—广州：花城出版社，2008.10
ISBN 978-7-5360-5522-3

Ⅰ.公…　Ⅱ.苏…　Ⅲ.长篇小说—中国—当代　Ⅳ.I247.5
中国版本图书馆CIP数据核字（2008）第163721号

总　策　划：曾思求　王满龙
责任编辑：李　谓
───────────────────────────────
出版发行：花城出版社
　　　　　（广州市环市东路水荫路11号）
经　　销：全国新华书店
印　　刷：恒美印务（广州）有限公司
开　　本：710×1000（毫米）　16开
印　　张：13
字　　数：150,000字
版　　次：2008年11月第1版　2008年11月第1次印刷
定　　价：23.00元
───────────────────────────────

如发现印装质量问题，请直接与印刷厂联系调换。